く上

ヘニング・マンケル

父親と二人のローマ旅行は，予想外に楽しいものになった。その素晴らしい一週間が終わり，イースタ警察署に戻ったヴァランダーを待ち受けていたのは，花屋の家宅侵入の通報だった。店主は旅行中で盗まれたものはない。その次には一人暮らしの老人が失踪した疑いがあるとの訴え。一見事件性のなさそうな二件のできごと。だが，老人が濠《ほり》の中で串刺しの死体となって発見されるに至り，事態は恐るべき様相を見せはじめる……。ヴァランダーを，そしてイースタ署の面々の心胆を寒からしめた奇怪な事件。CWAゴールドダガー受賞作シリーズ第六弾。

登場人物

クルト・ヴァランダー……イースタ警察署の刑事
アン＝ブリット・フーグルンド……同、刑事
マーティンソン……同、刑事
スヴェードベリ……同、刑事
ハンソン……同、刑事
スヴェン・ニーベリ……同、鑑識課の刑事
リーサ・ホルゲソン……同、署長
エッバ……同、受付
ペール・オーケソン……検事
クルト・ヴァランダーの父……画家
イェートルード……その妻
リンダ……クルト・ヴァランダーの娘
クリスティーナ……クルト・ヴァランダーの姉
バイバ・リエパ……リガに住むヴァランダーの恋人

フランソワーズ・ベルトラン……アルジェリアの中央警察殺人捜査課の捜査官
アンナ・アンデル……殺されたスウェーデン人観光客
ホルゲ・エリクソン……元自動車販売業者。詩人
スヴェン・ティレーン……ガソリンスタンドの経営者
ユスタ・ルーンフェルト……花屋の経営者
エヴァ・ルーンフェルト……その妻。故人
レーナ・ルンナーヴァル……ユスタ・ルーンフェルトの娘
ボー・ルーンフェルト……ユスタ・ルーンフェルトの息子
ヴァンニャ・アンダソン……花屋の店員
イルヴァ・ブリンク……イースタ病院の助産師。スヴェードベリのいとこ
ハロルド・ベリグレン……日記の書き手。スウェーデン人傭兵
オーロフ・ハンツェル……元スウェーデン軍大佐
マリア・スヴェンソン……ユスタ・ルーンフェルトに仕事を依頼した女性
クリスタ・ハーベルマン……二十七年前に失踪したポーランド女性
ロベルト・メランダー……スヴェンスタヴィーク教会管理事務所の所員

五番目の女　上

ヘニング・マンケル
柳沢由実子訳

創元推理文庫

DEN FEMTE KVINNAN

by

Henning Mankell

目次

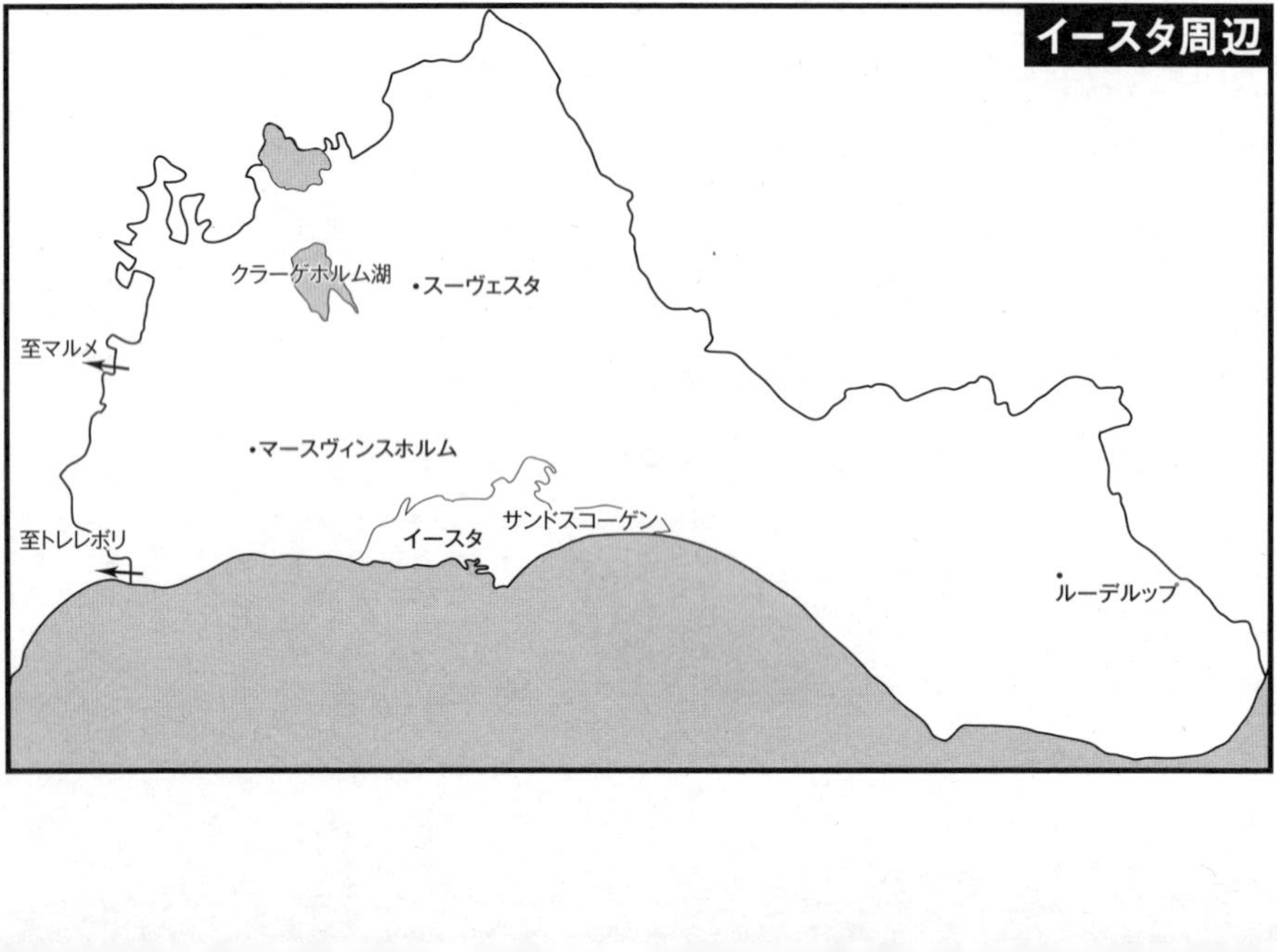
イースタ周辺
クラーゲホルム湖
・スーヴェスタ
至マルメ
・マースヴィンスホルム
サンドスコーゲン
イースタ
至トレレボリ
ルーデルップ

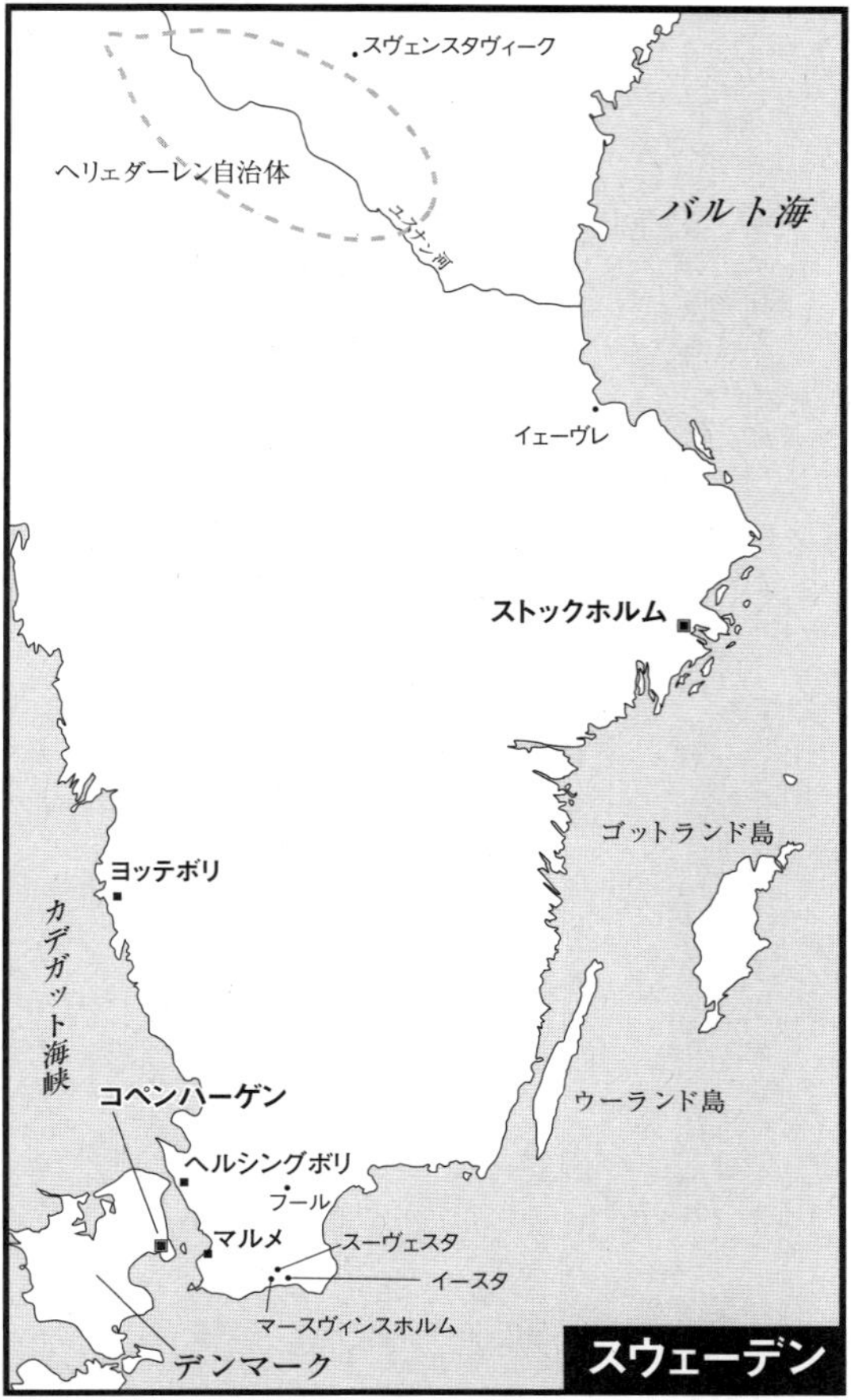

スヴェンスタヴィーク
ヘリェダーレン自治体
ユスナン河
バルト海
イェーヴレ
ストックホルム
ゴットランド島
ヨッテボリ
カデガット海峡
ウーランド島
コペンハーゲン
ヘルシングボリ
プール
マルメ
スーヴェスタ
イースタ
マースヴィンスホルム
デンマーク
スウェーデン

五番目の女　上

私は夢で神を見た。神は二つの顔をもっていた。一つは穏やかでやさしい顔、もう一つはサタンの顔だった。

ナワル・エル・サダウィ著『イマームの失落』

クモの巣は愛情と細かな心配りで作られる。

アフリカの言い伝え

アルジェリア－スウェーデン　一九九三年五月から九月

プロローグ

　彼らが聖なる任務を遂行するべくやってきたその夜は、すべてが静まり返っていた。

　四人の男たちのうちいちばん年下のファリドは、あの晩は犬さえ吠えなかったと思い出す。犬までが暖かな夜の空気に包み込まれてしまったかのように。砂漠から吹いてくる微風もほとんど感じられないほどだった。男たちは夜の闇がさらに深まるまで待った。遠くアルジェから待ち合わせの場所のダル・アジザまで彼らを乗せてきたのは、スプリングのきかない古い車だった。途中彼らは二度も足止めを食らった。一度目はまだ半分も来ていないところでパンクした左後輪を取り替えるため。ファリドは首都アルジェの外にそれまで一度も出たことがなかった。道沿いのブロック塀の陰にしゃがみ込んで、景色の劇的な変化に目を瞠《みは》った。タイヤがすり切れて破れ、ボウ・サーダのすぐ北まで来て車は止まってしまった。錆びたボルトねじを外すのに手間取り、新しいタイヤに付け替えるのに時間がかかった。低い声で話しているほかの者たちの会話から、ファリドは約束の時間に遅れていて食事する時間がとれないことがわかった。車はまた走りだした。エル・ケドの近くで、こんどはエンストを起こした。一時間以上も調べた結果、やっと故障部分がみつかりなんとか修理することができた。四人の男のリーダーは三十代の顔色の悪い男で、黒いひげをたくわえ燃えるような目をしていた。それは預言者ムハンマドに呼びかけられた者に特有な目だった。熱いエンジンモーターと格闘している車の運転手に怒りの言葉を浴びせるその男はファリドの知らない人物だった。安全上の理由から、名前はもちろんどこから来たのかも知らされなかった。

ほかの二人の男の名前も同じように知らなかった。知っているのは自分の名前だけ。

彼らはふたたび走りだした。あたりはすで暗くなっていたが、食べ物はなく、飲み水だけが与えられた。

やっとエル・ケドに着いたとき、夜はとっぷり更けていた。車は市場の近くの迷路のような通りの奥に停まると、乗っていた者たちが降りるのもそこそこにいなくなった。壁の陰から五番目の男が忽然《こつぜん》と現れて、彼らを案内した。知らない町の知らない通りの暗がりを足早に歩いたとき、初めてファリドはこれから起きようとしていることを考えはじめた。先の曲がった短剣は鞘《さや》に納まっている。彼はそれをカフタンのポケットの奥に押し込んだ。

外国人たちのことを初めて彼に話したのは、兄のラヒド・ベン・メヒディだった。暖かい晩など、二人は父親の家の屋根に座って、アルジェの町のチラチラと光る灯火をながめたものだった。ファリドはそのころすでに知っていた。兄のラヒド・ベン・メヒディが、預言者ムハンマドによってはるか昔に書かれた戒律《かいりつ》だけに従うイスラム教の国に祖国を変革するための戦いに没頭していることを。屋根の上で毎晩、ラヒドは外国人たちをこの国から追い出さなければならないと語った。はじめファリドは兄が自分のために熱心に政治のことを話してくれるのがうれしかった。たとえ兄の話はむずかしくてほとんどわからなかったにせよ。だがまもなく彼は、兄がそれほどの時間を自分にかけてくれるわけがわかった。外国人をこの国から追い出すのに、自分を参加させようとしていたのだ。

兄が話してくれたのは一年以上も前のことだった。そしていま、夜の暖かい空気が微動だにしない暗くて狭い通りを男たちの後ろについて進みながら、ファリドはラヒドの望みを叶えようとしていた。外国人を追い出せ。だが、外国人たちを飛行場や港に送り届けるわけではない。殺すのだ。そうすればまだこの国に上陸していない外国人たちは、やってこないだろう。

*おまえの任務は聖なるものだ、*と兄は繰り返し言った。*預言者はきっと満足なさるだろう。われわれがこの国を彼の望むように変えたら、おまえの将来はすべて明るいものになるだろう。*

ファリドはポケットの中の短剣に触れた。前の晩、屋根の上で別れのあいさつをしたときにラヒドにもらったものだ。短剣の柄《つか》は美しい象牙だった。

町外れまで来たとき、彼らは足を止めた。いくつかの通りが広場に流れ込んでいた。頭上の夜空は晴れわたり、星がきらめいている。彼らは店を閉めブラインドを下ろした細長い泥塗り壁の家の陰に身を隠した。通りの向かい側には、高い鉄塀で囲まれた大きな石造りの家があった。ここまで案内してくれた男は来たとき同様、音もなく姿を消した。あとに四人が残った。

すべてが静まり返っていた。ファリドはいままで一度もそんな静けさを経験したことがなかった。アルジェにはけっしてこんな静けさはない。いままで十九年生きてきた中で、初めてといってもよかった。

犬たちさえも、暗闇の中のどこかにいる犬たちさえも、うなり声一つ立てない。

向かいの家の窓にはまだ明かりがついていた。バスがやってきた。ヘッドライトが故障して点滅している。がたがたと揺れながら彼らの前を通り過ぎると、ふたたびあたりは静かになった。

向かいの家の窓の明かりが一つ消えた。ファリドは時間を計ろうとした。もうすでに三十分は待っただろうか。空腹だった。朝早く食べてから、いままでずっと食べていない。二本の瓶に持ってきた水はとっくに飲み終わっていたが、もっとくれとは言えなかった。リーダーの男はきっと怒るだろう。聖なる任務を遂行しようというときに、水をくれなどとは、と。

もう一つ明かりが消えた。その後すぐに、残っていた最後の明かりも消えた。通りの向かいの家はすっかり暗くなったが、四人はそれでもさらに待った。ついにリーダーの合図があり、彼らは足早に通りを渡った。門扉《もんぴ》のところに年寄りの警備員が座り込んで眠っていた。リーダー格の男はその老人を足で蹴り、目を覚ました警備員の老人の顔に短剣の刃をぴたりと押しつけ、なにやら小声で言った。外灯は暗かったがファリドには老人の目に浮かんだ恐怖がわかった。老人は立ち上がると、足を引きずりながら立ち去った。彼らは鈍い音を立てる門扉を開けて庭に入った。ジャスミンの香りとファリドには名前が思い出せないハーブの匂いがした。依然としてあたりは静まり返っていた。高い門柱には〈キリスト信者姉妹の言葉〉という文字が掲げられていた。これらの文字の意味を考えようとしたとき、ファリドは肩に手を感じ、ぎくりとした。リーダー格の男だった。初めて聞いた彼の声は低く、微動だにしない夜の風にさえ聞き取れないくらいだった。

「われわれは四人だ。家の中にも人間が四人いる。一人ひとり別の部屋で眠っている。廊下に面した個室で。みな年寄りで、抵抗はしないだろう」

ファリドはリーダーのそばに立っている二人の男たちを見た。彼よりも数歳年上だ。そのときになって初めて、ファリドは彼らにはこれが初めてではないのだとわかった。自分だけが新人なのだ。だが、彼は不安ではなかった。ラヒドからこの任務は預言者ムハンマドの言葉に従ったものだと聞いていた。

リーダーはファリドを見た。まるで彼の考えを読んだかのように。

「この家には四人の女が住んでいる」とリーダーは言った。「この国から出るのを拒んだ者たちだ。つまり、死を選んだのだ。そのうえやつらはキリスト教信者だ」

おれは女を殺すのだ、とファリドはそのとき思った。女だとは、ラヒドは言わなかった。

それについては一つしか理由はないにちがいない。

なんのちがいもない。男でも女でも同じということだ。

ファリドたちは家の中に入った。玄関扉の錠は短剣で簡単にこじ開けられた。暗い家の中は空気がよどんでいて蒸し暑かった。懐中電灯をつけ、幅のある階段を上って二階へ行った。二階の廊下には裸電球が一個、天井からぶら下がっていた。依然として物音一つしない。ドアの閉まった部屋が四つ、目の前にあった。男たちは短剣を取り出した。リーダーがドアを指して合図した。いまはためらっているときではない。ラヒドは、すべては瞬時におこなわれなければならないと言った。目を見てはいけない。のどだけを見るのだ。そして力を込めていっきに切り裂くのだ。

終わったあと、ファリドは一部始終を思い出すことができなかった。白いシーツを掛けてベッドに寝ていた女は、白髪だったかもしれない。通りから差し込む明かりが薄暗くて、よく見えなかった。彼がシーツを剝《は》がすと同時に女は目を覚ました。だが、彼がひとおもいにのどを切り裂き、噴き出す血を浴びないように後ろに下がったその瞬間、女は叫び声を上げるひまも事態を理解するひまもなかったはずだ。ファリドはすぐにきびすを返して廊下に出た。すべては三十秒もかからずに終わった。体の中で秒針が時間を数えていた。廊下から立ち去ろうとしたとき、男の一人が低く声を上げた。一瞬、リーダーが立ちすくんだ。なすすべを知らないかのように。

一つの部屋にもう一人女がいた。五番目の女だ。

そこにいるはずのない女だった。関係者ではない。単なる客だったのかもしれない。

だが、その女もまた外国人だった。みつけた男にはそれがわかった。

リーダーが部屋の中に入った。その後ろにいたファリドの目に、ベッドで縮み上がっている女の姿が映った。その恐怖を見て、彼は気分が悪くなった。部屋のもう一つのベッドには女が死んでいた。白いシーツが真っ赤な血に染まっている。

リーダーが短剣を取り出して五番目の女の首を切り裂いた。

男たちは来たとき同様、だれにも見られず姿を消した。暗闇で、車が一台彼らを待っていた。明け方、車はエル・ケドの町からも五人の死んだ女たちからもずっと離れたところにいた。

一九九三年五月のことだった。


手紙はその年の八月十九日に届けられた。

アルジェリアの消印を見て母親からの手紙だと思い、彼女は開封しなかった。落ち着いてから手紙を読みたかったからだ。封筒の厚みから、長い手紙であることは見てとれた。母親からは三ヵ月も連絡がなかったので長い手紙なのだと勝手に納得してもいた。きっと話したいことがたくさんあるのだろう。居間のテーブルの上に置いて、夜までそのままにしていた。ぼんやり変だとは思った。母親はなぜ今回にかぎって宛名と住所をタイプで打ったのだろうか？　しかし、その答えはきっと中の手紙に書いてあるのだろうと思った。夜もだいぶ更けて真夜中近くになったころ、やっと彼女はベランダのドアを開けて、狭い空間に置かれたたくさんの植木鉢の間にいすを出して腰を下ろした。気持ちのいいきれいな八月の夜だった。たぶんこんな夜はもう今年はないだろうと思えるような。秋は目には見えないがすぐ近くまできていた。彼女は封筒を開けて読みはじめた。

手紙を読み終わったとき、初めて彼女は泣きだした。

その時点で、手紙の書き手は女だろうと確信した。美しい筆跡のためだけではなかった。言葉の選びかただ。見知らぬ書き手は恐ろしいできごとをできるかぎり配慮して伝えるために、迷いながらも用心深く表現していた。

だが、できごとそのものは容赦のないものだった。起きたことがそのまま書かれていた。それだけが。

手紙の差出人はフランソワーズ・ベルトランという名前の警察官だった。明確には書かれていなかったが、フランソワーズはアルジェリアの中央警察殺人捜査課の捜査官らしかった。その仕事の中で、彼女は首都アルジェの南西の町エル・ケドでその年五月のある晩に起きたできごとを知るに至ったのだ。

全貌が明らかになると事件は、恐ろしいものであることがわかった。フランス国籍の尼僧が四人、外から侵入した複数の男たちによって殺された。彼らはおそらく外国人を国から追放しようとしている原理主義者たちにちがいない。アルジェリアは衰弱し、ついには壊滅してしまう。そのあとに原理主義の国を創設するつもりなのだ。四人の尼僧はのどを切り裂かれていた。盗まれたものはない。あとには飛散し凝固した真っ赤な大量の血だけが残っていた。

だが、その中に五番目の女がいた。すでに数回滞在延長許可を得ていたスウェーデン人観光客で、男たちが短剣を手に尼僧たちを殺しにやってきた晩、その家にたまたま滞在していたのだ。ハンドバッグに入っていたパスポートで、観光ビザで合法的にアルジェリアに滞在しているスウェーデン人アンナ・アンデル、六十六歳、とわかった。ハンドバッグにはほかに復路の予約欄未記載の航空券があった。四人も尼僧が殺されたことだけでもすでに最悪の事態であり、政治的圧力がかけられていたアルジェリア警察当局は、アンナ・アンデルが単独で旅行していたのをよいことに、五番目の女の存在を消した。残虐行為がおこなわれた晩、彼女は現場にいなかったことにしたのだ。彼女の横たわっていたベッドは、空《から》っぽだったことになった。それにかわって、彼女は交通事故で死んだということにされた。名前の知れない交通事故の犠牲者ということで、無名のまま墓地に埋められることになった。アンナ・アンデルの所持品は始末され、彼女の痕跡を示すものはすべてなくなった。

フランソワーズ・ベルトランが呼ばれたのはこの時点でだった。その長い手紙には、ある朝早くわたしは上司に呼ばれ、すぐにエル・ケドへ行けとの命令を受けた、とあった。スウェーデン女性はすでに埋葬されたあとだった。フランソワーズ・ベルトランの任務は、その女性の痕跡の抹消《まつしよう》を確認し、パスポートその他の私有物を完全に始末することだった。

アンナ・アンデルはアルジェリアには来たこともないことにされた。アルジェリアの心配事ではなくなった。すべての記録から抹消された。だが、すべてを始末したあとで、フランソワーズ・ベルトランはアンデルのもうひとつのハンドバッグをみつけたのだ。殺人捜査に当たった捜査官たちがみつけなかったものが洋服ダンスの後ろにはさまっていた。高いタンスの上に置いていたものが、後ろに落っこちたのかもしれない。故意に隠していたのか、落っこちたのか、それはフランソワーズ・ベルトランにもわからなかった。とにかく、その中には、書きかけの手紙があった。それは遠いスウェーデンのイースタという町に住んでいる娘に宛てたものだった。フランソワーズ・ベルトランは個人的な手紙を読んでしまったことを謝っていた。ベルトランはアルジェに住むアル中のスウェーデン人画家にスウェーデン語の解読をたのみ、画家は内容も理解しないまま、翻訳してくれた。ベルトランはその翻訳を書き記してみて、初めて概要がつかめた。そのころにはすでに、ベルトランはこの五番目の女の身の上に起きてしまったことに激しい良心の呵責《かしゃく》を感じていた。彼女自身が深く愛する祖国アルジェリア、国内的にこれほど混乱し、これほど崩壊してしまっているこの国で、見知らぬ女性がこのように殺されてしまったことに。

ベルトランは手紙で祖国の状態を説明し、また自分自身のことも語っていた。父親はフランス生まれだったが、両親とともにアルジェリアに移住したこと、父親はアルジェリアで育ち、アルジェリア女性と結婚して子どもをもうけたこと。フランソワーズはいちばん上の子どもで、いつも片足をアルジェリアに、片足をフランスにおいているようなどっちつかずの状態にあった。しかし、いまは迷いはない。アルジェリアが祖国だ。だからこそ、祖国を崩壊させるような国内紛争に苦しんでいる。また、だからこそいま彼女は、このスウェーデン女性が自動車事故に遭ったことにし、死体を始末し、さらには彼女がアルジェリアを訪問していた事実そのものまで抹消してしまうことに協力して、自己の誇りと祖国の誇りを失うようなことはしたくないのだ。眠れない夜が続いた、とフランソワーズ・ベルトランは手紙で告白していた。そしてとうとう、見ず知らずのスウェーデン女性の娘に真実を告げることに決めた。祖国の警察への忠誠心はこの際押し殺すことにした。自分の名前を出さないでほしいと彼女は手紙に記していた。わたしが書いたことは真実です。起きたことをそのまま話すのは、もしかすると間違いかもしれません。でも、ほかのことができたでしょうか？　わたしは娘への手紙が入っているハンドバッグをみつけました。わたしはいま、なぜわたしがこの手紙を手にするに至ったのかを語り、手紙の宛名のあなたに送ります。

封筒には書きかけの手紙が同封されていた。アンナ・アンデルのパスポートも入っていた。

だが、アンナの娘はその手紙を読まなかった。ただ手紙をベランダの床に置き、長いこと泣き続けた。明け方になってようやく彼女は立ち上がり、台所へ行った。そのまま長い時間、食卓に向かって座っていた。頭は空っぽだった。だが、その後、彼女は考えはじめた。すべてが簡単に思えた。こんなにも長い間、待っていたのだと納得した。いままでそれがわからなかった。待っているということも、なにを待っているのかも。いまそれがはっきりわかる。自分には任務がある、遂行するのはいまだ。もう待つ必要はない。時が熟したのだ。母は死んだ。ドアが大きく開かれた。

彼女は立ち上がり、箱を一つ持ってきた。中には折りたたまれた小さな紙片がいくつも入っている。こんどはベッドルームからベッドの下の箱に入れておいた大型の日誌のようなものを持ってきた。小さな紙片を食卓の上に並べはじめた。四十三枚あることはわかっている。そのうちの一枚だけに黒いバツ印がついている。彼女は紙片を、一枚一枚開けはじめた。

バツ印は二十七番目の紙についていた。こんどは日誌を開けると、指で二十七番目の名前まで欄をたどっていった。その名前は自分が書いたもので、見ているうちに、その人物の顔が目に浮かんできた。

その後、彼女は日誌を閉じ、紙片をまた箱の中に戻した。

母親は死んだ。

もはやためらいはなかった。そしてもはや戻る道もない。

一年の猶予を自分に与えることにした。悲しみを鎮めるために、そしてすべてを準備するために。それ以上は待たない。

彼女はもう一度ベランダに出た。タバコを一本吸い、目覚めはじめたイースタの町をながめた。海のほうから雨が町に降りかかっている。

七時過ぎ、彼女はベッドについた。

一九九三年八月二十日の朝だった。

スコーネ　一九九四年九月二十一日から十月十一日

1

夜の十時に、やっと詩を書き上げた。

最後の連がむずかしく、長い時間がかかった。難解で美しい言葉がほしかった。何度も書き直しては、くずかごに捨てた。二度ほど、もうだめだとあきらめかけた。そうやってようやく完成した詩がいま目の前の机の上にある。メランスペッテンという絶滅に瀕《ひん》したスウェーデンのキツツキの一種をうたったものだ。一九八〇年代の初頭から見かけなくなった鳥だ。人間によって滅亡させられかけている鳥類がここにも一つある。

彼は立ち上がり、背中を伸ばした。年を重ねるごとに、机に向かって文字を書くのがつらくなってきた。

わしのように年を取ったら、詩など書くものではない。七十八にもなったら、自分の考えなどほかの者たちに伝えても意味がないのだ。そう心の中で思ったが、本当はそんなことはないとも思った。老人はどうしようもないものだから勝手にやらせておけという、木で鼻をくった態度や軽蔑に満ちたいかにも我慢してやるという態度が蔓延《まんえん》しているのは西欧社会だけで、ほかの文化では老齢は人生の知恵を集積していると尊敬されている。詩作は生きているかぎり続けるぞ、と彼は思った。ペンを持つ力があるかぎり、頭がいまのようにはっきりしているかぎり続けるつもりだった。ほかのことはもうできなくなっている。昔は成績のいい自動車販売業者だった。ほかの業者と比べても際立って優秀だった。取引やセールスの場では辣腕《らつわん》を振ることで知られていた。実際彼は車を売りまくった。最盛期には、トンメリラとシューボ地域の販売を取り仕切り、いまの暮らしができるような財産を築いたのだ。

それでも彼の人生において意味のあるものは、詩だった。それ以外は必要からしかたがなくやったことだった。いま目の前にある言葉の群れ、それらはほかのことではけっして満足の得られない生きがいだった。

彼は窓辺へ行き、カーテンを引いた。その大きな窓はここからは見えない海のほうに向かってなだらかに下っていく広大な農作地を見渡せるものだった。それから本棚のほうに行った。彼はいままで九冊の詩集を出版していた。それらは本棚にぜんぶそろっている。どれもほんの少ししか売れなかった。三百部かそこらだ。売れ残ったものは段ボールに入れて地下室にある。喜んでそこに収めているわけではないが、それらはいまでも彼の誇りだ。しかし彼は、いつか自分の手で燃やしてしまうつもりでいた。地下室から段ボールを運び出して、マッチを擦ってぜんぶ燃やしてしまうのだ。いつの日か、医者から死を宣告されるか、自分で残りの日が少ないことをさとったら、人にほしがられなかった九冊の薄い本をいっきに燃やしてしまおう。だれにもごみ捨て場に捨てさせはしない。

彼は本棚に並んだ詩集を見た。ずっと詩を読んできた。暗唱している詩もたくさんある。彼はけっして誇大妄想家ではなかった。自分の詩が最上の級に属するものとは思っていなかった。しかし、最低とも思っていなかった。一九四〇年代から五年に一度の割合で出版されてきた詩集のどれにも、最上の詩の仲間入りができる連がある。だが、彼の職業は自動車販売業者で、詩人ではなかった。彼の詩は新聞の文化欄を飾ることはなかったし、文学賞を授かることもなかった。詩集はどれも自費出版だった。最初の詩集を作り上げたとき、彼は原稿をストックホルムの大きな出版社数社に送りつけた。どの出版社も簡単な既成の断り状をつけて送り返してきた。中に一人だけ、鳥のことに限定される詩を読む人はいない、セキレイの精神生活は人の関心を呼びはしないと添え書きをしてきた編集者がいた。

そのあとは、出版社に原稿を送り込みはせず自費出版することにした。質素な表紙、白地に黒の単純な印字、金のかからない出版だった。書かれている言葉こそが意味のあるもの。それでも長年の間には、たくさんの人間が詩を読んでくれたし、いい詩だとほめてくれもした。

そしていま、彼はもう一つ詩集を完成させた。メランスペッテン、スウェーデンではもはや見かけられなくなった美しいキツツキの詩だ。

自分は鳥の詩人だ、と思った。

書いてきた詩のほとんどが鳥に関する詩だ。羽ばたき、夜飛ぶ鳥の群れ、遠くから聞こえる求愛の鳴き声。鳥の世界のことなら、どんな秘密も知らないことはない。

彼は机に行って、さっき書き上げた詩を手に取った。最後の連もしまいにはうまくいった。紙を机の上に戻し、立ち上がって歩きだしたとき、背中が急に痛みだした。病気にかかったのだろうか？　彼は毎日、体が自分の意思に反して老いはじめているのではないかと神経を尖らせていた。いつも体を鍛えてきた。タバコは吸ったことがなかったし、食事も飲酒もけっして度を超さないようにしてきた。そのために健康状態はすこぶるよかった。だが、もうじき八十になる。人生の終焉《しゅうえん》は目前に迫っている。台所へ行って、いつもコーヒーメーカーの上で温められているコーヒーをカップに注いだ。詩を書き上げたために、うれしさと悲しさが交錯していた。

人生の秋。すべてに言えることだ。自分の書くものにも、いまの季節にも。九月。暦の上ばかりでなく、自分の人生の上でも秋だ。

コーヒーカップを持って居間へ戻った。四十年以上も使ってきた革のひじ掛けいすにゆっくりと腰を下ろした。そのいすは南スウェーデンでフォルクスワーゲンの代理店権を手に入れたときに、記念に買ったものだった。すぐそばのサイドテーブルには、いままで飼った犬の中でもいちばんかわいがっていたシェパードのヴェルナーの額入りの写真が置いてある。年を取るということは一人になることだ。人生を満たしていた者たちが死んでいなくなる。しまいには犬までが影の世界に消えてしまう。そのうちに、残っているのは自分だけになってしまう。人生のある時点までくると、人間はすべて一人きりだ。このことを彼は詩に書こうとしたが、うまくいかなかった。メランスペッテンを悲しむ詩を書き上げたいま、もう一度挑戦してみるか？　だが、彼に書けるのは鳥のことだけだった。人間のことは書けない。鳥は理解できたが、人間は理解できない気がする。自分のことさえ、理解できたためしがあるだろうか？　理解できないことを書くのは、禁じられている領域に押し入るようなものだ。

目を閉じた。すると突然一九五〇年代後半に見た一万クローネ（現在のレートで約十五万円）の懸賞番組を思い出した。いや、もしかするとあれは六〇年代だっただろうか？　その時代のテレビはまだ白黒だった。若い男がそのクイズ番組に登場した。髪の毛をぴったりと撫でつけた目に障害がある男で、すべての問題に正解して、当時の金額としては破格の一万クローネを手にした。

男は防音された部屋にイヤホーンをつけた姿で映されていたが、彼自身はいま座っている革のひじ掛けいすに座ってこの番組を見ていた。そして、彼もまたすべてに正解を出した。若い男とちがって考えるための時間を要求する必要もなかった。もちろん一万クローネをもらいはしなかったが、彼にはそれほど鳥に関する知識があった。が、彼はテレビには出ずに詩を書き続けた。

ふと夢から覚めたようにわれに返った。音が聞こえた。暗い部屋から外に聞き耳を立てた。庭にだれかいるのか？

彼はその疑いを振り払った。気のせいにちがいない。年取るということの特徴の一つは、心配性になることだ。ドアにはしっかりした錠前をつけている。二階にはライフル銃を用意している。ピストルはすぐに手に取れるようにいつでも台所の引き出しに入れてある。侵入者がイースタの北にある、人里離れたこの家屋敷にやってきても、自衛はできる。ためらいなく撃つことができる。

彼は立ち上がった。背中がまた痛んだ。痛みは強くなったり弱くなったりした。コーヒーカップを調理台に置き、腕時計を見た。まもなく十一時。出かける時間だ。目を細めて台所の窓に貼りつけてある温度計を見ると、七度と読めた。気圧が上がってきた。南西の微風がスコーネ地方に吹いている。条件はすべて完璧だ。今晩、鳥たちは一直線に南へ向かう。何千羽もの長い距離を飛ぶ渡り鳥たちが目に見えない翼を羽ばたかせて彼の頭上を行くだろう。目には見えないのだ。だが、渡り鳥の群れが黒い夜空を、彼の頭上高く渡っていくのを感じることができる。五十年以上、彼は秋になると、幾度となく夜の暗い野原で過ごしてきた。渡り鳥たちが真っ暗闇の空を飛んでいくのを全身で感じるために。

空全体が動いている、と彼はいつも思う。

静かにうたう鳥たちのシンフォニー・オーケストラが、厳しいスウェーデンの冬を逃れて暖かい南の国へ旅立つのだ。鳥たちの遺伝子が旅立ちの時を告げる。星の位置と磁場によってナビゲートする彼らのたしかな能力で、いつも間違いなく目的地に到着するのだ。適切な風を待つ。何時間でも飛び続けることができるよう、十分な脂肪を体に蓄えて。

空全体が羽ばたきで震えるとき。またもや南の国へ巡礼の時節がやってきたのだ。渡り鳥のメッカへの旅。

夜の渡り鳥たちに比べたら、人間などなんだというのだ？　高いところで、空全体が動くのに比べたら、土に縛られた孤独な老人などものの数ではない。

これは聖なる行為に近い、と彼は昔から思ったものだ。漆黒の暗闇に立ち無数の渡り鳥たちが飛ぶのを感じるのは、自分だけの秋の荘厳ミサだった。そして春になると帰ってくる鳥たちを迎えるためにまたそこに立つのだ。

夜の渡り鳥は彼の宗教だった。

玄関まで行き、コート掛けに手をかけて立ち止まった。居間に戻り、机のそばのスツールにあったセーターを手に取った。

年取ることの苦しみの一つに、体が冷えやすいということがある。

もう一度、机の上の詩に目を落とした。メランスペッテンを惜しむ歌。しまいには望みどおりの詩ができた。もしかするとまだこれからたくさん詩を書いて十冊目の詩集が出せるほど長生きするかもしれない。タイトルはもう考えついている。

真夜中の荘厳ミサ。

ふたたび玄関に行き、ジャケットを着て鳥打ち帽を深くかぶった。それから玄関扉を開けた。秋の空気は湿った土の匂いに満ちている。扉を閉めて、外の暗さに目を慣れさせた。庭がひっそりたたずんでいた。遠くにイースタの町の光の反射で空がわずかに明るんでいるのが見える。それをのぞけば、人が近所に住んでいないこのあたりは真っ暗闇だ。空が晴れ上がっていた。遠くの地平線にほんの少し雲が見えた。

それはまさに渡り鳥の群れが頭上を飛ぶにふさわしい夜だった。彼は歩きはじめた。この農家は古くに建てられたもので、本来はスコーネ地方独特の四つの建物で構成されている。三つは残っていたが四つ目は百年ほど前に火事で焼けてしまい、いまはなかった。内庭に敷かれた砂利は昔どおりに復元した。この農家を昔どおりの重厚なものにするために、彼はつねに修復に莫大な金をつぎ込んでいた。自分が死んだら、ここをルンドにある文化博物館に寄贈するつもりだった。結婚は一度もしたことがなく、子どももいない。車を売って一財産を築いた。犬は何匹も飼った。ずっと頭上に鳥たちがいた。

おれはなんの悔いもない、と彼は小道を歩きながら思った。その道の先には自分で作った望《ぼう》楼《ろう》がある。そこでいつも渡り鳥を観察するのだ。おれはなにも後悔しない。後悔したところでなんの役にも立たないからだ。

美しい九月の夜だった。

だが、なにかが彼を落ち着かなくさせた。

小道で立ち止まり耳を澄ました。だが、聞こえるのはただかすかな風の音ばかり。彼はふたたび歩きだした。背中の痛みのせいで不安を感じるだけなのかもしれない。さっきの突然の痛みのためか？　不安は彼の内からくるものだった。

ふたたび立ち止まり、こんどは振り返って見た。なにも変わったことはない。自分一人だけだった。小道は下降していた。そのあと道は小高い丘のふもとに着く。そこに大きな濠《ほり》があって板が渡してある。彼が自分で渡したものだ。望楼はその丘のてっぺんに立っている。家の玄関からそこまではきっかり二百四十七メートルだ。この小道を何度歩いただろう。カーブも、下りの勾配もすみずみまで知っていた。それでも彼はゆっくり用心して歩いた。転んで骨折することだけは避けたかった。老人の骨はもろい。腿《もも》の骨でも折って入院したら、自分はきっと死んでしまう。なにもしないで病院のベッドに横たわっていることなど自分にできるはずがない。きっと過去のことをいろいろ考えるだろう。そうなったらもうおしまいだ。

彼は突然足を止めた。フクロウが鳴いている。どこかで枝がきしむ音がした。音は深い森のほうから聞こえた。彼が建てた望楼の向こう側の茂みから。彼は五感を研《と》ぎ澄ましてたたずんだ。フクロウがまた鳴き、そのあとあたりは静まり返った。ふたたび歩きだしながら、彼は苛立ちの言葉を吐いた。

年寄りの心配だ。お化けが怖いといって、暗闇を怖がるのと同じではないか。

そのとき望楼が目に入った。黒い影が夜空にくっきりとそびえている。あと二十メートルで深い濠に渡してある板の端に達する。彼は歩き続けた。フクロウは鳴かなくなった。モリフクロウだろう。

そう、ぜったいにあれはモリフクロウだ。

そのとき突然彼は足を止めた。すでに濠の上に渡してある板のところまで来ていた。

丘の上の望楼が変だった。なにかがいつもどおりではない。彼は暗闇の中にあるものをはっきり見ようと目を凝らした。なにがちがっているのかわからなかったが、なにかが変わっている。

思い過ごしだ。すべてがいつもどおりだ。十年前に自分が建てた望楼は変わっていない。おれの目がよく見えなくなっただけだ。それだけのことだ。一歩踏み出して、足を渡し板の上におく。足の裏に板の硬さが伝わった。その間ずっと彼は望楼を見上げていた。

なにかがおかしい。昨日の夜よりも一メートル高くなっているように見える。それともこれは夢なのだろうか。あそこに立っている自分を夢で見ているのだろうか?

そう思った瞬間、これは現実だとわかった。だれかが望楼に立っているのだ。動かない影。一瞬恐怖が彼の体を駆けめぐった。突風のように。次の瞬間、怒りがこみ上げた。人の土地に入り込んだやつがいる。しかも自分の許可も取らずに望楼に立っているではないか。おそらく丘の向こう側にいる鹿を追いかけている密猟者にちがいない。ほかの鳥観察者がこんなことをするはずがない。

彼は望楼の上の人間に呼びかけた。答えはない。動きもない。不安になった。やっぱり目のせいかもしれない。目がかすんで、ありもしないものを見ているのかもしれない。

もう一度呼びかけたが、こんども答えはなかった。彼は渡し板の上を歩きはじめた。板が割れたとき、彼はつかまるところもなく倒れた。濠の深さは二メートル以上もあった。体の前面から倒れ、両腕で自分の体を支えることもできなかった。

次の瞬間、鋭い痛みが体を射ぬいた。一瞬にして体が突き刺された。まるで真っ赤に燃える鉄を体の数ヵ所に押し当てられたような感じだった。あまりの痛みに声を上げることもできなかった。死の寸前、彼は自分が濠の底まで落ちていないことに気づいた。激しい痛みに突き刺されたまま宙づりになっていた。

最後の瞬間、彼は頭上高く飛んでいる渡り鳥の群れのことを思った。

夜空が南に動いていく。

彼は最後の力をふりしぼって、痛みから逃れようとした。

そしてすべてが終わった。

十一時二十分。一九九四年九月二十一日。

ちょうどその晩、ウタツグミとワキアカツグミの大群が南に向けて飛んでいった。鳥の群れは北から渡ってきて、ファルスタボー岬をまっすぐ越えて南西のコースを、遠くの暖かい国へ向かって飛んでいくところだった。


すべてが静まり返ったとき、女は望楼の階段をゆっくりと下りてきた。手に持った懐中電灯で濠を照らした。ホルゲ・エリクソンは間違いなく死んでいた。

明かりを消すと、女はそのまま闇の中にたたずんだ。

しばらくして足早にその場を立ち去った。

2

九月二十六日月曜日の朝五時過ぎに、クルト・ヴァランダーはイースタの町の中心部にあるマリアガータンの自宅アパートで目を覚ました。

体を起こすと、まず自分の手を見た。きれいに日に焼けている。ふたたび枕に頭を戻し、寝室の窓に降りかかる雨の音に耳を澄ました。二日前にコペンハーゲンのカストルップ空港に降り立って終了した旅行のことを思い出すと、楽しい気持ちがよみがえった。まる一週間、父親といっしょにローマで過ごした。天気は快晴で暑く、肌は小麦色になった。午後のいちばん暑い時間、彼らはボルゲーゼ公園で座れるベンチを探したものだ。父親は日陰に座り、彼自身はシャツを脱ぎ、太陽に向かって目を閉じた。旅行中、意見の不一致はこのことだけだった。父親にはクルトがなぜそれほど日に焼けようとするのか、そのこだわりがどうしても理解できなかった。が、不一致といってもそれは大した問題ではなかった。それはこの旅行を現実的なものに感じるために必要な、小さないさかいのようなものだった。

旅行は大成功だった、とヴァランダーは横たわったまま思った。父親と二人のローマ行き。それは楽しい旅になった。思ってもいなかったほど、いや、望んだこともなかったほど、素晴らしい旅行になった。

ベッドのそばの時計を見た。今朝から仕事に戻ることになっている。時間は十分にある。まだしばらくベッドにいてもいい。昨晩目を通した新聞の山から一部を手に取った。総選挙の結果が出ていた。投票日はローマにいることになっていたので、彼は不在者投票をしていた。社会民主党が投票数の四十五パーセントを得たらしい。これはどういう意味だ？　なにか変化が起きるのだろうか？

新聞を床に放って、彼はふたたびローマに思いを馳せた。

フィオーリ広場の近くの安いホテルに滞在した。部屋の上にルーフテラスがあって、そこからローマの素晴らしい眺めが一望できた。朝、そこでコーヒーを飲んでその日の予定を決めるのを日課とした。意見が合わないことはまったくなかった。父親は見たいものをぜんぶ決めていた。予定が多すぎるのではないかと心配するほどだった。父親が混乱してしまったり、ぼんやりしてしまうのではないかという危惧もあった。病気は鳴りを潜めていた。病気がすぐそばにいるということは二人とも知っていた。アルツハイマー症候群という、それまで聞いたこともないような名前の病気だった。だがこの一週間、その素晴らしい旅の一週間、父親の機嫌はかつてないほどよかった。ヴァランダーは旅がすでに過去のことなのだと思うと、胸が詰まるような思いがした。もう終わったことで、あとはもう記憶にしか残っていないのだ。もう一度ローマに旅することはけっしてないだろう。あの旅は一回きりだ。まもなく八十歳になる父親といっしょにしたあの旅は。

旅の間、父親をとても近くに感じるときがあった。この四十年間一度も感じたことがなかった親近感だった。

この旅で発見したこともあった。それは自分が父親に似ているということ、それまで思っていたよりもずっと似ているということだった。中でも、二人は典型的朝型人間だった。ホテルの朝食時間は七時からだと教えると、父親はすぐに不満の声を上げた。息子を従えて父親はただちにホテルのフロントに行き、スコーネ訛《なま》りの英語、ドイツ語らしきもの、それにイタリア語のぜんぜん関係のない言葉を組み合わせて、ブレックファストをプレスト（もっと早く）に、タルディ（遅く）ではなく、ぜったいにタルディではだめだとわからせるのに成功した。なぜかわからないが、朝食時間を六時からにするべきだと要求するときに、父親は何度もパッサジオ・ア・リヴェッロと繰り返した。その時間にコーヒーを飲ませてくれ、さもなければほかのホテルに移るということを伝えるために。パッサジオ・ア・リヴェッロ。受付の男は驚嘆と尊敬の入り交じった顔で父親を見つめた。

もちろん朝食は六時に出されるようになった。のちヴァランダーはイタリア語の辞典でパッサジオ・ア・リヴェッロは線路の交差する場所という意味だと知った。父親はなにか別の言葉と勘違いしたのだろう。それがなんだったのかわからなかったが、彼は賢くもあえて父親に尋ねはしなかった。

ヴァランダーは雨の音に聴き入った。ローマへの旅。わずか一週間の短い旅だったが、いま思うと無限に広がる、感情を揺さぶるような経験だった。父親は朝コーヒーを飲む時間にこだわりがあるだけではなかった。当然のように、また自信たっぷりと、息子をローマの町じゅう引っ張りまわしただけでなく、彼自身なにを見たいのかはっきりわかっていた。どこへ行くにも、およその見当で動いているのではなかった。ヴァランダーは、父親が一生をかけてこの旅行の準備をしてきたのだとわかった。これは聖地への巡礼の旅なのだ。自分はそれに同行しているのだ。自分は父親の旅の重要な一部なのだ。目には見えないがつねにそばにいる従者なのだ。この旅行には秘められた目的があるらしいが、自分にはけっしてわからないだろう。父親はすでに心の内で経験したなにかを確認するためにローマに来たのだ。

三日目、彼らはシスティーナ礼拝堂へ行った。父親は一時間もその場に立ち尽くしてミケランジェロが描いた天井画を見ていた。それはまるで老人が無言のまま天に向かって祈りを捧げているようだった。ヴァランダー自身はすぐに首が痛くなってやめてしまった。それでも素晴らしく美しい絵であることだけはわかった。だが、父親の目にはもっとたくさんのことが見えているのにちがいなかった。一瞬彼は不謹慎にも、父親は天井画にキバシオオライチョウや日没が描かれているのではないかと探しているのかもしれないと思った。だが、少しでもそんなことを思ったことを後悔した。三流画家だった父親が、尊敬と共感をもってその絵を見ていたことは間違いなかった。

ヴァランダーは目を開けた。雨はまだ降っていた。

システィーナ礼拝堂へ行った日の夜、ローマ滞在三日目の晩のことだった。ヴァランダーは父親がなにかを企てているような気がした。それも自分には話さず、父親だけの秘密として。なぜそんな気がしたのかはわからなかった。ヴィア・ヴェネトというレストランで食事をした。

高すぎるとヴァランダーは思ったが、父親はかまわないと言った。最初で最後の旅行でいっしょにローマに来ているのだ。立派な食事をしてもいいではないか、と。食事のあと、二人は散歩をした。夜の空気は柔らかく、通りには大勢の人が出ていた。父親はシスティーナ礼拝堂の天井画のことを話していた。朝食のことで文句を言って以来、父親はホテルの人々から丁重に扱われるようになっていた。二度ほど道に迷ったすえ、やっと彼らは宿泊しているホテルに着いた。鍵を受け取り、ホテルの従業員から何度もお辞儀をされたあと、彼らは階段を上った。それぞれの部屋の前で立ち止まると、お休みのあいさつを交わして部屋に入った。ヴァランダーはベッドに横たわり、部屋に入り込む街の音を聴いた。バイバのことを思ったのかもしれない。いや、単にうとうとと眠りかけていたのかもしれない。

しかし、急に目を覚ました。なにかが彼を不安にさせた。起き上がりモーニングガウンを着ると、彼は下のフロントに下りていった。静まり返っていた。宿直の従業員はフロントの奥の部屋で低い音でテレビを見ていた。ヴァランダーはミネラルウォーターを買った。フロント係は神学生で、アルバイトをして授業料を稼いでいた。それは最初の夜、水を買いに来たときに聞いていた。パーマのかかった黒い髪の毛をした男で、パドヴァの出身。マリオという名前で素晴らしく英語がうまかった。気がつくとヴァランダーは、そのフロント係にもし夜中に父親がフロントに現れたり、外に出かけたりするようなことがあったら、部屋に来て起こしてくれないかとたのんでいた。フロント係はヴァランダーの話を真剣に聴いていた。驚いたのだろうか？　もしかすると、夜のフロント係の経験は彼に、客はあらゆる種類のたのみごとをするものと教えていたのだろうか？　話を聴き終わると彼はうなずき、もし年取ったほうのヴァランダー氏が夜中に出かけるようなことがあったら三十二号室のドアをノックすると約束してくれた。

それは七日目の晩のことだった。昼間はフォロ・ロマーノ遺跡を見、そのあとドーリア・パンフィーリ美術館まで見た日のことだ。夜、ボルゲーゼ公園からスペイン階段まで暗い地中トンネルを歩き、そのあと食事をした。勘定書を見てヴァランダーは驚いた。旅はすでに終わりに近かった。大成功の旅。ここに至って大成功以外はあり得ない旅が終わろうとしていた。父親の元気と好奇心は依然として旺盛だった。食事のあと散歩を続け、カフェに入ってコーヒーを飲み、グラッパで乾杯した。その晩もまた、彼らが滞在中のほかの晩同様、九月の暑い夜だった。ヴァランダーはベッドに横たわるが早いか、眠りに落ちた。

ノックの音が響いたのは一時半だった。

最初、彼はどこにいるのかわからなかった。ねぼけまなこをこすりながらドアを開けると、宿直のフロント係がいて、その流暢な英語でセニョール・ヴァランダーの父上がたったいまホテルから外に出ていったと伝えた。ヴァランダーは急いで服を着た。ホテルの外に飛び出すと、ちょうど通りの反対側を行く父親の後ろ姿が見えた。その足取りは目的地を知っている人の歩きかただった。ヴァランダーは少し離れてそのあとをつけはじめた。父親を尾行するのは初めてだが、自分の予感は正しかったと思った。はじめ、父親がどこに向かっているのか、わからなかった。通りが狭くなってきたころ、目的地はスペイン階段ではないかと思った。まだ父親からは距離をおいて歩いていた。すると父親は、昼の暑さがまだ残っているローマの夜の中、スペイン階段を上りはじめた。てっぺんまで上るとそこには二つの塔がそびえる教会があった。父親はそこに腰を下ろした。下から見ると高い階段のてっぺんに座ったその姿は小さな黒い点のように見えた。ヴァランダーは物陰に隠れて父親のその姿を見た。父親はそのまま一時間近くそうしていた。それからおもむろに立ち上がると、階段を下りはじめた。ヴァランダーはまたそのあとをつけた。それは彼がいままでしたうちでもっとも秘密に満ちた尾行だった。まもなくトレヴィの泉に通りかかった。父親は肩越しにコインを投げ入れはせず、ただじっと大きな噴水をながめていた。街灯に照らし出された顔がはっきり見え、ヴァランダーにはその目に涙が光っているように見えた。

それから父親は、そしてヴァランダーも、ホテルに戻った。

その日の昼間、彼らはアリタリア航空の旅客機に乗り、コペンハーゲンに向かっていた。父親は往路と同じように窓側の席に座った。ヴァランダーは手を見た。日に焼けていた。コペンハーゲンからスウェーデンのリンハムヌ港へ向かうフェリーの中で、ヴァランダーは初めて、いい旅だったかと父親に訊いた。父親はうなずき、なにやら聞き取れない言葉をつぶやいた。これ以上熱意に満ちた返答はあり得なかった。イェートルードが車で迎えに来ていて、ヴァランダーを家まで送ってくれた。その晩、様子をうかがうために電話をすると、父親はすでに外のアトリエでいつものようにキバシオオライチョウと静かな中にたたずむスコーネの景色を描いているとイェートルードは教えてくれた。

ヴァランダーはベッドから出て台所へ行った。五時半。彼はコーヒーをいれた。なぜ父は夜中にホテルを出たのだろう？　なぜ階段に座ったのだろう？　噴水のところで目が光っていたのはなぜだろう？

答えはみつからなかった。だが、父親の心の中の景色がちらりと見えたような気がした。それに彼は賢明にも、父親の景色の手前にある塀を破って中に入る気はなかった。これからもけっして、なぜあの晩、父親がローマの町の中を一人歩いたのか、訊くことはないだろう。

いれたてのコーヒーを持って、ヴァランダーはバスルームへ行った。鏡に映った健康で元気そうな自分の姿に満足した。日に焼けて髪の毛も明るい色になっている。あんなにスパゲッティを食べたのだから、きっと体重は増えているだろうと思ったが、体重計には乗らないことにした。すっかり休養した感じだった。それがいちばん重要なことだった。旅行が実現できたことがうれしかった。

あと一時間ほどでまた警察官に戻るのは、いやではなかった。いままではよく、夏休みをとったあとなど、仕事に戻りたくないと思ったものだ。一定期間をおいて、警察官をやめてほかの仕事に就こうかと思ったこともあった。民間会社の警備主任の仕事も考えた。だが彼は警察官だった。ゆっくりと、しかし確実に認識するに至っていた。ほかの仕事に就くことはあり得なかった。

シャワーを浴びながら、数ヵ月前に起きた事件のことを思った。夏の暑いころで、スウェーデンにとってはサッカーのワールドカップ優勝という大きなできごとのあった時期でもあった。いまでもあのときの絶望的な捜査のことを思うと気分が重くなる。すべてが明るみに出ると、連続殺人事件の犯人は神経に異常をきたしたわずか十四歳の少年だった。ローマでの一週間、この夏の衝撃的な事件はすっかり彼の頭から消えていた。が、いまはすでに戻っている。一週間のローマ旅行はなにも変えはしない。いま彼は同じ世界に戻るところなのだ。

台所のテーブルに向かい、七時になるのを待った。雨は休みなく降り続いている。イタリアの暑さはもう遠い過去のことに思われた。スコーネに秋がやってきた。

七時半、彼はアパートを出て車で警察署へ向かった。同僚のマーティンソンが隣に車を停めた。車を出ると、二人は雨の中ですばやくあいさつを交わし、入り口へ走った。

「旅行はどうでした？　お帰りなさい、と言うほうが先ですね」

「おやじはすごく満足していたよ」ヴァランダーが答えた。

「それで、あなたは？」

「いい旅行だった。なんと言っても暖かかったし」

彼らは署の中に入った。イースタ警察署の受付で三十年以上働いているエッバがうれしそうに笑ってヴァランダーを迎えた。

「九月でもイタリアならそんなに日に焼けることができるのね？」と驚きの声を上げた。

「ああ、そうだ。太陽の下にさえいればね」

廊下を歩きながら、エッバにお土産を買ってくるべきだったとヴァランダーは後悔した。自分の気のまわらなさ加減に嫌気がさした。

「こっちではなにも起きませんでしたよ」マーティンソンが言った。「少なくとも重大なことは、なにも起きませんでした」

「それじゃ、静かな秋になるといいな」ヴァランダーが言った

マーティンソンはコーヒーを取りに行った。ヴァランダーは自分の部屋のドアを開けた。すべてが出発前のままで、机の上にはなにもなかった。上着を脱ぎ、窓を少し開けた。郵便物の箱に、警察本庁からの通達書類が載っている。いちばん上の紙を手に取ったが、読まずに机の上に落とした。

この一年ほど取り組んでいる車の密輸の追跡捜査のことを思った。スウェーデンとかつての共産圏東欧諸国間の密輸だった。不在期間になにか特別のことが起きていなかったら、当面の仕事はこれにちがいなかった。

ぼんやりと、あと十五年ほどで年金生活に入るまで、自分は車の密輸追跡捜査をして過ごさなければならないのだろうかと思った。

八時十五分になり、彼は会議室へ行った。八時半、その週取りかかるべき仕事の割り当てのために、イースタ署の犯罪捜査課の警官が集まった。ヴァランダーは一とおりみなをまわってあいさつした。日焼けがいいとだれもが口々にほめた。そのあと彼はいつもの場所に腰を下ろした。いつもどおり、月曜の朝の雰囲気だった。灰色で、みんな疲れていて、ぼうっとしてい

る。いままで何十回、何百回、月曜日の朝自分はこの会議室にこうして座っただろう。新任の署長リーサ・ホルゲソンがストックホルムに出張しているため、会議はハンソンのリードでおこなわれた。マーティンソンの言ったとおり、ヴァランダーの休暇中はこれという事件は起きなかったらしい。

「それじゃ、また密輸自動車の捜査に戻るか」

ヴァランダーはそう言ったが、その言葉にはうんざりという気持ちがありありと表れていた。

「家宅侵入事件が一件あるがね」ハンソンが元気づけるように言った。「花屋に不審者が侵入した押し込み事件だが」

ヴァランダーは驚いてハンソンを見た。

「花屋に押し込み？　なにを盗んだんだ？　チューリップか？」

「いや、いままでわかった範囲では、なにも盗まれていないようです」とスヴェードベリが言って、頭のてっぺんの禿げているところを掻いた。

そのときドアが開いて、アン＝ブリット・フーグルンドが駆け込んできた。夫が機械の組み立てのスペシャリストでいつも外国に出張して留守がちで、彼女は子どもたちの世話を一手に引き受けている。そのため朝は忙しく、会議に遅れてくるのもしばしばだった。イースタ警察署に配属されてから、一年ほどになる。この課では年齢的にはいちばん若い。年上の警察官たち、とくにハンソンとスヴェードベリは、はじめ女性警察官がきたことにいい顔をしなかった。だが、ヴァランダーは彼女が警察官に向いていることを早くに見抜き、ことあるごとにかばってきた。いまでは彼女が朝遅れがちなことに文句を言う者はいない。少なくとも、彼が近くにいるときは。フーグルンドはテーブルの端に座って、ヴァランダーをみつけるとうれしそうにうなずいた。まるで彼が戻ってくるとは思っていなかったかのように。

「花屋のことを話していたところだ」と彼女が席に着いたところでハンソンが言った。「もしかするとクルトが行ってみてくれるかもしれない」

「家宅侵入は先週の木曜日の晩のことです。金曜日の朝、店員が店を開けたときにわかったのです。店の裏側の窓が壊されています」

「盗まれたものは？」ヴァランダーが訊いた。

「なにもありません」

ヴァランダーが顔をしかめた。

「なにもないとは？」

アン＝ブリット・フーグルンドは肩をすくめた。

「なにもないってことは、盗まれたものはなにもないってことです」

「床に血痕がありました。それと、店の主人は旅行中です」スヴェードベリが言った。

「変だな。だが、時間をかけるに値するようなことだろうか？」

「実際、とても変なんです」フーグルンドが言った。「時間をかけるに値するかどうか、わたしにもわかりませんが」

自動車がスウェーデンから外国に密輸される流れはどうせ変わらない。すぐに取りかからなくてもいい。ヴァランダーはローマから気持ちを切り換えるために、一日ちがうことをしてみようと思った。

「行ってみようか」

「わたしが担当している事件です。花屋は町の中心部にあります」フーグルンドが言った。

会議は終わった。雨はまだ降っている。ヴァランダーは部屋から上着を持ってきた。フーグルンドを乗せて車で町の中心部へ向かった。

「旅行はどうでしたか？」

赤信号で病院前に停まったとき、彼女は訊いた。

「システィーナ礼拝堂に行ったよ」雨で濡れるフロントガラスを見つめながらヴァランダーは言った。「なにより、この一週間の旅行の間、父親は上機嫌だった」

「それじゃいい旅行だったに決まってますね」

信号が変わり、車がまた走りだした。彼は花屋の住所を知らなかったので、フーグルンドが道案内をした。

「こっちはどうだった？」

「一週間やそこらではなにも変わりませんよ。なにも起きず、静かでした」

「新署長はどう？」

「いまストックホルムで、経費削減の会議に出ています。きっとだいじょうぶでしょう、ビュルクと同じくらいいい署長になると思いますよ」

　ヴァランダーはちらっとフーグルンドを見た。

「きみはビュルクのことをあまり買っているようには見えなかったが？」

「彼は彼なりに一生懸命やったと思います。それ以上要求できないですよ」

「そうだね。まさにそのとおりだ」

　車はポットマーカルグレンドの角のヴェストラ・ヴァルガータンまで来て停まった。花屋の名前はシンビアだった。看板が北風に揺れていた。彼らはすぐには車を降りなかった。フーグルンドがクリアファイルに入っている数枚の書類をヴァランダーに渡し、彼は説明を聞きながら書類に目を通した。

「店の主人はユスタ・ルーンフェルト、いま旅行中です。かいつまんで言いますと、先週の金曜の朝九時ちょっと前に店員が店に来て、裏側の窓が壊れているのをみつけた。店の中の床にも外の地面にもガラスの破片が落ちていて、店の床に血痕があった。盗まれたものはないように思われた。店には夜は現金を置いていないそうです。その女性店員は午前九時三分過ぎに警察に通報しています。わたしは十時ちょっと過ぎにここに来ました。彼女の言ったとおりでした。窓が壊れていて、床に血痕があった。なにも盗まれていない。すべてがなんだか変でした」

　ヴァランダーはいま聞いたことを考えた。

「花の一本も盗まれていなかったというのか？」

「はい、店員はそう言っています」

「店にある花の数、花瓶に入っている一本一本まで正確に覚えているものかな?」

書類を返しながらヴァランダーが言った。

「訊いてみましょう。店はもう開いているようですから」

ヴァランダーが店のドアを押すと、昔式のドアベルがチリンと鳴った。店に満ちている花の香りはローマを思い出させた。客はいない。奥の部屋から五十代の女性が一人出てきて、目礼した。

「同僚に応援をたのみました」アン＝ブリット・フーグルンドが言った。

ヴァランダーはあいさつした。

「あなたのことは、新聞で読んだ覚えがあります」店員は言った。

「悪いことでなければいいが」

「いいえ、ほめ言葉だったと思いますよ」

車の中で読んだ報告書に、女性の名前はヴァンニャ・アンダソン、五十三歳とあった。

ヴァランダーは店の中をゆっくりと歩きはじめた。体にしみ込んでいる習慣から、一歩一歩足をおくところを見ながら慎重に動いた。花の香りを含む湿った店内の空気が鼻孔をくすぐり、旅が思い出されてならなかった。カウンターの後ろにまわり、店の裏側のドアの前まで行く。ドアの上半分はガラスだった。ガラスを押さえている桟《さん》が新しかった。ここから泥棒が、一人か数人かわからないが、押し入ったのだ。床はビニール材だった。

「ここに血がしたたり落ちていたんだね？」ヴァランダーが訊いた。

「いいえ」答えたのはフーグルンドだった。「血痕はお店のほうにありました」

ヴァランダーは意外だと思った。フーグルンドの後ろに従って店の中に戻った。店の真ん中まで来ると、彼女は立ち止まった。

「ここです。ここに血痕がありました」

「だが、向こうの、壊れた窓のまわりにはなかったのか？」

「はい。まったくありませんでした。変だとわたしが言う意味、わかりますか？　もし、血痕が窓を壊した人間のものならば、向こうの壊れた窓のところではなくてなぜここにあるのでしょう？」

「だれの血なんだ？」ヴァランダーが言った。

「それなんです。いったいだれの血かが問題なんです」

ヴァランダーはもう一度店の中を一回りした。ものごとが起きた手順を想像してみた。何者かがガラスを割って、店の中に入り込んだ。店の真ん中の床の上に血痕が残った。なにも盗まれていない。

犯罪というものはなんらかの計画か考えに基づいておこなわれる。このことは長年の経験からわかっていた。もちろん、頭のおかしい人間によるものは別だが。だが、わざわざ花屋のガラスを割って押し込みをしてなにも盗らずに帰る人間がいるはずがない。

たしかにおかしい。

「血痕が床に数滴落ちていたんだね？」ヴァランダーが訊いた。

「数滴なんていうもんじゃありませんでした。小さな血溜まりでした」

ヴァランダーは考え込んだ。なにも言わなかった。言葉がなかった。かわりに後ろに控えていた店員に向かった。

「なにも盗まれなかったんですね？」

「はい、なにも」

「二、三本の花も、ですか？」

「はい、わたしの知るかぎり」

「店にある花の数を、いつでも掌握《しょうあく》しているんですか？」

「はい」

返事はためらいなく即座にきた。ヴァランダーはうなずいた。

「この押し込みのこと、なにか見当がつきますか？」

「いいえ」

「この店はあなたのものではないのですね？」

「はい。ユスタ・ルーンフェルトの店です。わたしは雇われているだけです」

「彼はいま旅行中とか？　もう連絡しましたか？」

「それはできません」

ヴァランダーは聞き返した。

「できないとは？」

「ユスタはいま、アフリカで蘭を観てまわるサファリに参加して移動中だからです」

ヴァランダーはいま聞いたことを確認しようとした。

「蘭を観てまわるサファリ？　なんのことか、説明してもらえますか？」

「ユスタは熱狂的な蘭の愛好者なんです。蘭のことならなんでも知っています。よく世界を旅してあらゆる種類を観てまわっています。いま蘭の歴史を書いていて、本にする計画もあります。そしてこんどはアフリカで蘭を観てまわる旅行をしているんです。正確にどこにいるのかは知りません。来週の水曜日に帰国する予定ということだけは知っていますけど」

ヴァランダーはうなずいた。

「それじゃ、彼が帰ってきたときに話を聞くことにしよう。帰ってきたら警察に連絡するように伝えてくれませんか？」

ヴァンニャ・アンダソンはかならず伝えると言った。客が一人入ってきた。ヴァランダーとフーグルンドは店の外に出た。まだ雨が降っていた。車に乗り込んだが、彼はすぐには車を出さなかった。

「泥棒が店を間違えたことも考えられるな。間違った店の窓を壊してしまったとか。すぐ隣にパソコンショップがあるからな」

「だけど、それじゃ血溜まりは？」

ヴァランダーは肩をすくめた。

「泥棒はけがをしたことに気がつかなかったのかもしれない。腕を垂らしたまま店の真ん中に立っていた。血がしたたり落ちた。一ヵ所に立ったままで血がしたたり落ちればまもなく血溜まりになることは考えられる」

フーグルンドはうなずいた。ヴァランダーは発車させた。

「これは保険会社の仕事だな。われわれの出る幕はない」

彼らは雨の中警察署に戻った。

すでに十一時になっていた。

一九九四年九月二十六日。

ヴァランダーの頭の中で、すでにローマ旅行は遠くにかすんでいく夢のように消えはじめていた。

3

九月二十七日もスコーネ地方は雨だった。気象予報士は暑い夏のあとには雨の多い秋が続くと予測していた。いままでのところ、その予測はどうも当たっているらしかった。

ローマ旅行から帰ってから最初の仕事日、帰宅してからいい加減な夕食をうんざりしながら食べたあと、ヴァランダーは何度もストックホルムに住んでいる娘のリンダに電話をかけた。わずかな間雨が止んだので、ベランダのドアを少し開けておいた。彼はリンダが旅行はどうだったかと自分から電話をかけてこないことに腹を立てていた。リンダは忙がしくて電話する時間がないのだと自分に言い聞かせてはみても、気分はおさまらなかった。その秋、彼女は私立の演劇学校での勉強とクングスホルメンにあるレストランでのウェイトレスの仕事を掛け持ちしていた。

十一時ごろ、こんどはリガにいるバイバへ電話をかけた。そのころにはふたたび雨が降りだし、風も出てきた。もはや、ローマでの暖かい日々などすっかり実感がなくなっていた。日光浴と旅の同伴者として父親の世話をすること以外にローマでヴァランダーがしたのは、バイバのことを考えることだった。この夏、わずか二ヵ月ほど前、十四歳の殺人者を追跡した苦しい仕事のあと、疲れきり、気分も落ち込んだまま彼はバイバとデンマークの海岸で休みを過ごした。そして休みが終わりに近づいたある日、彼はバイバに結婚を申し込んだのだった。彼女ははっきり返事をしなかった。かといって、彼を締め出しもしなかった。ためらいの理由を隠しもしなかった。二つの海が合流するスカーゲンの長い浜辺を二人は散歩した。そこはヴァランダーが別れた妻のモナと過ごしたところだったし、のち彼が精神的に深く落ち込み警官をやめることにしようかと真剣に考えたところでもあった。バイバといっしょのスカーゲンは熱帯地方のように夜も暖かだった。サッカーのワールドカップの実況がどこからか聞こえ、海岸はいつもよりずっと人影が少なかった。浜辺をぶらぶら歩いて石や貝を拾ったりしながら、バイバはもう一度警官と結婚するのにためらいがあるのだと言った。

バイバの夫、カルリスはラトヴィアの首都リガの軍人であり警官で、一九九二年に殺害された。ヴァランダーがバイバに出会ったのはリガで、混乱のさなか、いまから思えば非現実的な中でのことだった。ローマで、ヴァランダーは本当にもう一度結婚しようと真剣に思っているのか、厳しく自問した。そもそも結婚は必要なことだろうか？　結婚という複雑で形式的な繋がりを、今日のスウェーデンでわざわざ儀式としておこなう必要があるだろうか？　彼はリンダの母親モナと長年結婚していた。五年前のある日突然彼女が別れたいと言い出したとき、彼はうろたえた。いまは、モナが彼なしに人生をやり直したいと言った理由もある程度理解できる気がする。なぜあのような事態に至ってしまったのかもまたわかるような気がする。自分の責任を自覚していた。いつも家にいなかったこと、彼女にとって大事なことにどんどん関心がなくなっていったことなど、だれが悪かったのかという話になるとすれば、自分が悪かったと認めざるを得ない。人生のある一定期間はいっしょに歩いたが、まもなく道は分かれてしまった。ゆっくりと気がつかないうちに。そして取り返しがつかなくなってしまってから、それがはっきりわかるのだ。だが、そのときにはもう、互いの姿が見えないところまで歩んでしまっていた。

ローマにいたとき、ヴァランダーはこのことをしみじみと考えた。そしてしまいにはっきりとバイバと結婚したいという決意に至ったのだった。彼女にイースタに移ってきてほしかった。彼自身もまたいまのマリアガータンのアパートを引き払って一軒家に移るつもりだった。イースタの郊外に住むのだ。木も草花もすっかり育ち上がった庭付きの家がいい。安い家でいい。それでも必要なときには自分で修繕できるほどの状態の家が望ましい。長い間望んでいた犬も飼うことができるかもしれない。

ふたたび雨が降りだした月曜日のその晩、彼はこれらすべてをバイバに話した。それは彼がローマで一人でしていた会話の延長でもあった。実際にはバイバがいなかったにもかかわらず、彼はずっと彼女に話しかけていたのだった。何度か、声に出して言ってしまったこともあった。もちろんそれは、暑さの中、そばを歩いていた父親の耳に入らないはずはなかった。父親は皮肉に、しかしそれほど嫌みではなく、二人のうちどっちがぼけはじめているのかと訊いたりした。

バイバはすぐに電話に出た。うれしそうだった。ヴァランダーは旅の報告をし、それから夏に彼女に言った言葉を繰り返した。一瞬、リガとイースタの間に沈黙が流れた。それから、彼女は、自分もそのことを考えていたと言った。ためらいは残っていた。少なくなってはいなかったが、増えてもいなかった。

「こっちに来ないか。こんなことは電話で話すことじゃない」

「ええ。そうするわ」バイバが答えた。

いつ、ということは決めなかった。それについてはまた電話して決めることにした。彼女はリガ大学で教えていたので、休みはかなり前に計画しなければならなかった。だが、受話器を置いたとき、ヴァランダーは人生の新しい局面に足を踏み入れたような気がした。バイバが来る。自分はもう一度結婚するのだ。

その晩はなかなか寝つけなかった。何度もベッドから出ては、台所の窓辺に立ち、雨の降るさまをながめた。いつか窓の外で風に揺れている街灯をなつかしく思い出す日がくるかもしれない、と思った。


睡眠時間が少なかったにもかかわらず、翌火曜日の朝は早く目を覚ました。七時過ぎにはイースタ警察署の前に駐車し、雨と風の中を急いで建物に入った。部屋に入ったらすぐに盗難車の調査報告書に取りかかるつもりだった。先送りにすればするほどやる気がなくなり、インスピレーションも湧かなくなるだろう。濡れた上着を乾かそうと、いすの上にかけた。それから棚の上に五十センチほどの高さに積み上げられた調査書の山を持ち上げ、机に置いた。ファイルの整理に取りかかったとき、ドアをノックする音が聞こえ、マーティンソンの声がした。ヴアランダーは入るように声をかけた。

「あなたがいないときは、自分がいつも朝いちばんの出勤者でした。いまはまた二番目になってしまいましたよ」

「盗難車が恋しくてね」と言ってヴァランダーは机いっぱいに広がっている書類を指さした。

マーティンソンは紙を一枚持っていた。

「昨日、これを渡すのを忘れました。リーサ・ホルゲソン署長が目を通してほしいと言っています」

「なんだ?」

「読んでもらえばわかります。住民が警察の意見を訊くことがよくありますよね」

「参考意見か?」

「まあ、そのようなものです」

マーティンソンはふだんいい加減なことを言ったりしないので、ヴァランダーは不審に思い彼を見上げた。数年前、マーティンソンはある政党の活動家で、政治的キャリアに夢をふくらませていた。だが、いまはヴァランダーの知るかぎり、政党が縮小したのにつれて、その夢もしぼんでしまったようだ。先週の選挙で政党がどうだったのかは訊くまいと心の内で思った。

マーティンソンが出ていき、ヴァランダーはいすに座って受け取った紙に目を通した。二度繰り返して読み、無性に腹が立った。いままでにないほど動転した。廊下に出ると、いつものようにドアが斜めに開いているスヴェードベリの部屋に勢いよく足を踏み入れた。

「これを読んだか？」マーティンソンからの紙をひらひら振った。

スヴェードベリは首を振った。

「なんですか？」

「新しい団体が、警察の意見を訊いているんだ。ある団体の名称について」

「それで？」

「『斧の友』という名前だ」

スヴェードベリが眉を寄せた。

「『斧の友』？」

「そうだ。それで、この夏の事件のことがあったので、この団体名が誤解を与えるのではないかと問い合わせてきたのだ。自分たちは斧で人の頭皮を剝《は》いでまわる人間の集まりではない、となる」

「それはなんの団体なんですか？」

「おれの理解が正しければ、昔の大工道具や作業道具のための博物館を作りたい地方の小さな団体らしい」

「いいじゃないですか。なんでそんなに怒ってるんです？」

「こんなことに使う時間が警察にあると思われていることが腹立たしいのだ。個人的には、地方の小さな団体に『斧の友』という名前は変だと思うが、とにかく警官としては、こんなことに時間をかけなければならないことに腹が立つ」

「署長に言ったらいいですよ」

「もちろんそうするつもりだ」

「ただし、彼女があなたの意見に賛成するとは思えませんがね。いまはまた、昔のように〝親しみやすいお巡りさん〟を目指せ、の時代ですからね」

スヴェードベリの言うとおりなのだろうと思った。ヴァランダーが警官になってから、警察は大規模な変革を何度もおこなってきた。それがとくに顕著《けんちょ》なのは、〝一般市民〟と呼ばれる漠然とした威嚇的な影のような存在との昔からの複雑な関係に関わるものだった。一般市民が警察の中央機関に、また個個の警察官に抱いているのは不信感だった。そこで警察が一般市民の機嫌を取るため、最新の変革として全国規模での〝親しみやすいお巡りさん〟キャンペーンが繰り広げられていた。実際にどうしたらいいのかは、だれもわからなかった。警察本庁の長官はことあるごとに、警察はいつも見える存在でなければならないと声高に語っていた。だがもともと警察官が〝見えない存在〟だとはだれも言っていなかったので、どんなときにどのように見えればいいのか、だれにもわからなかった。パトロールはもちろんいままでもやっていたし、いまでは自転車でも駆けつける。長官は精神的なことを言っているのかもしれない。そのために昔の〝親しみやすいお巡りさん〟などというフレーズが持ち出されたのだ。〝親しみやすいお巡りさん〟という言葉の響きはやさしく、柔らかい枕のようだ。だがそれでいま、ますます残酷にますます暴力的になるスウェーデンの犯罪にどう対処すればいいのか、説明できる者はいなかった。とにかく、この新しい戦略に従えば、田舎の小さな団体が『斧の友』と名乗ることについて警察が意見を言うのも仕事のうちに入るのだろう。ヴァランダーは部屋を出てコーヒーを一杯持ってきた。ドアを閉めると、こんどこそ膨大《ぼうだい》な調査報告書に取りかかるつもりで机に向かった。始めは集中するのがむずかしかった。前の晩に交わしたバイバとの話が頭に浮かんで邪魔をした。だが、なんとか個人的な思いを退けて警察官としての仕事に集中し、数時間後、やっとイタリア旅行に出かける前の時点まで読み終わった。ヨッテボリ警察に電話をかけて担当者と話し、協力して調査の骨子を作り上げた。話が終わったころには、昼食時間になっていた。腹が減った。外は相変わらず雨だったが、車に乗って食べに出かけた。一時に戻り、自室のいすに腰を下ろしたとき、電話が鳴った。受付のエッバだった。

「訪問者です」

「だれ?」

「ティレーンという男性です。あなたと話したいそうです」

「なんについて?」

「失踪者の心配らしいです」

「話を聞ける人間はほかにいないのか?」

「どうしてもあなたと話したいと言うのです」

ヴァランダーは机を占領している書類の山をながめた。失踪者の届け出を待たせなければならないほど急ぎの用事ではない。

「部屋に通してくれ」とエッバに言い、受話器を置いた。

部屋のドアを開け、机の上の書類を脇に動かした。ふと見上げると、ドアのところに男が立っていた。いままで会ったことのない人間だった。ＯＫというガソリン会社のマークのついたつなぎの作業服を着ている。ＯＫで働いているのかもしれない。部屋に入ってきたとき、ガソリンと燃料オイルの臭いがした。

ヴァランダーは握手をすると、いすに座るように勧めた。男は五十がらみで、薄くなった髪の毛は灰色、無精ひげが生えていた。スヴェン・ティレーンと名乗った。

「私と話したいということだが？」ヴァランダーが口を切った。

「あんたはいい警察官らしいから」スヴェン・ティレーンが言った。そのスコーネ訛《なま》りから西スコーネ地方出身者だとわかる。ヴァランダーの生まれた地方だ。

「たいていはいい警察官だと思うが」

スヴェン・ティレーンの言葉は思いがけないものだった。

「それは本当でねえな。おれは若いころ、あれやこれやのことで捕まって刑務所に送り込まれたことがある。だから言えるが、ひでえ警官もごまんといるぞ」

その言葉には動かしようのない確信がこもっていて、ヴァランダーはぎくっとし、その話題を続けるのはやめた。

「それを言うためにわざわざ来たわけじゃないだろう。失踪者のことと聞いたが？」

スヴェン・ティレーンはこれまたＯＫマークの縁なし帽を指でくるくる回した。

「とにかく変なんだ」

ヴァランダーは大型ノートを机の中から取り出すと、空白のページを開いた。

「それじゃ、はじめから話してもらうことにしようか。だれがいなくなったというんだ？　なにが変だというのかね？」

「ホルゲ・エリクソンだ」

「だれだね？」

「客だ」

「あんたはガソリンスタンドの経営者かね？」

スヴェン・ティレーンはどうでもいいというようにうなずいて話を急いだ。

「おれは暖房用の燃料オイルを配達している。イースタの北部がおれの受け持ちだ。ホルゲ・エリクソンの家はルーディンゲにある。電話があって、燃料オイルがなくなりかけていると言われた。それで木曜の朝配達するということで注文を受けた。だが、約束どおりに行ってみると、だれもいなかった」

ヴァランダーはメモを取った。

「それは先週の木曜の話だね？」

「ああ、二十二日のことだ」

「電話があったのは？」

「月曜日だ」

ヴァランダーは考えた。

「時間を間違えたとは考えられないか？」

「ホルゲ・エリクソンのところには十年以上燃料オイルを配達している。これまで一度も間違いはなかった」

「それで、ホルゲ・エリクソンがいないとわかって、あんたはどうしたのかね？」

「あの家の燃料オイルタンクには鍵がかかっている。だからその日はそのまま帰った。郵便受けにメモを入れて」

「その後は？」

「なにも連絡がない」

ヴァランダーはペンを置いた。

「燃料オイルを配達するような仕事をしていると、人の習慣に目がいくもんだ」スヴェン・ティレーンは話し続けた。「おれはホルゲ・エリクソンのことが気になった。旅行に出かけるなんてことは考えられない。それで、おれは昨日の午後、また行ってみた。仕事が終わってから自分の車でだ。おれの入れたメモは郵便受けにそのまま残っていた。先週の木曜日以来の郵便物といっしょに。内庭に入って、ベルを押した。だれもいない。車はガレージにあった」

「ホルゲ・エリクソンは一人暮らしか？」

「ああ、独り身だ。自動車販売業で財を成した年寄りだ。詩を書いたりもする。一度詩集をもらったことがある」

そのとき突然ヴァランダーは、イースタの書店のこの地方の作家のコーナーでホルゲ・エリクソンという名前を見たことがあると思い出した。スヴェードベリの四十歳の誕生日のためにプレゼントを探していたときのことだ。

「もう一つ、おかしなことがあるんだ」スヴェン・ティレーンが言った。「ドアに鍵がかかっていなかった。病気かもしれない、とおれは思った。なんといっても八十近いじいさんだからな。それで家の中に入った。だれもいなかった。だが、コーヒーメーカーに電気が入っていた。台所からひどい臭いがした。コーヒーが焦げついた臭いだ。ずっと電気が入っていたため、中のコーヒーが焦げついていた。おれはそれで警察に行くことに決めたんだ。おかしいと思った」

ヴァランダーはスヴェン・ティレーンの心配は芝居ではないことがわかった。だが、長年の経験から、失踪したと思われた人間はたいていの場合、戻ってくるものだということも知っていた。本当に深刻なことが起きることはめったにない。

「近くに住んでいる人は？」ヴァランダーが訊いた。

「あのあたりに家はまったくない」

「なにが起きたとあんたは思う？」

スヴェン・ティレーンの答えは、即座に、迷いなく返ってきた。

「エリクソンは死んでいると思う。だれかに殴り殺されたんじゃないか」

ヴァランダーは口をはさまずに続きを待ったが、ティレーンはそれ以上なにも言わなかった。

「なぜそう思うのだ？」

「つじつまが合わないからだ。燃料オイルを注文したときは、エリクソンはいつもかならず家にいた。それにコーヒーメーカーに電気が入っていたのがおかしい。じいさんは外出するときは、かならず鍵をかけていたはずだ。たとえそれが敷地内をちょっと歩くだけだとしても」

「押し込み強盗が入ったということは考えられなかったか？」

「いや、家の中はなにも変わったところがなかった。コーヒーメーカー以外には」

「ということは、あんたはエリクソンの家の中に入ったことがあるんだね？」

「ああ。燃料オイルを届けるときはいつもコーヒーを飲んでいけと誘われた。そしてエリクソンは自作の詩を読んでくれた。一人暮らしで寂しかったと思うから、おれが行くのを楽しみにしていたんじゃないか」

ヴァランダーは考えた。

「エリクソンは死んでいるんじゃないかと思うとあんたは言った。だれかに殴り殺されたのではないかとも言った。なぜそう思うのだね？　敵がいたということか？」

「いや、おれの知るかぎりそんなことはない」

「しかし、エリクソンは金持ちだった？」

「ああ、そうだ」

「なぜそれを知ってるんだね？」

「だれでも知っていることだ」

質問はここまでにしようとヴァランダーは思った。

「調べてみよう。おそらくしかるべき理由があって、どこかにいるにちがいない。われわれの経験ではたいていはそういうものだ」

ヴァランダーは住所を訊いた。驚いたことに、地名は〈隔絶《アヴシルドヘッテン》〉という場所だった。

ヴァランダーはティレーンを受付まで送っていった。

「なにかが起きたことは間違いないと思う」ティレーンは握手しながら言った。「燃料オイルの配達があるのに家にいないなんてことはあり得ないことなんだ」

「あとで連絡する」ヴァランダーが言った。

そのときハンソンが受付にやってきた。苛立っている。

「入り口にタンクローリーを停めてブロックしてるのはだれだ?」

「おれだ」スヴェン・ティレーンが平然として言った。「いま出すよ」

「失踪の届け出に来たんだ」ヴァランダーが言った。「ホルゲ・エリクソンという物書きを知っているかね?」

「物書き?」

「元自動車販売業者でもいいが」

「どっちなんだ?」

「どっちも本当だ。このタンクローリーの運転手によれば、その男が失踪したらしい」

ヴァランダーはハンソンといっしょに署の中に入り、コーヒーを取りに行った。

「失踪?」

「ああ。とにかくタンクローリーの男は心配している」

「あの男には見覚えがあるような気がする」

ヴァランダーはハンソンの記憶に一目置いていた。名前が思い出せないときはたいていハンソンに訊くのが習慣になっていた。

「スヴェン・ティレーンという」ヴァランダーが言った。「あれやこれやで捕まって刑務所に送り込まれたことがあると言っていた」

ハンソンは記憶をたどった。

「たしか暴力事件に関係があったと思う」ようやく言った。「かなり前の話だが」

ヴァランダーは考え込んだ。

「エリクソンの家に行ってみようと思う」しばらくして彼は言った。「そのうえでエリクソンを届け出による失踪者として登録するつもりだ」

ヴァランダーは自室へ行き、上着を手に取るとポケットにアヴシルドヘッテンの住所を書いたメモを入れた。本来は届け出られた失踪者は登録する所定の用紙に書き入れなければならないのだが、先に家に行ってみることにした。二時半に警察署を出た。激しい雨はしとしと雨に変わっていた。外は寒く、彼はぶるんと体を震わせて車に急いだ。イースタの北に向かって車を走らせると、その家はわけなくみつかった。住所の示すとおり、その家はまさに隔絶された高い丘の上にあった。茶色い畑は海の方角に向かってなだらかな斜面になっている。海はそこからは見えなかった。カラスの群れが木の枝から脅すように鳴いている。ヴァランダーは郵便受けのふたを開けた。なにも入っていない。スヴェン・ティレーンが郵便物を家の中に持っていったのだろう。丸い砂利石が敷かれている内庭を歩きはじめた。屋敷全体がよく手入れされているのがわかる。彼は立ち止まり、あたりに耳を澄ました。静まり返っている。屋敷は三つの建物から成り立っていた。昔はしきたりどおり四つの建物があったにちがいない。四番目のは取り壊されたか、火事で焼失したのだろう。屋根は昔ながらの茅葺《かやぶ》きだ。スヴェン・ティレーンの言うとおりだ。このような屋根をちゃんとしたかたちで保っているからには、エリクソンという男は金持ちにちがいない。玄関へ行き、ベルを鳴らした。しばらくして、ノックしてみた。ドアを開けて中に入り、聞き耳をたてた。郵便物は傘立てのそばにある小さなスツールの上に置いてある。壁にいくつか双眼鏡が掛けてあった。その一つはケースだけで中身がない。ヴァランダーは家の中をゆっくり歩き回りはじめた。コーヒーメーカーの中でコーヒーが焦げついた臭いがまだ漂っている。二階まで吹き抜けで天井の梁《はり》がむき出しになっている大きな部屋に来ると、茶色い机の上に紙が一枚あった。薄暗かったので、ヴァランダーはその紙を取ると、窓際へ行った。

それは詩だった。メランスペッテンの詩。

いちばん下に日付が書いてあった。一九九四年九月二十一日。二十二時十二分。

それは、ヴァランダーが父親とピアツァ・デル・ポポロの近くのレストランで食事をした晩の日付だった。

この静まり返った家の中で思い出すと、それはまるで遠い非現実的な夢の中でのことのようだ。

ヴァランダーはその紙を机の上に戻した。先週の水曜の夜、エリクソンは詩を書き、日付だけでなく何時何分まで書きつけている。その翌日、スヴェン・ティレーンが燃料オイルを配達することになっていた。来てみるとエリクソンはいなかった。玄関ドアは施錠されていなかった。

燃料オイルタンクを見てみようと思った。家の外にあるタンクは、たしかにほとんど空《から》だった。

ふたたび中に入り、古いひじ掛けいすに腰かけて家の中を見まわした。ティレーンの言うことは正しいという気がした。

ホルゲ・エリクソンは本当に失踪したのだ。単に姿が見えないというだけではない。しばらくしてヴァランダーは立ち上がり、壁の棚のドアをいくつか開けて予備の鍵を探し出し、玄関ドアに鍵をかけて外に出た。雨足がまた強くなった。五時前にイースタ署に戻り、ホルゲ・エリクソンの失踪を所定用紙に書き込んだ。捜索は翌日の朝から始まるだろう。

ヴァランダーは家路についた。途中で車を停めてピザを買い、家でテレビを見ながら食べた。十一時過ぎ、ベッドにつき、すぐに眠りに落ちた。

翌日の朝四時、彼は気分が悪くて目を覚ました。吐き気もあるし下痢もしていた。食中毒か。ピザのせいか、それともイタリアから持ち帰った胃腸にくるインフルエンザかわからない。七時過ぎ、彼は警察署に電話をかけ、仕事を休むと連絡した。マーティンソンがすでに来ていた。

「なにが起きたか知っていますね？」マーティンソンが訊いた。

「いや、とにかく腹の具合が悪いんだ」ヴァランダーが答えた。

「いや、そうじゃなくて、フェリーのことですよ。昨夜フェリーが一隻沈んだんです。エストニアの首都タリンの沖らしいです。百人を超える人が亡くなったらしい。そのほとんどがスウェーデン人らしいですよ。警察官も多くいるとか」

ヴァランダーはまた吐き気に襲われたが、なんとか我慢した。

「イースタ署の警官もか？」心配そうに訊いた。

「いえ、それはないです。しかし、大変なことになりましたね」

マーティンソンの言葉をにわかには信じられない思いだった。船舶の事故で百人を超える乗客が死んだ？　そんなことは起きはしない。いや、スウェーデンの近くで起きるとは。

「気分が悪くて、これ以上話ができない。おれの机の上にホルゲ・エリクソンの失踪届がある。今日だれかおれのかわりにこれを担当してくれないか？」

トイレに飛び込み、ようやく間に合った。ベッドに戻ったとき、電話が鳴った。別れた妻のモナだった。彼は不安になった。モナはリンダのことでしか電話をかけてこない。

「リンダと話しました。フェリーには乗っていなかったわ」

一瞬、ヴァランダーはなんの話かわからなかった。

「沈没したフェリーのことか？」

「ほかになにがあるというの？　何百人もの人が事故に遭ったら、娘に電話をかけて無事かどうか確かめたくなるのが人情じゃありませんか」

「もちろん、きみの言うとおりだ。すぐに話がわからなかったことは謝る。じつは具合が悪くて寝ていたところだ。胃腸のインフルエンザかもしれない。ほかの日に電話してもいいかな？」

「あなたが心配しないようにと思っただけです」

通話は終わった。ヴァランダーはベッドにもぐりこんだ。

ホルゲ・エリクソンのことが脳裏に浮かんだ。それから夜中に起きたらしいフェリーの沈没事故のことも。

熱が出てきて、まもなく彼は眠りに落ちた。

ちょうどそのころ雨が止んだ。

4

数時間後、男はロープに歯を立てはじめた。

頭がおかしくなりそうだという思いだった。なにも見えなかった。目隠しされていて、真っ暗だった。耳も聞こえない。なにかが耳にねじ込まれていて鼓膜が押されていた。音はした。だがその音は自分自身の体の中からくる音だった。外に出たがる体の中からの音で、その逆ではなかった。いちばん苦しいのは、動けないことだった。そのために気が狂いそうだった。体を横たえていた。背中をついて仰向けになっていたにもかかわらず、落ちそうな感じがあった。目がくらむような落下。終わりのない墜落。もしかすると幻想なのかもしれない。体の中から壊れていくという事実の外側の形。狂気が彼の体と意識を二分してしまい、バラバラになってしまっている。

それでも彼は冷静に現実に立ち向かおうとしていた。必死に考えようとした。分別と能力が最大限に落ち着きを取り戻そうとする。そしたらなにが起きたのかがわかるかもしれない。なぜ体を動かすことができないのか？　ここはどこなのか？　なぜ自分はここにいるのか？

この状況において、可能なかぎり時間を意識することによってパニックを抑え、忍び寄る狂気と闘ってきた。彼は分を数え時間を数えた。始めもないし終わりもない、予測のつかないいまの時間にしがみついた。明るさの移り変わりがないので――いつも真っ暗で、縛られて寝たままのかたちで目を覚ます――動きというものはいっさいなかった。始まりもなかった。まるで生まれたときからそこにそのかたちでいたようだった。

まさにそれこそが狂気の元凶だった。パニックを抑え、はっきりと考えることができる短い時間、彼は現実に関係すると思われるこの考えにしがみついた。

土台として考えられることがある。

まず、彼が横たわっているところ。これは想像が作り上げたものではない。仰向けに寝ていて、背中の下は硬い。

シャツは左の尻のすぐ上までめくれ上がっている。そして肌が直接に床に当っている。床表面は粗くざらざらしている。体を動かそうとしたときに皮膚をすりむいてしまった感じがある。この床はコンクリートだ。なぜ自分はここに横たわっているのか？ どうやってここへ来たのか？ 彼は突然暗闇に取り囲まれる以前の、最後の正常な瞬間までさかのぼってみた。だが、すでにそのことさえはっきりしない。なにが起きたかは知っている。が、それでもわからないことばかりなのだ。なにが想像で、なにが実際に起きたことかがわからなくなったとき、パニックに襲われた。彼は泣きだした。短く、激しく。だが、すぐに泣くのはやめた。だれにも聞こえないのだ。だれもいないところで泣いたことはなかった。だれもいないところで泣く人間もいるが、彼はそういうタイプではなかった。

じつのところ、それだけが確実なことだった。だれにも聞こえないということ。彼がどこにいるのか、恐怖のコンクリート床のこの建物がどこにあるのか、彼のまったく知らない宇宙に浮いているこの場所がどこにあるにせよ、近くにはだれもいない。彼の発する音が聞こえる人間はだれもいないのだ。

近寄りくる狂気のかなたにたった一つだけつかまることができる事実があった。それ以外はすべて取り上げられた。彼という人間を証明するものだけでなく、ズボンまで取られた。

それは彼がナイロビへ出発する前夜のことだった。まもなく真夜中になろうというときで、用意した旅行カバンを閉め、最後にもう一度旅行に必要なものをチェックするために机に向かったところだった。いまでも鮮やかにそのときの情景が目に浮かぶ。彼自身は知らなかったが、すでにそのときは何者かが用意した死の待合室にいたことになる。パスポートを机の左側に置き、手には航空券を持っていた。ひざの上には、これから目を通すつもりだったドル紙幣、クレジットカードが数枚、トラヴェラーズチェックの入ったビニール袋があった。電話が鳴った。彼は手に持っていたものを置いて受話器を取り、応えた。

それが生きている人間との最後のやり取りだったので、彼は全心全力でその声にしがみついていた。それは現実との最後のリンクで、それがあったため彼はまだ狂気を抑え込むことができていた。

それは美しい声だった。柔らかく心地よい響きで、聞いた瞬間それまで一度も聞いたことがない声だとわかった。いままで一度も会ったことのない女性だ。

その女性はバラを買いたいと言った。まず彼女は夜分遅く電話する失礼を謝った。だが、どうしてもバラが必要なのだと言った。その理由は言わなかった。だが、彼はすぐに彼女の言葉を信じた。バラが必要だとわざわざ嘘をつく者がいるはずがない。夜中近い時間で、花屋はどこも閉まっているときに、なにが起き、なぜ彼女が急にバラが必要になったのかを、その女性に、あるいは彼自身に問うこともしなかったと思う。

だが、ためらいはしなかった。彼の家は店の近くで、遅いといってもまだ寝てはいなかった。客の要望に応えるのに十分もかからないだろう。

いま闇の中に横たわり思い出してみると、ここに一つどうしても説明できないことがあった。あの電話をかけてきた女がどこか近くにいるはずだ。ほかのだれでもなく彼に電話をかけてきた理由があるはずだ。それがわからない。だれなのだ、その女は？　そしてあのあとなにが起きたのだ？

電話のあと、コートを着て通りに出た。店の鍵は手に持っていた。風はなく、濡れた通りを歩くと冷たい空気が顔を撫でた。その晩は少し前まで雨が降っていた。激しい雨だったが、降りはじめたときと同じように急に止んだ。店の前まで来るとドアの前で立ち止まった。通りに面したドアだ。鍵を開け、中に入ったところまでは思い出すことができる。そのあと世界が爆発した。

ひっきりなしに襲ってくる痛みの中で一瞬パニックが鎮まるとき、頭の中で何度あの通りを歩いただろう？　数えきれなかった。とにかく、あのときだれかが近くにいたにちがいなかった。店の前に女性がいるはずと思ったが、だれもいなかった。そのまま引き返して、家に戻ることもできた。悪い冗談を仕掛けた人間がいると腹を立てることもできた。だが自分は店を開けて中に入った。彼女はきっと来ると思ったからだ。本当にバラが必要だと彼女は言った。

　バラがほしいと嘘をつく人間はいない。

　通りには人影はなかった。一つだけ、気になったことがあった。近くに車が停まっていたこと。ヘッドライトがついていた。ドアに向かい、鍵を取り出し、鍵を開けたとき、その車は彼の後ろに停まっていた。ライトをつけたまま。そのあと、閃光が走り、世界が崩壊した。

　説明は一つしかあり得ない。それが彼を恐怖に駆り立てた。襲われたのにちがいない。後ろの暗闇の中に、彼が気づかなかった人間が潜んでいたのだ。だが、夜遅く電話をかけてきてバラがほしいと言った女は？

　その先に進むことができなかった。分別をもって理解することができるのは、そこまでだった。そこまできたとき、彼は縛られている両手を口まで持っていき、必死になってロープをかじりはじめたのだった。

　はじめはロープにがっぷり噛みつき、歯で食いちぎろうとした。それは屍肉《しにく》に食らいつく野生の動物のようなやりかただった。その瞬間左の下歯の一本が折れた。激痛が走ったが、すぐになにも感じなくなった。そのあとは、逃げ出すために自らの骨を噛み切る罠《わな》にはまった動物のように、ゆっくりとロープを噛みはじめた。

　乾いて硬いロープを噛むことは、慰めの手のようだった。自由になれなくとも、ロープを噛むことで気が狂うのを抑えることができた。ロープを噛んでいると、少しは考えることができるように思えた。自分は後ろから襲われたのだ。とらわれの身になって、床に転がされている。昼間二回、いや、夜なのだろうか、とにかく二回すぐそばで引っ掻くような音が聞こえる。手袋をした手が彼の口を開け、水を飲ませる。水だけ、それも適当に冷たい水。あごを押さえている手は乱暴というよりも動きが正確だった。そのあと、口にストローが差し込まれる。生温かいスープがストローを伝わって口に入る。そしてまた一人、漆黒の闇に取り残される。

襲われて、とらえられた。体の下にはコンクリートの床がある。彼を殺さずに生かしている何者かがいる。おそらくここに横たわってから一週間は経っているだろう。なぜこんなことになったのだろう、と彼は一生懸命考えた。なにかの間違いが起きたにちがいない。だが、それはどんな間違いなのだ？　なぜこの闇の中に縛られ、床に転がされているのだろう？　頭の隅で、この狂気の沙汰は彼が考える勇気もないことに由来しているのだという気がしていた。これは間違いではないのだということ。我が身に起きたこの不条理は、ほかのだれでもなくまさに彼を狙って起きたのだということ。いったいこれはどのように終わるのだろうか？　この悪夢は終わることがないだろう。そして自分はその理由を知らないのだ。

昼だか夜だか知らないが、一日に二回、水とスープが与えられる。一日二回、彼は床の凹みのところまで体を引きずられる。ズボンとパンツはなかった。気がついたときにははいていなかった。着ているのはシャツだけ。そして用を足し終わると、またもとのところに引っ張っていかれる。尻を拭くものはなかった。それに手は縛られている。臭いが鼻を突く。

不潔な臭いと香水の香り。

すぐそばに人間がいるのだろうか？　バラを買いたいと言った女か？　それとも、穴のところまで引っ張る手袋をした二本の手だけなのか？　そして食事のあと用を足すときの、ほとんど気づかぬほどかすかな香水の香り。たしかなのはこれだけ。二本の手と香水はどこからくるのか？

もちろん、彼はその手の主《ぬし》に話しかけた。どこかに口が、耳があるにちがいない。こんなことをした人間がだれであるにせよ、彼の言うことに耳を貸さなければならないはずだ。顔と肩に手をかけられるたびに、彼はあらゆる方法で話しかけてきた。懇願《こんがん》したり、怒りを爆発させたり、まるで自分自身を弁護する弁護士になったように落ち着いて説得するように語りかけたりもした。

自分には権利があるはずだと彼はときに泣きながら、ときに怒り狂って叫んだ。とらわれの身になっている人間にもあるはずの権利が。なぜ権利をすべて失ってしまったのかを知る権利があるはずだ。その権利を失ってしまったら、もはやこの世にはなにも意味がない。

彼は自由にしてくれとは言わなかった。それよりまず、なぜ自分が捕まえられたのかを知りたかった。そのほかのことはたのまなかった。まずなによりもそれを知りたかった。

答えは得られなかった。二本の手には体がなかった。口も耳もなかった。しまいに彼は絶望して吠え叫んだ。だが、二本の手にはなんの反応もなかった。なんの狂いもなくストローを口にくわえさせ、香水のかすかな香りを残した。

体が弱ってきているのがわかった。生き長らえているのは、絶えずロープを噛んでいるためだった。一週間は経ったと思われるのに、まだ硬いロープの表面を噛んでいるにすぎなかった。だが助かる道はこれしかなかった。ロープを噛むことで生き延びていた。もしあのときバラを用意しに行って襲われなかったとしたら、彼は旅行に出かけていて、いまはその半分が過ぎたところ、あと一週間で帰国することになっている。いまごろはケニアの蘭の生育している森の中にいたはず、かぐわしい蘭の香りを胸いっぱいに吸い込んでいたはず。あと一週間で、帰国すると待たれているはず。もし帰ってこなければ、ヴァンニャ・アンダソンが心配するはず。いや、もうすでに彼女は心配しているかもしれない。もう一つ可能性があった。旅行会社だ。彼らは客が飛行機に搭乗したかどうかわかるはずだ。切符は買ったが空港には行かなかった。だれかが気がついたはず。ヴァンニャ・アンダソンと旅行会社が助かるかすかな望みだった。それまでの間、正気を失わないようにロープを噛み続けることだ。正気はいまのところまだ失ってはいない。

地獄にいることは知っている。だがその理由がわからない。

恐怖は硬いロープをかみ砕く歯にあった。恐怖、そして唯一考えられる生き残る道。

彼は噛み続けた。

ときどき涙を流した。痙攣《けいれん》して引きつった。しかし噛むことだけはやめなかった。

彼女はその部屋を生《い》け贄《にえ》のための祭壇に仕立てていた。

この秘密はだれにもわからない。これを知っているのは彼女だけだった。昔この部屋はたくさんの小部屋からなっていた。天井は低く、薄暗い壁、厚い壁の間にはめ込まれた窓の隙間から差し込むわずかばかりの明かりがあるだけだった。彼女が初めてこの家を見たときの光景である。彼女の幼いころの思い出の一つだ。いまでもそのころの夏のことが思い出せる。彼女が最後に母方の祖母を見たときのことだ。その年の秋のはじめに祖母は死んだ。だが夏はまだ祖母はリンゴの木の陰に座っていた。祖母自身が陰になってしまったかのようだった。祖母は九十歳ほどで、がんを患っていた。夏中リンゴの木の下の陰に座っていた。だれの手にも届かないところに。子どもたちはおばあちゃんの邪魔をしないように言われていた。おばあちゃんのまわりで騒がないように、おばあちゃんが手招きして呼ぶときだけ近くに行きなさい、と。

あるとき、祖母が手を上げて彼女を呼んだ。彼女はこわごわ近づいた。年取ることは怖いもの、そこには病気と死がある。暗いお墓と恐怖がある。だが、祖母はただ笑いを浮かべて彼女を見ていただけだった。がんは最後までその笑いを祖母から取り上げることができなかった。もしかすると祖母はなにか言ったのかもしれない。彼女には思い出せなかった。思い出せるのは祖母がそこにいたことと楽しかった夏のことだけ。一九五二年か五三年にちがいない。遠い昔のことだ。禍《わざわい》が起きるずっと前のことだ。

当時、そこには小部屋がいっぱいあった。改築を始めたのは、彼女がその家を譲り受けた一九六〇年代のことだった。家の内側の壁を取り払うのはリスクがあった。建物を支えている壁である場合があるからだ。だが、彼女はあえて小部屋の壁を取り払った。いとこたちに助けの手を借りた。力自慢の若い男たちだ。彼女自身大槌で土壁をたたき壊し、取り払った。土ぼこりの中からこの大きな部屋が現れた。そして昔のものでただ一つ彼女がそこに残したのは、パン焼き用の昔の大かまどだった。それは部屋の真ん中に不思議な小山のように存在していた。改築が終わると、やってきた者たちは口をそろえて素晴らしい、とほめたたえた。古い家がまったく新しく生まれ変わったのだ。新しく開けられた窓からは太陽の光が部屋の中まで差し込む。暗くしたかったら、外壁につけた樫材の窓の覆いを閉めればいい。床も昔の床をむき出しにし、部屋の天井も剝《は》がして屋根の下の梁《はり》が見えるところまで大きく開けた。

まるで教会のようだ、と言った者がいた。

その後は彼女自身、そこを自分個人の聖なる場所とみなすようになった。ひとりでそこにいると、世界の中心にいるような気がした。完全に穏やかで、ふだん囲まれている危険ははるか遠くにあるように思えた。

しかし、その聖堂にもまったく行けない時期があった。暮らしの時刻表が常にせわしなく変わった。その家を手放そうと思ったことも何度かあった。思い出がありすぎて、大槌でさえそれらを壊すことができなかったからだ。だが、彼女は小山のようなパン焼き用の大かまどから別れることができなかった。壊さずに残し、割れ目を左官仕事で埋めた大きな土の塊《かたまり》。それはすでに彼女の一部になってしまっていた。ときにはそこが、命を守る唯一の砦のような気さえした。

そしてアルジェから手紙が届いた。
その後は、すべてが変わってしまった。
二度とその家を手放そうとは思わなくなった。

九月二十八日水曜日、彼女は午後三時過ぎにヴォルシューに着いた。ヘッスレホルムから車で来た。村落のはずれにある家に行く前に、村の店に寄って買い物をした。なにが必要かはわかっていた。迷ったのはストローを買うべきかどうかだけだった。念のため、一袋余分に買うことにした。店員は会釈した。彼女はほほ笑んでそれに応え、気候のことを一言二言言ってあいさつした。それからフェリーの沈没事故についての感想を述べ合い、店を出て車を走らせた。家にいちばん近いところにある隣家には人が来ていなかった。隣人たちは夏の短い期間しかヴォルシューの家を使わなかった。ふだんはハンブルクに住むドイツ人で、スコーネには七月にしか来ないのだ。会えばあいさつをしたが、それ以上の接触はなかった。

彼女は玄関のドアの鍵を開けた。中に入ると立ち止まって耳を澄ました。大きな部屋に入ると、パン焼き用の巨大なかまどのそばに静かに立った。静まり返っている。世界がいつもこのように静かであってほしい、と彼女が望む静けさだった。

かまどの中の男には、彼女の動きは聞こえない。彼が生きているのは知っている。だが、彼の息遣いを聞く必要はなかったし、ましてや彼の泣き声を聞く必要もなかった。

他人の知らない、彼女だけにひらめいたインスピレーションに従ったために、このように思いがけない結末に達したのだ。まず第一に、この家を手放さないと決めたこと。売って、金を銀行に預けることもできたのだが。次にこの巨大なかまどをほかのものといっしょに処分してしまわなかったこと。アルジェから手紙がきて、自分のすべきことがわかったとき、初めて大かまどのもつ本来の役割が明らかになったのだった。

そのとき腕時計のアラームが鳴って、彼女は考えを中断した。あと一時間で訪問者たちがやってくる。その前に、かまどの中の男に食べ物を与えなければならない。今日でおよそ一週間になる。まもなく男の体力はすっかりなくなり、抵抗できなくなる。ハンドバッグから予定表を取り出し、二週間先の日曜日の午後から火曜日の朝までが非番であることがわかった。やるのはそのときだ。そのとき、彼をかまどから出して、ことの次第を説明してやるのだ。

そのあと、どのような手段で始末するかはまだ決めていなかった。方法はいろいろある。だがまだ時間がある。彼のやったことをじっくり考えれば、どのような死にかたをさせるかもおのずと決まってくるだろう。

台所へ行ってスープを温めた。衛生にはうるさいほうだったので、いつも男に食べ物を与えるために使うふた付きのプラスティックカップを念入りに洗った。もう一つのカップには水を入れた。毎日少しずつ、与える量を減らしていた。生き長らえるのに最低限必要な量しか食べ物を与えなかった。用意ができると、彼女はビニール手袋をし、耳の後ろにほんの少し香水をつけて、大かまどのある部屋に行った。大かまどの裏側に、取り外しのできるレンガで隠された小さなのぞき窓があった。そこからおよそ一メートルほどの長さのチューブを引き出した。

男をここに入れる前に、彼女は大きなスピーカーを中に入れてのぞき窓を閉めてみた。最大ボリュームで音楽をかけたが、中の音はまったく漏れなかった。

体を前のめりにして中の様子をうかがった。男の片足に触ったが、男は動かなかった。一瞬、死んだのかと恐れたが、すぐに息遣いが聞こえた。だいぶ弱っている。まもなくこの待ち時間は終わる。

食事を与え、凹みまで彼の体を引っ張って用を足させると、のぞき窓を閉じた。容器を洗って台所を片づけたのち、テーブルにつきコーヒーを飲んだ。バッグから職員新聞を取り出してゆっくり目を通した。そこに出ていた新しい賃金計算表によれば、彼女は七月にさかのぼって月額百七十四クローネ（約二千六百円）給料が増額になる。ふたたび時計を見た。彼女は十分に一度は時計を見る。それはもはや彼女の一部になっていた。彼女の私生活と職業は精密に計算された時刻表で成り立っていた。ものごとが時刻表に書かれているとおりにいかないとき、彼女は取り乱す。どんな説明も効かなかった。予定どおりに進ませることに彼女は個人的な責任を感じる。職場の仲間が彼女のいないところでそれを笑っているのは知っていた。彼女は傷ついたが、それに関してはなにも言わなかった。沈黙もまた彼女の一部だった。それも彼女の時間感覚の結果だった。過去のすべてがそうだったわけではないにせよ。

彼女は子どものときの自分の声を思い出すことができた。それは力強い声だった。といっても、けっして引き裂くような声ではなかった。無口になったのはそのあとの時代のことだった。

たくさんの血を見たあとのことだ。母親が死にかけたあのとき。あのときは、自分はけっして叫ばなかった。彼女は自分の沈黙の中に隠れた。そこにいれば、人目につかなくて済んだ。ことが起きたのはあのときだ。母親が板の上で血だらけになり、あれほど待ち望んだ妹を失なってしまったあのとき。

ふたたび時計を見た。まもなくみんながやってくる。水曜日、ミーティングの日だ。彼女はできれば会合はいつも水曜日にしたかった。定期的なものにしたかった。だが、仕事の予定で毎週水曜日にするのは不可能だった。いつでも自分の思うようにはいかないことも知っていた。いすを五脚用意した。一晩にそれより多くの人が来ることは望まなかった。五人以上来たら、親密感がもてなくなってしまうだろう。そうでなくても、簡単ではないのだ。沈黙する女性たちが安心してしゃべりだすほど大きな信頼を得るのは。

寝室へ行って、制服を脱ぎはじめた。一枚着ているものを脱ぐたびに、彼女は口の中で祈りの言葉をつぶやいた。昔のことを思い出していた。アントニオのことを話してくれたのは母親だった。母親は若いとき、それは第二次世界大戦よりずっと前のことだったが、ドイツに旅行し、ケルンとミュンヘンの間の列車の中でその男に出会った。席がなかった彼らは、タバコの煙の充満する廊下で偶然隣り合わせになった。ライン川に浮かぶ船の明かりが汚れた窓を飛び過ぎるのを見ながら、夜通し走り続ける列車に揺られていた。そのときアントニオはカトリックの神父になるつもりだと話した。そして祈禱は神父が服を着替えるときすでに始まるのだと教えてくれた。神聖な儀式は、神父がお清めをおこなうことで始まるのだ、と。服を一つ脱ぐたび、あるいは身につけるたびに神父は祈りの言葉をつぶやく。一つのものを身につけるたびに、神父は神聖な務めに近づくのだ。

母が列車の廊下でアントニオから聞いたというこの儀式のことを、彼女はけっして忘れることができなかった。そしていま、正義は神聖なものであると世に示す大きな使命を自分に課し、自身を神職に就く者と自覚するとき、彼女は服を着替える行為には単なる着替え以上の意味があると思うようになっていた。だが、彼女の祈りの言葉は神との会話ではなかった。渾沌《こんとん》とした不条理な世界において、神は不条理の最たるものだった。祈りはもっぱら自分に捧げた。子ども時代の自分に。すべてが壊滅する前の時代に。彼女がなによりもほしかったものを母親が失なってしまう以前の時代。とぐろを巻いた蛇のような怖い目をした男たちが目の前につぎつぎと現れる前の時代だ。

彼女は着替えをし、子ども時代に戻らせてくれと祈った。制服はベッドの上に置いた。身につけた服はソフトな色合いの柔らかい生地だった。すでに変化は起きていた。皮膚までが変わったようだ。まるで皮膚までが子ども時代の自分に戻ったようだった。

最後に彼女はかつらをかぶり眼鏡をかけた。最後の祈りは口には出さず心の中でつぶやいた。パカパカお馬、名前はないの、名前はないの、名前はないの……。

最初の車が前庭に入ってきたのが聞こえた。彼女は大きな鏡に映った自分の姿を見た。悪夢から目を覚ましたのは眠り姫ではないわ。あれはシンデレラ姫。

用意はできた。彼女はいまや別人になっていた。制服をビニール袋に入れ、ベッドスプレッドのしわを伸ばして部屋を出た。自分以外にこの部屋に入る者はいないにもかかわらず、彼女は鍵をかけ、ドアノブを引っ張って確認した。

六時前に全員が集まった。ただし、一人だけ来なかった女性がいた。中の一人が、前の晩陣痛が始まって病院に運ばれたと教えてくれた。予定より二週間早い。が、子どもはもう生まれたかもしれない。

彼女はさっそく翌日病院に行ってみることに決めた。女性の顔が見たかった。すべてをくぐり抜けたあとのサバイバーの顔が見たかった。

それからその場の女性たちの話に聴き入った。ときどき、持っているノートになにかを書き留めるようなしぐさをした。だが、書いているのは数字だけだった。彼女はつねに時刻表を埋めているのだ。数字、時間、距離。それは彼女が昔からしてきた遊びだったが、いまではおまじないのようになっていた。記憶のためにノートを取る必要はなかった。恐怖に震える声で話される言葉のすべて、いまやっと口に出して話すことができる苦しみのすべてが、彼女の記憶にしっかり刻まれた。一人ひとりの女性の心が軽くなっているのがわかる。この一瞬だけかもしれない。だが、人生はことごとく一瞬の集まりではないか？　人生はやはり時刻表だ。重なったり、引き継いだりする時刻。人生は振り子のようなもの。苦痛と回復の間を行ったり来たりする振り子。休みなく、ずっと続く。

ミーティングは二時間ほどで、そのあと台所でお茶を飲んだ。次回のミーティングの日取りはみんな知っていた。彼女が決めた時間にためらいを見せるものは一人もいなかった。

外に出て女性たちを見送ったのは八時半だった。一人ひとりと握手し、感謝の言葉を受けた。最後の車の姿が見えなくなったあと、彼女は家の中に入った。寝室で着替え、かつらと眼鏡を外した。制服の入ったビニール袋を手に部屋を出た。台所へ行ってティーカップを洗い、家中の電気を消してハンドバッグを持った。

大かまどのそばの暗闇にたたずみ、耳を澄ました。静まり返っている。

そのあと彼女は外に出た。雨が降りだしていた。車に乗り、イースタに向かった。

十二時前には自分のベッドで眠りについた。

5

木曜の朝、目が覚めると気分はすっかりよくなっていた。腹の痛みはなかった。六時過ぎに起き上がって台所の窓の外の温度計を見ると、五度だった。空は厚い雲におおわれていた。路面は濡れているが、雨は止んだようだ。七時過ぎに警察署に着いた。朝の静けさがまだ建物を包んでいる。廊下を歩きながら、ホルゲ・エリクソンはもうみつかっただろうかと思った。部屋に入って上着を脱ぎ、腰を下ろした。机の上にはメモが数枚ある。エッバから今日眼鏡屋の予約があることを思い出させるメモが入っていた。すっかり忘れていた。だがすぐに、これだけはどうしても忘れるわけにはいかないと思った。老眼鏡が必要だった。書類の上に覆いかぶさるようにして読んでいると、頭が痛くなったり、文字が動いたりにじんだりする。もうじき四十七歳だ。逃げられない。老眼鏡がどうしても必要な年齢だ。もう一つのメモに、ペール・オーケソン検事が連絡を取りたがっているとあった。オーケソンもまた朝に強いことから、警察署と同じ建物の中にある検察庁に電話を入れた。だが、オーケソンは終日マルメにいるとわかった。ヴァランダーはメモを机の上に置いて、コーヒーを取りに行った。戻るといすの背に背中をあずけて、これから取りかからなければならない自動車の密輸捜査をどんな手順で進めたらいいか、考えた。組織犯罪にはかならずどこかに弱い点があるものだ。強い力を加えれば破れる、突破口となるところだ。密輸犯たちを本気で捕まえる気なら、その弱点をみつけるのに集中することだ。

電話が鳴って、集中の糸が切れた。新しい警察署長のリーサ・ホルゲソンが、彼が旅行から戻ってきていると知って電話をかけてきたのだ。

「旅行はどうでした？」

「よかったです」ヴァランダーが答えた。

「いっしょに旅行すると、親の新しい面を知るものですよね」

「親もまた、子どもの新しい面を見るということもあるかもしれない」

新署長はちょっと失礼と言った。部屋の中に人が入ってきて、なにか言ったようだ。ビュルクだったら、旅行はどうだったかなどと電話をかけてきただろうか、いや、かけてこなかっただろうとヴァランダー思った。ホルゲソン署長が電話口に戻ってきた。

「ストックホルムはどうでした？」ヴァランダーが訊いた。

「わたしはエストニア号のことが頭を離れませんでした。沈没事故で亡くなった大勢の警察官のことを考えていたんです」

ヴァランダーは黙った。当然考えつくべきことだった。

「どんな雰囲気だったか、あなたなら想像がつくでしょう？」署長は続けた。「こんなとき、どうして警察本庁と地方警察管轄の協力体制のことなど話せると思います？」

「事故で人が死んだときは、警察も一般市民となんのちがいもありませんからね」ヴァランダーが言った。「そうではいけないのでしょうが。われわれは死をひんぱんに見ているわけですから。われわれ自身、死というものに慣れていると思っている。しかし、事実はそうではないんです」

「嵐でフェリーが沈んだことによって、このスウェーデンにおいてふたたび死というものが人の目に見える存在になったんです。いまではすっかり人の目から隠され、ないものにされていた死が」

「おそらくあなたの言うとおりなのでしょう。私自身はそういうふうに考えたことがありませんでしたが」ヴァランダーが相づちを打った。

ホルゲソン署長は電話口で咳払いした。少し経って、また話しだした。

「協力体制のことを話し合う会議でした。いつもどおり、優先順位をどうするかが問題になりました」

「犯人逮捕を最優先にするべきだと私は思いますよ」ヴァランダーが言った。「そして彼らを裁判所に送り込むことです。有罪になるための証拠を十分に集めるのがわれわれの仕事です」

「そんなに単純なことではないのよ」彼女はため息をついた。

「はい。自分が署長でなくてよかったと思います」

「わたしもときどき署長でなかったら、と思うことがあります」と言って、署長はしばらく沈黙した。ヴァランダーはこれで話は終わりかと思ったが、まもなく彼女はまた話しだした。

「十二月はじめに、あなたをストックホルムの警察学校に送る約束をしてきました。向こうはあなたにこの夏の事件のことを話してほしいと言ってます。わたしの記憶が正しければ、あなたをぜひにと望んでいるのは学生たちらしいわ」

ヴァランダーはうろたえた。

「私にはできませんよ。人前で講義のまねごとをするなんてことは、私にはとうていできない。だれかほかの人にやってもらってください。マーティンソンは人前で話すのに慣れている。きっと引き受けてくれますよ」

「あなたを送ると約束してきたのよ」と言って署長は笑った。「だいじょうぶ、あなたならできます」

「病気だということにしてもらおうかな」ヴァランダーが言った。

「まだ十二月まで日があるわ。この話はまたあとでしましょう。旅行はどうだったのかと訊こうと電話をかけただけだったのよ。うまくいったのね」

「こっちはなにごともなかったですよ」ヴァランダーが言った。「失踪が一件だけです。それも、ほかの者たちがちゃんとやっていますから」

「失踪事件？」

ヴァランダーは火曜日にスヴェン・ティレーンが、ホルゲ・エリクソンが燃料オイルの配達のときにいなかったと心配して警察にやってきた話を手短にした。

「人がいなくなったとき、本当に失踪したという深刻なケースはどのくらいあるものかしら。そんな統計はあるのかしら？」

「統計がどうかは知りませんが、犯罪とか事故に結びつくものはごく少ないということだけは言えます。年寄りで少しぼけていたりしたら、だいたいは徘徊です。若者ならたいていは親に対する反抗とか冒険に対するあこがれだったりします。本当に深刻なケースはめったにない」

ヴァランダーは自分が経験した深刻なケースを思い出した。女性不動産屋が失踪し、あとで井戸の中に押し込まれた遺体が発見されたのだった。数年前のことで、これは彼の経験の中でも、もっとも不快な事件の一つだった。

話は終わった。ヴァランダーは警察学校での講義なんてぜったいにしないとあらためて決意した。もちろん、特別に指名されたことはうれしかったが、尻込みする気持ちのほうが強かった。それに、マーティンソンを説得することはできるだろう。

ふたたび机の上の密輸の書類に戻った。全体を考え、突破口を探した。八時過ぎ、彼はまたコーヒーを取りに行った。空腹だったので、ラスクも少し買ってきた。腹の具合はおさまったらしい。自室に戻って机の前に腰を下ろしたとき、マーティンソンがノックして部屋に入ってきた。

「もうだいじょうぶなんですか？」マーティンソンが訊いた。

「ああ。ホルゲ・エリクソンのほうはどうなっている？」

マーティンソンは眉間に眉を寄せてヴァランダーを見た。

「だれです？」

「ホルゲ・エリクソンだ。おれが失踪したかもしれないという報告を書いただろう？　電話でたのんだ件だよ」

マーティンソンは首を振った。

「いつのことです？」

「昨日の朝だ。具合が悪くて休むと電話したときのことだ」

「いや、どうも自分はなんの話か理解できてなかったようです。フェリーの沈没事故のことで頭がいっぱいだったので」

ヴァランダーはいすから立ち上がった。

「ハンソンはもう来てるか？　すぐにもこの件に取り組まなければならない」

「さっき廊下で見かけました」マーティンソンが答えた。

二人はハンソンの部屋に行った。ハンソンはスクラッチくじをにらんでいたが、二人を見て細かくちぎってくずかごに捨てた。

「ホルゲ・エリクソン」ヴァランダーが言った。「失踪したかもしれない男のことだ。火曜日に警察署の正面入り口をブロックしたタンクローリーを覚えているか？」

ハンソンがうなずいた。

「スヴェン・ティレーンという男を覚えていると言ったな？　たしか昔暴力事件に関連した男だったとか？」

「ああ、覚えている」ハンソンが言った。

ヴァランダーは苛立ちをもはや抑えることができなかった。

「ティレーンはあのとき失踪者を通報するために警察に来たんだ。おれはティレーンから聞いたホルゲ・エリクソンという男の家を訪ねてみた。そして報告書を書いた。昨日の朝、具合が悪くなったのでおれは電話してこの件を調べてくれとたのんだ。たしかに失踪の疑いがあると思ったからだ」

「忘れてしまったんです」マーティンソンが言った。「自分のせいです」

ヴァランダーは怒ることはできないと思った。

「こんなことは本来起きてはならないのだが、不幸な状況のためこうなったということにしよう。おれはこれからもう一度エリクソンの家に行ってみる。今回もやはりいなかったら、本格的に捜査を開始しよう。エリクソンの死体を発見することにならないといいが。一日無駄にしてしまったわけだからな」

「捜査を開始しますか？」マーティンソンが訊いた。

「いや、まだだ」ヴァランダーが言った。「まずおれが行ってみる。そして連絡する」

自室に戻り、電話帳をめくってOKガソリンスタンドの番号を調べた。最初の呼び出し音で、若い女性が出た。ヴァランダーは名乗り、スヴェン・ティレーンと連絡を取りたいと言った。

「いま配達中です」と女性は言った。「でも携帯電話を持ってます」

ヴァランダーは警察本庁からの内部通達書類の上に番号を書き取り、すぐに電話した。スヴェン・ティレーンが電話に出た。雑音が聞こえた。

「あんたが正しいらしい。ホルゲ・エリクソンは失踪したと思われる」

「もちろんおれは正しいに決まってる」ティレーンが応えた。「それに気づくのにこんなに時間がかかったのか？」

ヴァランダーは問いを無視した。

「ほかにもあんたには話すべきことがあるんじゃないか？」とかわりに訊いた。

「なにがあるというんだ？」

「それはあんたがいちばんよく知っているだろう。ホルゲ・エリクソンにはよく訪ねる親戚はいないのか？　旅行には出かけないのか？　彼をいちばんよく知っているのはだれだ？　家にいない正当な理由となり得るものならなんでもいい」

「そんなものはない。それはもう言ったはずだ。だから警察へ行ったんじゃないか」

ヴァランダーは考えた。スヴェン・ティレーンが嘘を言っているとは思えなかった。彼の心配は本物だった。

「あんた、いまどこにいるんだ？」

「いまマルメから出たところだ。燃料オイルを満載にしてきた」

「おれはこれからエリクソンの家へ行く。寄ってくれないか？」

「ああ、いいよ」スヴェン・ティレーンが言った。「一時間でエリクソンの家に着く。ただし途中で一軒寄らなければならない。高齢者ホームの燃料オイルタンクをいっぱいにしなければならないんだ。年寄りたちに寒い思いはさせたくないからな」

ヴァランダーは電話を切った。警察署を出たとき、外は雨だった。

ホルゲ・エリクソンの家へ向かう車中、彼は不機嫌だった。腹の具合さえ悪くならなかったら、こんなミスはぜったいに生じなかったのに。

いまやスヴェン・ティレーンの心配は根拠のないものではないと確信していた。腹の中ではすでに火曜日の時点でそういう気がしていたのだ。すでに木曜日だ。なにもなされないまま時が過ぎてしまった。

エリクソンの家に着いた時刻には、雨は勢いを増していた。車のトランクからゴム長靴を取り出して履き替えた。郵便受けを開けてみると、新聞と手紙が数通入っていた。中庭に入り、玄関脇のベルを押した。合い鍵を取り出してドアを開けた。火曜日以来人が入ったかどうか、見まわした。すべて彼がここを出たときと同じ状態だった。玄関の壁に掛けてある双眼鏡のケースの一つは空《から》のままだ。机の上に一枚あった紙もそのまま。ヴァランダーはまた外に出た。しばらくそこに立って、空っぽの犬の囲い地をながめた。畑のどこかでカラスの群れの鳴き声がした。死んだ野ウサギでもみつけたのだろう、とぼんやり思った。車に戻って懐中電灯を取り出した。それから家の中を順を追って点検しはじめた。ホルゲ・エリクソンはすべてを整頓していた。中庭を囲む形で立っている三つの建物の一つがガレージ兼作業場になっていて、中にぴかぴかに磨き立てられたハーレー・ダヴィドソンをみつけてヴァランダーは感心した。そのとき車の音がした。外に出るとスヴェン・ティレーンだった。車を降りて彼のほうを見たティレーンに、ヴァランダーは首を振ってみせた。

「いないね」

彼らは家の中に入った。ヴァランダーは先に立って台所へ行った。ポケットにしわになった紙があったが、書くものがなかった。メランスペッテンの詩が書かれた紙のそばにあったペンを取ってきた。

「おれはもうなにも話すことはない」ティレーンが警戒しながら言った。「おれの話などどうでもいいから、エリクソンを捜しはじめたらどうかね？」

「たいていの人間は、思っているよりも多くを知っているものだ」とヴァランダーは言い、もはやティレーンの態度に苛立ちを隠さなかった。

「そうかい。それで？　あんたの言うおれが知っていることというのはなにかね？」

「燃料オイルの注文は、あんたが受けたのか？」

「いや、事務所で受けた。若い娘を雇ってる。おれに配達注文を知らせるのはその子だ。彼女はいつもおれがどこにいるか知っている。一日何度も彼女と連絡を取り合う」

「それで、注文の電話のとき、ホルゲ・エリクソンはいつもどおりだったのか？」

「それは、その娘に訊くほうがいいな」

「ああ、そうしよう。名前は？」

「ルートだ。ルート・エリクソン」

ヴァランダーは名前を書いた。

「たしか八月に一度、おれはここに来た。それがホルゲに会った最後のときだ。そのときはふつうだったな。コーヒーを勧めてくれて、詩をいくつか読んでくれた。彼は話が面白い人間だった。だが、あのときの話はかなりえげつなかったな」

「えげつない？　どんな話だった？」

「おれが顔を赤らめるような話さ」

ヴァランダーはティレーンの顔を見つめた。そのとき、父親のことを思い出した。そういえば、父もえげつない話が好きだった。

「ぼけはじめているという感じはなかったか？」

「あんたとおれを足したくらい、はっきりしていたよ」

ヴァランダーはティレーンをにらんだ。これは侮辱《ぶじょく》されたと思うべきなのだろうか。無視することに決めた。

「エリクソンに家族はいなかったのか？」

「結婚したことはなかったはずだ。子どももいなかった。親しい女友だちもいなかった。少なくともおれの知るかぎりは」

「ほかに親戚は？」

「いや、親戚の話は聞いたことがない。死んだらたしか残ったものすべてをどこかの団体に寄付するとか言ってたな」

「団体？　どこの団体だ？」

ティレーンは首をすくめた。

「どこか田舎の団体だろう。おれは知らん」

『斧の友』という団体のことを思い出して、ヴァランダーは不愉快になった。それから、おそらくホルゲ・エリクソンはルンドの文化博物館にこの家屋敷を寄付することにしたのだろうと思った。そのことをメモした。

「なにか、ほかのものを所有していたか、知っているか？」

「ほかのものとは？」

「ほかの家はどうだ？　町なかに家をもっているとか？　たとえばアパートは？」

ティレーンは少し考えてから答えた。

「いや、それはないと思う。ここだけだろう。あとはすべて銀行だ。ハンデルスバンケンだよ」

「なぜそれを知っている？」

「燃料オイル代がその銀行から支払われるからだ」

ヴァランダーはうなずいた。メモを取った紙をたたんだ。それ以上訊きたいことはなかった。いまや、ホルゲ・エリクソンの身になにかが起きたことは間違いなかった。

「なにかあったら連絡する」と言ってヴァランダーは立ち上がった。

「どう進めるんだ？」

「警察には警察のやりかたがある」ヴァランダーは答えた。

彼らは外に出た。

「ここに残って手伝ってもいいぞ」ティレーンが言った。

「いや、それはやめてくれ。警察だけでやりたいから」

スヴェン・ティレーンは言い返さなかった。タンクローリーに乗って、エリクソンの中庭のかぎられたスペースで上手に方向転換した。車が走り去るのを見送ってから、畑の始まりのところまで行って遠くに見える森のほうをながめた。カラスがまだ群がっている。ヴァランダーはポケットから携帯電話を取り出し、署に電話をかけた。マーティンソンを呼び出してくれるようにたのんだ。

「どんな具合ですか?」マーティンソンが訊いた。

「捜査を始めよう。ハンソンがここの住所を知っている。すぐにも始めたい。まず警察犬を二匹連れてきてくれ」

電話を切ろうとしたとき、マーティンソンが話しだした。

「一つだけ知らせたいことが。コンピュータを使ってホルゲ・エリクソンを検索してみたんです。警察と関係をもったことがあるかどうか。単に型どおりのチェックですが。そしたら、あったんですよ」

ヴァランダーは受話器を固く耳に押しつけた。そうしながら、強く降りだした雨を避けるために木の下に移動した。

「どんな関係だ?」

「およそ一年前、不審者の押し込みがあったと警察に通報しています。その家の住所がアヴシルドヘッテンとありますが、その名前であることに間違いありませんか？」

「ああ、そのとおり。それで？」

「通報は一九九三年の十月十九日に入っています。これはスヴェードベリが受けてます。彼に訊いてみましたが、覚えていないと言ってます」

「押し込みの内容は？」

「それなんですが、ホルゲ・エリクソン宅の押し込みは少々変なんですよ」マーティンソンの声が戸惑いに変わった。

「なにが変だというんだ？」ヴァランダーは苛立った。

「なにも盗まれてないんです。それでも彼は侵入者がいると確信しているようでした」

「それでどうした？」

「なにも。この件は捜査されませんでした。なにも盗まれていないというので、こっちから取り調べの警察官も送り込みませんでした。でも通報はたしかにされています。ホルゲ・エリクソン自身によって不審者侵入通報書類が出されているのはたしかです」

「たしかに妙だな。あとでよく調べてみよう。とにかく犬を早くよこしてくれ」

マーティンソンが電話口で笑った。

「エリクソンの通報のことを聞いて、なにか思い当たることはありませんか？」

「なんだ？」

「ごく最近同じような件がありましたよね。押し込みが入ったけれどもなにも盗まれていないという」

　たしかにマーティンソンの言うとおりだ、と気がついた。ヴェストラ・ヴァルガータンの花屋からもなにも盗まれていない。

「だが、それだけだろう?」

「いいえ、花屋の主人も姿を消しています」マーティンソンが言った。

「いや、花屋の主人はアフリカへ旅行している。失踪したわけではない。だが、ホルゲ・エリクソンはたしかに失踪している」

　ヴァランダーは電話を切り、ポケットに入れた。上着の襟をしっかり押さえ、ガレージに行ってまた捜し続けた。なにを捜しているのか、自分でもわからなかったが、いずれ警察犬がなにかみつけてくれるだろう。そうしたら、一斉捜査を始めるのだ。まず近隣に住む人たちに話を聞くところから始めよう。まもなく彼は家の中に引き揚げた。台所へ行き、グラスで水を一杯飲んだ。蛇口を開けたとき咳き込むような音が出た。これもまた、数日人が家にいなかったことの証拠だ。水を飲みながら、窓の外の遠くでカラスが群がっているのをぼんやりと見た。グラスを置くと、また外に出た。雨はまだ降り続いている。カラスの鳴き声が響く。玄関内の壁に吊るされている空の双眼鏡のケースを思った。カラスの群れに目を移した。その群れの向こうの小高いところに塔が見える。身動きもせずに彼は考え続けた。それからゆっくりと畑の縁を歩きだした。畑の土が長靴の下にくっつく。カラスの群れは畑に飛び降りてきてはまた飛び上がる。あそこは土地が低くなっているか、あるいは濠《ほり》のようなものがあるにちがいないと思った。彼は歩き続けた。塔の姿がだんだんはっきりと見えてきた。きっと野ウサギか鹿の狩りのための見張り塔だろう。小高く盛り上がっている丘の向こう側に森が広がっている。おそらくそこもまたホルゲ・エリクソンの土地だろう。そのとき、目の前に濠が見えてきた。厚い板が折れて中に落っこちている。近づくほどにカラスの鳴き声が大きくなった。そのときカラスがいっせいに飛び上がり、姿を消した。ヴァランダーは濠の端まで行って、見下ろした。

はっとして、一歩下がった。吐き気に襲われた。

のちに、ヴァランダーはこのときの光景はいままで見た中でも最悪のものの一つだったと語った。警察官として数えきれぬほどひどい光景を見てきた、その彼の言葉である。

だが、雨の中、上着やシャツをぐっしょりと濡らしながらそこに立って見たものは、最初はなんなのか判別できなかった。見たこともない、非現実的なものだった。いままで一度も実際に見たことのない光景だった。

はっきりしているのはただ一つ、濠の中で人が死んでいるということだけだった。

そっとしゃがみ込んだ。どんなにいやでも目を開けて見なければならなかった。濠は深かった。二メートルはありそうだ。濠の底に数本のポールが打ち込まれている。そのポールに男が一人突き刺さっていた。槍のように鋭く尖った棒が血にまみれていて、その中の何本かは男の体を串刺しにしていた。男は顔面を下にしている。体はポールに突き刺されて宙づりになっている。カラスが男の首をくちばしでつついていた。ヴァランダーは立ち上がった。両脚が震えている。遠くから車が近づいてくる音が聞こえる。警察犬が来たのだろう。

一歩下がって観察した。ポールは竹でできているようだ。突《つ》き錐《きり》のようなものを先につけた粗削りの釣りざおのように見える。それから濠の中に落ちている板に目を移した。小道は濠の向こうにも続いているところを見ると、この板は渡り板だったにちがいない。なぜそれが折れたのだろう？　板はかなりの重さにも耐えられそうな厚さだ。それに濠の幅は二メートルほどしかないというのに？

犬の吠え声がしたので、彼は家のほうに引き返しはじめた。たまらなく吐き気がする。それだけでなく、彼は恐怖におののいていた。いま自分が見たものは、殺された人間なのだ。問題はその殺されかただった。何者かがあらかじめ切っ先の鋭いポールを何本も濠に仕掛けておいたのだ。男は串刺しにされて殺された。

ヴァランダーは立ち止まり、大きく息を吸った。

夏の記憶が彼の頭の中を横切った。またか？　この国に起きることには、もはや限界がないのか？　だれが濠の中で年寄りを串刺しにする？

彼はふたたび歩きだした。犬を連れた警官が二人、家の前で待っていた。アン＝ブリット・フーグルンドとハンソンの姿も見える。

二人ともフード付きのレインコートを着ていた。

やっとヴァランダーが玉砂利の敷きつめられた中庭に着いたとき、ほかの者たちは彼の様子からとんでもないなにかが起きたのだと見てとった。

ヴァランダーは顔から雨をぬぐうと、事実を述べた。自分の声が震えていることに気がついた。後ろを向いて、彼がいなくなったとたんに戻ってきたカラスたちが群がっている方向を指さした。

「あそこに男がいる。死んでいる。殺人だ。一斉出動を要請してくれ」

まだ言葉が続くものと彼らは待ちかまえた。

が、ヴァランダーの言葉はそれだけだった。

6

九月二十九日木曜の夜、警察はホルゲ・エリクソンの遺体がみつかった濠《ほり》の上にビニールシートをかけた。九本の竹が体を串刺しにしていた場所だ。血が溜まった濠の底の泥土はスコップで掻き上げられた。その異常な作業と降り続く雨のために、現場はヴァランダーたちにとってかつてないほど壮絶なものになった。泥土が長靴にくっつき、土の上をはい巡る電気のケーブルに足を取られながら、彼らはこの不快な作業を続けた。現場を照らし出す投光機からの強烈な光が、非現実的な惨状をこうこうと照らし出していた。串刺しにされた男の身元の確認に、タンクローリーの運転手スヴェン・ティレーンが呼び出された。それがホルゲ・エリクソンであることには微塵《みじん》の疑いもなかった。彼の失踪捜索は、始められる前に終わった。ティレーンは不思議なほど無表情だった。まるで、目前に見えるものがなんなのか、理解できないかのようだった。その後、立入禁止のロープの外を何時間も不安そうに歩きまわっていたが、いつのまにかいなくなった。

ヴァランダーは濠の中でとらえられたずぶぬれのドブネズミのような気分だった。同僚たちはどうにか我慢をしながら作業を続けているが、それももう限界だろう。スヴェードベリもハンソンも、吐き気に襲われて何度も現場を離れた。だが、ヴァランダーが早い時間に家に帰らせたかったアン＝ブリット・フーグルンドは、意外にも手を休めずに作業を続けていた。ヴァランダーが遺体をみつけてまもなく、署長のリーサ・ホルゲソンも現場に駆けつけ、作業がスムーズに運ぶように指揮をとった。一度、若い実習生が泥に足を取られて濠の中に落っこちた。尖った竹先で片手にけがをし、ホルゲ・エリクソンの遺体を竹槍から外す方法を思案中だった医者が手当てに当たった。ヴァランダーは実習生が足を滑らせて落ちるのを横で見て、ホルゲ・エリクソンが九本の竹槍に串刺しにされたときの情景を想像した。鑑識課のスヴェン・ニーベリが到着するとすぐに、ヴァランダーは彼といっしょに厚い板を調べた。

スヴェン・ティレーンは、厚板は濠の上に渡り板として渡されていたと証言した。ホルゲ・エリクソン自身の手で渡されたものだった。ティレーンは一度エリクソンに案内されて小高い丘の塔まで行ったことがあった。ヴァランダーはホルゲ・エリクソンが熱心なバードウォッチャーであることを知った。塔は狩猟のための見張り塔ではなく鳥を見るための望楼《ぼうろう》だったのだ。空《から》の双眼鏡ケースの中身は、エリクソンの首にかかっていた。ニーベリは、厚板は人の重さに耐えられないところまでのこぎりで切れ目を入れられているとすぐに見てとった。それを聞いて、ヴァランダーは濠の底から上がって、しばらく一人考えに沈んだ。ことのなりゆきを考えてみたが、まとまらなかった。ニーベリが、双眼鏡には暗闇でも見える夜光レンズが使われていると言ったときに初めて、ことの次第が見えてきた。もし彼の推測が正しければ、いま彼らは信じられないほどの残酷さをもって計画された殺人現場にいることになる。

夜も遅い時間になってから、エリクソンの遺体を濠から移動させる作業が始まった。医者とホルゲソン署長は濠の底を掘って竹槍を抜くべきか、竹槍を途中で切り落とすべきか、それともいちばん大変な作業だが遺体を竹槍から抜くべきか、検討した。

彼らはヴァランダーの提案を受けて、三番目の方法をとることに決めた。ヴァランダーらはエリクソンが厚板を踏んで落ち、串刺しにされる以前の、竹が突き立っている濠の状態が見たかった。ヴァランダーは自分もこの気の進まない遺体処理の最後の作業過程——竹槍から遺体を抜きはずし警察署に搬送する仕事——に参加するべきだと感じた。作業は夜中の十二時を過ぎても終わらなかった。雨は小降りになったが止む様子はなく、聞こえるのは発電機の音と泥の中を歩きまわるゴム長靴の音だけだった。

その後はなにもない空白の時間が続いた。なにも起きなかった。コーヒーを持ってきてくれた者がいた。薄暗い中で作業する同僚たちの幽霊のような顔が白く浮かんだ。それまでの総括をするために、集中しなければならないとヴァランダーは考えた。いったいなにが起きたのだろうか？　これからどう捜査を進めたらいいのか？　全員が疲れきっている。とっくに十二時をまわっている。殺人現場の惨状にショックを受けたうえに、全身ずぶぬれで空腹だ。マーティンソンが受話器を耳にきつく押し当てている。心配性の妻と話しているのだろうとヴァランダーは勝手に想像した。だが、通話が終わり、電話をポケットにしまいこむと、マーティンソンは気象予報士によれば雨は朝までに止むそうだとみんなに知らせた。その瞬間、ヴァランダーは捜査を明け方まで中断することに決めた。まだ犯人の足取りもわかっていない。いまの段階では集められるかぎりの手がかりを捜しているだけだ。本来はホルゲ・エリクソンを捜しために呼び寄せた警察犬は、まだなにもみつけていない。夜も更けたころヴァランダーはニーベリといっしょに望楼に上った。だが二人とも捜査を進展させるようなものをみつけることはできなかった。ホルゲソン署長がまだ現場にいたので、ヴァランダーは彼女に話をした。

「このままではどうにもならない。明け方集まり直しましょう。いま必要なのは休息だから」

反対意見はなかった。だれもが家に帰りたかった。といってもニーベリだけは別だった。ヴァランダーはニーベリが残ることは知っていた。夜通し働き、みんなが戻ってくるときにもまだそこにいるのだ。ほかの者たちが内庭に停めた車に向かって歩きはじめたとき、ヴァランダーは残った。

「どう思う?」ヴァランダーが訊いた。

「どう思うもへったくれもない。こんなものは一度も見たことがないとしか言えない」

彼らは濠の縁に立ち、見下ろした。ビニールシートが広げられている。

「いま、おれたちが見ているのはなんなのだろう?」

「アジアで猛獣を捕まえるときに仕掛けられる罠《わな》だ。戦争でも使われる。鋭い竹槍を何本も仕掛けた落とし穴だ」

ヴァランダーはうなずいた。

「こんな頑丈な竹はスウェーデンには生えない。こういうものは釣りざお用に、あるいはインテリア用に輸入されるんだ」ニーベリが言う。

「それにスコーネに猛獣はいないしな。戦争もない」ヴァランダーが言った。「われわれがいまこうやって見ているものは、いったいなんなのだ？」

「ここにあるはずのないもの。なにかがおかしいんだ。おれは怖くなった」

ヴァランダーは目を上げて彼を見た。ニーベリがこんなにしゃべるのはめずらしい。それだけでなく、彼が個人的な感情と恐怖を語るのは、例外的なことだった。

「あんまり働くなよ」と言って、ヴァランダーはその場を去った。

ニーベリは答えなかった。

ヴァランダーは立入禁止のテープをくぐり、現場警備の警官にうなずいてあいさつをしてエリクソンの家のほうに歩きだした。ホルゲソン署長が途中で彼を待っていた。手に懐中電灯を持っている。

「記者たちが来ているわ。なにか言えることがあるかしら？」

「言えることはあまりないですね」ヴァランダーが言った。

「ホルゲ・エリクソンという名前さえ出せないでしょう？」

ヴァランダーはしばらく考えてから答えた。

「いや、それはいいと思いますよ。燃料オイル配達の運転手の言葉が正しいとすればですが。ホルゲ・エリクソンには親族がいないと彼は言っていた。きっとそのとおりなのだと思う。警察が死亡通知をするべき親族がいないのなら、彼の名前を新聞に出しても害はないでしょう。むしろ役に立つかもしれない」

二人は歩きだした。遠く後ろに投光機の光が幽霊のようにぼおっと見えた。

「ほかにはなにが言えるかしら?」

「これは殺人事件だということ」ヴァランダーが答えた。「それは間違いないですから。だが動機とか犯人はとなると、なにもわからない」

「どういう事件か全体像を描いてみましたか?」

ヴァランダーは急に疲れを感じた。考え一つ、言葉一つ発するのに、大変な努力がいった。

「あなたの知らないなにかを見たとか、私だけが知っていることとかはありません。ただこれはじつに周到に計画されたものだと言えます。ホルゲ・エリクソンは外に出て、まっすぐに罠にはまってしまった。このことから三つのことが言えると思う」

彼らはまた立ち止まった。雨はほとんど止んでいた。

「だいいちに、犯人はホルゲ・エリクソンを知っていたし、彼の習慣もある程度把握していたにちがいないこと。第二に、犯人ははじめから彼を殺すつもりでいたこと」

ヴァランダーはまた歩きだそうとした。

「三つと言いましたよね?」

ヴァランダーは懐中電灯からの弱い光に浮き彫りにされている署長の顔を見た。自分はどんな顔をしているのだろうか、と思った。イタリアで日に焼けた小麦色はこの雨で流されてしまっただろうか?

「犯人はホルゲ・エリクソンの命を取ることだけが目的ではなかった。苦痛を与えたかったのです。彼は串刺しになってからもすぐには死ななかったはずです。だれも彼の声を聞いてはいない。カラスを別とすれば。何時間苦しんで死んだのかは医者がもうじき教えてくれると思いますが」

ホルゲソン署長は不快そうに顔をゆがめた。

「そんなことができるとは、どんな人間？」ふたたび歩きだしながら、彼女は訊いた。

「わからない。気分が悪くなるだけです」

畑の端まで戻ったとき、記者が二人とカメラマンが一人寒そうに立っているのが見えた。ヴァランダーはうなずいた。みな顔見知りだった。署長は首を振っている。ヴァランダーは可能なかぎり短く説明した。そしてさらに質問しようとした彼らに向かって拒絶するように手を振ると、記者たちはいなくなった。

「あなたは評判のいい警察官ですよ」署長が言った。「この夏、わたしもあなたの能力がよくわかったわ。全国の警察署があなたをほしがっているのはたしかです」

署長の車のそばまで来た。ヴァランダーには彼女が本気で言っているのがわかった。が、なにか言って応えるには疲れすぎていた。

「あなたがいいと思う方法で取り組みなさい。どういう態勢がほしいかを言ってくれれば、わたしが用意しますから」

ヴァランダーはうなずいた。

「あと何時間かでわかると思います。いま必要なのは眠りです。あなたにも私にも」

マリアガータンの自宅に着いたときには、すでに夜中の二時をまわっていた。サンドウィッチをいくつか作って、台所で食べた。それからベッドに横たわり、目覚まし時計を五時にかけた。

七時、灰色の早朝、ヴァランダーたちはまた集まった。気象予報士は正しかった。雨は止んでいた。だがかわりに風が吹きはじめ、いっそう寒くなっていた。現場に残された警察官たちはニーベリとともにビニールシートが吹き飛ばされないように臨時の支柱を作らざるを得なかった。雨が止むと、ニーベリは気まぐれな天気の神に向かって悪口を吐いた。次の雨が降るまで間があるように思われたので、彼らはせっかく張ったビニールシートをまた外した。そのために、いま濠の中ではニーベリ以下鑑識課の警官たちが吹きさらしの中で作業をしていた。

ルーディンゲのホルゲ・エリクソンの家に向かう途中、ヴァランダーは車の中で捜査をどのように展開するかを考えた。エリクソンが金持ちだったことはもちろん犯行動機になり得る。だが、はじめからヴァランダーには金が動機とは思えなかった。それではあの竹槍の仕掛け罠はなんなのだ？　それがわからなかった。あれはなにを意味しているのか？　常識が通じない相手と闘うことになるという予感があった。

不安を感じるときにいつもそうするように、今回も彼はリードベリのことを考えた。かつての上司リードベリに教えられた知識がなかったら、自分は平凡な一警察官で終わっただろうと思う。リードベリはがんで四年近く前に亡くなった。ヴァランダーは時間の早さに驚いた。それから、リードベリだったら、いまの状況でどうするだろうと考えた。我慢、という答えが胸に浮かんだ。リードベリだったら、いつもの〝山頂からの教え〟で直接核心に迫る答えを出しただろう。いまこそ我慢がなにより大切だと。

臨時の捜査本部がエリクソンの家に設けられた。会議でヴァランダーはもっとも重要な仕事をいくつか説明し、できるかぎり効率的な役割分担を試みた。みなが疲れきっている朝、ヴァランダーはこの段階の総括をおこなった。

言うべきことは一つしかなかった。まだなにも手がかりはないということ。

「われわれはほとんどなにも知らない。スヴェン・ティレーンというタンクローリーの運転手がエリクソンは失踪したのではないかという疑いを警察に知らせた。それが今週の火曜日だ。ティレーンの話と詩に書かれていた日付から、殺害は先週の水曜日の夜十時以降におこなわれたものと推定できる。確実な時間はまだわからない。だが、それ以前ではないことははっきりしている。検死の結果を待つ必要がある」

ヴァランダーはここで話をいったん止めた。だれも質問しない。スヴェードベリが洟《はな》をかんだ。目が光っている。熱があるにちがいないとヴァランダーは思った。本当は家で寝ているべきなのだ。だが、スヴェードベリもヴァランダーも、いまは全員の力が必要なことがわかっていた。

「ホルゲ・エリクソンについて、われわれが知っていることはあまりない」ヴァランダーは話を続けた。「元自動車販売業者。金持ちで独身。子どももいない。郷土詩人と言っていい存在で、バードウォッチングに関心があった」

「それよりもう少しわかっているぞ」ハンソンが口をはさんだ。「ホルゲ・エリクソンは有名人だった。少なくともこの地方では、また十年から二十年前には。自動車販売業者としてはかなりやり手であるという噂があった。強引な取引をしたらしい。労働組合を嫌い、荒稼ぎをしたという。脱税に関係し、それ以外にもかなり非合法なことをしていたと思われる。だが、一度もしっぽをつかまれたことはないと聞いている」

「つまり彼には敵がいたかもしれないということか？」ヴァランダーが言った。

「ああ、おそらく。しかしだからといって、殺すほどの敵意をもたれていたかは不明だ。なにより、こんどのような方法で殺されるほどの」

ヴァランダーは竹槍の仕掛け罠とのこぎりで挽かれた厚板のことに言及するのはやめた。順序に従って話を進めたかった。自分の疲れた頭でゆっくり考えるためでもあった。それもまた亡くなったリードベリが教えてくれたことの一つだった。犯罪捜査は建築現場と同じだ。機能するためにはすべてが正しい手順でおこなわれなければならない。

「まずホルゲ・エリクソンという人物の人生を洗い出すことから始めよう」ヴァランダーが言った。「だが、仕事を分担する前に、事件がどう起きたか、自分の推測を話しておきたい」

一同は台所の大きなテーブルを囲んでいた。遠く窓越しに現場の白いビニールシートが風に揺れているのが見える。ニーベリが黄色い作業着を着たかかしのように立ち、両腕を振っている。ヴァランダーは彼の疲れて苛立った声が聞こえるような気がした。だが、ニーベリが優秀で正確な仕事をする鑑識官であることも知っていた。腕を振っているのはきっとなんらかの理由があるにちがいない。

「犯行手順はこのようだったのではないか」ヴァランダーはゆっくり言葉を選びながら話しはじめた。「先週の水曜日の夜十時以降、あるいは木曜の早朝、ホルゲ・エリクソンは外に出た。玄関ドアに鍵はかけなかった。すぐ帰ってくるつもりだったからだ。それに外に出るといっても、彼の所有地内を歩くだけだったからだ。双眼鏡を持っていた。暗闇でも見えるタイプのレンズだとニーベリが言っている。小道を濠のほうに歩いた。濠の上には厚板が渡してある。ホルゲ・エリクソンは濠の向こうの丘の上にある望楼へ向かっていたと思われる。彼はバードウォッチャーだった。いまの季節、九月十月は、渡り鳥が南に向かう。私は渡り鳥のことはあまり知らないし、渡り鳥の習癖も知らない。だが、ほとんどの鳥は、夜に長距離を飛行すると聞いたことがある。エリクソンが外に出た時間が夜だったこと、双眼鏡を持っていたことはそれを物語っている。まあ、殺害時刻が朝でなければの話だが。彼は厚板を踏んだとたん、まっすぐ下に落ちた。なぜなら板には事前にのこぎりで切れ目がつけられていたからだ。彼は体の前面から濠の中に落ち、何本もの竹槍で串刺しにされ、そこで死んだ。助けを求めたとしても、その声を聞いた者はいない。この家はみんなも知っているように人里離れたところにあるからだ。この地名がアヴシルドヘッテンというのも理由のないことではない」

ヴァランダーはコーヒーポットからコーヒーを注いだ。

「と、こんなふうに犯行がおこなわれたのではないかと推定する。疑問点はたくさんあるが、答えはほとんど得られていない。だが、とにかくこのように始まったと思われる。われわれは周到に計画された犯行に直面している。残酷で凶悪だ。動機はまったくわからない。想像もつかない。決定的な手がかりもない」

部屋が静かになった。ヴァランダーは一同を見まわした。

しばらくして口を開いたのは、アン＝ブリット・フーグルンドだった。

「もう一つ、重要なことがあります。犯人は犯行を隠そうとしていないことです」

ヴァランダーはうなずいた。これからその点に触れようとしていたところだった。

「ああ。もしかすると、隠さないどころか、その逆かもしれない。竹槍を仕掛けた罠で串刺しにするという残忍な手段を見ると、犯人はまさに凶暴さをわれわれに示そうとしているのではないか」

「またサイコパス捜しですか?」スヴェードベリが言った。

一同は彼の言う意味がわかった。この夏のことはまだ記憶に新しい。

「その危険性を見過ごしてはならない。いや、それだけでなく、いまわれわれはなんであれ見過ごしてはならないのだ」

「クマをしとめる罠を思わせるな」ハンソンが言った。「あるいは、古いベトナム戦争映画で見た罠のようだ。変な組み合わせだな、罠とバードウォッチャーとは」

「または元自動車販売業者」とそれまで黙っていたマーティンソンが言った。

「または詩人」アン＝ブリット・フーグルンドが口をはさんだ。「いろいろ選べるわ」

七時半になり、会議は終わった。当分の間、現場での会議はエリクソンの家の台所でおこなうことにした。スヴェードベリはエリクソンから電話で燃料オイルの注文を受けた女店員と雇い主のスヴェン・ティレーンからしっかり事情聴取するために飛び出して行った。アン＝ブリット・フーグルンドは近所の住民一人ひとりに聞いてまわる役割を引き受けた。郵便受けの中の郵便物のことを思い出し、ヴァランダーは郵便配達人からも話を聞くようにたのんだ。ハンソンは鑑識のニーベリの部下といっしょに家宅捜索を始める。ホルゲソン署長とマーティンソンはそのほかのいっさいを引き受けた。

捜査が開始された。

ヴァランダーは上着を着て、強い風の吹く中を濠のほうに歩きだした。ビニールシートが風に吹き上げられている。ちぎれ雲が空を走っていた。彼は首を縮めて風を避けた。そのとき突然、空を飛ぶ雁の発する典型的な鳴き声が聞こえた。立ち止まり、空を見上げた。鳥の姿が見えるまで時間がかかった。それは一列になって渡る雁の列だった。列は短かったが、雲のすぐ下を空高く南西に向かって飛んでいく。スコーネ中の渡り鳥がファルスタボー岬の上を飛んでスウェーデンを去っていくのだろう。

ヴァランダーはたたずんでしばらく渡り鳥をながめ、考え込んだ。机の上にあった詩のことを思い出した。ふたたび歩きだしたが、胸の中の不安がしだいに大きくなるのがわかった。

残忍な行為の中に、彼を震え上がらせているものがあった。分別を失わせるほどの憎悪か、それとも狂気か。しかし犯行の裏には冷静な計算があるようにも思える。なにがいちばん彼を震え上がらせているのかはわからなかった。

ヴァランダーが濠に着いたとき、鑑識のニーベリとその部下たちは血の固まった竹槍を泥土から引き抜いているところだった。竹槍は一本ずつビニールに包まれて車に運ばれた。ニーベリの顔は泥まみれで、重い足を引きずりながら濠の中を動きまわっていた。

ヴァランダーは濠の中に下りずにしばらくながめようと思った。

「どんな具合だ？」と、元気づけるような声を出した。

ニーベリは聞き取れない声でなにかつぶやいた。ヴァランダーは訊きたいことがあったが、あとにしようと思った。ニーベリは気が短く、癇癪《かんしゃく》もちで、いったん怒りだしたら相手がだれであろうとおかまいなしだった。イースタ署では、彼がへそを曲げたら、相手が警察本庁の長官であろうと食ってかかるだろうと噂していた。

濠の上には臨時の渡り板がかけられていた。ヴァランダーはそれを渡って丘の上の望楼へ向かった。強風が上着をめくって吹きつける。塔は三メートルほどの高さだった。渡り板はホルゲ・エリクソンが使ったのと同じ材質だ。望楼へは階段が作られている。ヴァランダーは階段を上りはじめた。塔のてっぺんの床は一メートル四方もあるだろうか。狭い空間だった。鞭《むち》のように冷たく鋭い風が顔を打つ。地上からわずか三メートル高いところに立つだけで、景色が劇的に変わっている。ニーベリが濠の中に小さく見えた。遠くにエリクソンの家屋敷が見える。しゃがみ込んで望楼の床を見た。そのとき突然、ニーベリがまだ濠の捜査中なのに自分が望楼に上ったことに気がつき、ヴァランダーは急いで下りた。望楼のまわりに風の当たらないところをみつけ、そこに立った。ぐったり疲れを感じた。なにかが体の深いところに突き刺さっている感じがした。この感じはなんだ？　敗北感か？　喜びは短かった。ローマ旅行。一軒家に移り、犬を飼う決心。もしかするとバイバも来るかもしれないと思ったこと。だが、そこに溝の中で串刺しにされた老人がみつかった。そして世界はふたたび彼の足元から揺らぎはじめた。

あとどのくらいこんなことを続けられるだろう？

いまはそんなみじめな考えは、抑えつけなければならない。自分たちは一刻も早く、ホルゲ・エリクソンに恐ろしい罠を仕掛けた人間をみつけ出さなければならないのだ。ヴァランダーは足元に注意しながら丘を下りはじめた。遠くに、こっちに向かってくるマーティンソンの姿が見える。いつもながら、せかせかと急いでいる様子だ。ヴァランダーは自分から彼のほうに近づいた。依然として不安で、迷いがあった。この捜査をどう進めたらいいのだろう？　最初の突破口を探していた。が、みつからない。

そのとき、マーティンソンの顔が見えた。なにかが起きたとわかった。

「なんだ？」

「ヴァンニャ・アンダソンという名の女性に電話をしてください」

ヴァランダーはすぐにはそれがだれか思い出せなかった。記憶をたどった。ヴェストラ・ヴァルガータンの花屋の店員だ。

マーティンソンの意外な言葉に彼は驚きを感じて言った。

「それはあとでいい。いまそんなことにかけている時間はない」

「そうでしょうか」マーティンソンは言ったが、その態度はヴァランダーの言葉に逆らって言わなければならないのがいやでたまらないという様子だった。

「なんだ？」

「花屋の店主ユスタ・ルーンフェルトは、どうもアフリカには出かけなかったようなのです」

ヴァランダーはマーティンソンの言葉が理解できなかった。

「ヴァンニャ・アンダソンは旅行会社に電話をかけて、店の主人の帰国便の時間を訊いたらしいのです。それでわかったというのです」

「なにが？」

「出発日、ユスタ・ルーンフェルトはコペンハーゲンの空港に姿を現さなかったということが。つまり彼はアフリカへ出かけていないのですよ。切符を持っていたにもかかわらずです」

ヴァランダーはマーティンソンをにらみつけた。

「となると、失踪者がもう一名出たということになりますね」マーティンソンが不安そうに言った。

ヴァランダーは答えなかった。

九月三十日金曜日の午前九時のことだった。

7

二時間後、マーティンソンの言うとおりだと思った。ヴァンニャ・アンダソンを一人で訪ねることに決めてイースタへ向かう途中、彼自身も気がついたのだ。たしかに二つの事件にはもう一つ相似点がある。一年前、ホルゲ・エリクソンはイースタ警察署に侵入者の通報をしていた。侵入だけで、なにも盗まれてはいないとの内容だった。そしてユスタ・ルーンフェルトの店もまた、何者かに入られ、そこでもなにも盗まれなかった。ヴァランダーは強い恐れがふくれ上がるのを感じながら車を走らせた。ホルゲ・エリクソン殺害の一件は震撼《しんかん》に値する。ここでさらにもう一件の失踪事件などぜったいに起きてほしくない。とにかくホルゲ・エリクソンに関係あるような事件が発生してはならない。もう一つ竹槍が仕掛けられた罠《わな》などほしくない。ヴァランダーは猛スピードで運転した。ふたたび悪夢に突入するかもしれないという危惧から少しでも遠ざかろうとするかのように。ときどき、ブレーキをきつく踏んだ。彼自身にではなく車に、落ち着け、理性的に考えろと言い聞かせんばかりに。ユスタ・ルーンフェルトが失踪したと推測する根拠はなにか？　姿が消えたのにはなにか合理的な理由があるのではないか。ホルゲ・エリクソンに起きたことは、本来起きるはずのないことだ。こんなことが続けて二度も起きるはずはない。少なくともスコーネでは、ましてやこの小さなイースタでは。なにか説明のつく理由があるにちがいない。それをヴァンニャ・アンダソンから聞き出すのだ。

だが、彼はこの考えに自信がもてなかった。ヴェストラ・ヴァルガータンの花屋に行く前に、署に寄った。廊下でアン＝ブリット・フーグルンドをつかまえて、食堂へ行った。疲れきった警察官たちが半分眠りながらランチを食べていた。ヴァランダーらはコーヒーを持ってきてテーブルについた。マーティンソンからの電話の内容を伝えると、フーグルンドはヴァランダーと同じく懐疑的な反応をした。まったくの偶然だろうと。ヴァランダーはフーグルンドに、ホルゲ・エリクソンが前年に届けたという不審者侵入の届け出書類を捜すようにたのんだ。また、ルゲ・エリクソンとユスタ・ルーンフェルトの間になんらかの繋がりがあるかどうか調べるように言った。繋がりがあるなら、コンピュータで捜し出せるはずだ。彼女が手いっぱいだということは知っていたが、この二つはすぐにもしなければならなかった。客が来る前に掃除する必要があるのだ、と彼は言った。言ってからすぐに、間違った引用だと思った。なぜこんな言葉を引き合いに出してしまったのか、自分でもわからなかった。フーグルンドは不思議そうに彼を見て、言葉の続きを待ったが、ヴァランダーはそれ以上言わなかった。

「急ぐんだ」とだけ言った。「二人の間に繋がりがないことがわかれば、それに越したことはない。エネルギーが省ける」

彼は急いでいた。テーブルから立ち上がろうとしたとき、フーグルンドが質問した。

「あんな残酷なこと、だれができるのでしょうか？」

ヴァランダーはまた腰を下ろした。血糊のついた竹槍を思い出した。耐えられない光景だった。

「わからない。これほどサディスティックで恐ろしいことができるとは、ふつうの動機ではないにちがいない。人を殺すのにふつうの動機などというものがあるとすればの話だが」

「あると思います」フーグルンドはきっぱりと言った。「あなたもわたしも、死ねばいいと思うほどの怒りを人に感じたことがあると思いますけど、そこでふつうは思いとどまる。でも思いとどまらずに、実際に相手を殺す人たちもいるんです」

「恐怖を感じるのは、じつに周到に計画されている点なんだ。犯人は時間をかけて準備している。おそらくホルゲ・エリクソンの習慣も細部にわたって把握《はあく》していたと思う。すべて見通しだったにちがいない」

「もしかすると、そこに捜査の手がかりがあるかもしれませんね。ホルゲ・エリクソンには近しい人がいなかったようです。でも、彼を殺した人間は彼のことを細かく知っている。なんらかの意味で近しかったのかもしれない。あの濠《ほり》まで行ったことがある人にちがいないんです。渡り板にのこぎりで切れ目をつけたんですから。なんらかの方法であそこに行き、そして帰った。ということは、その姿を見た人間がいるかもしれないということです。あるいは、あの付近のものではない車が見かけられているとか。人はけっこう見ているものです。とくに田舎の人間は森の中の動物のようによく観察してますよ。わたしたちを見てるんです。こっちが気がつかないうちに」

ヴァランダーはうなずいた。彼女の言葉に耳を傾けるべきなのだが、上の空であまり聞いていなかった。

「あとでこの話を続けよう。おれはこれから花屋に行ってくる」

「さっきの件、捜してみます」

二人は食堂の前で別れた。署の出口で、エッバに呼び止められた。父親から電話があったという。

「あとで。いまは時間がない」とヴァランダーは手を振った。

「ひどいことが起きましたね」とエッバは、まるでヴァランダーが個人的にひどい目に遭ったかのように同情的な口調で言った。「昔、彼から車を買ったことがあるわ。ボルボのＰＶ４４４」

ホルゲ・エリクソンのことを言っているのだとわかるのに数分かかった。

「きみは運転できるのか?」ヴァランダーは驚いて訊いた。「免許証をもっていることさえ知らなかったよ」

「事故なしで三十九年運転してますよ。ＰＶはいまでも家にあるわ」

そういえば警察の駐車場に手入れの行き届いた黒のＰＶが駐車されているのを何度か見かけたことがあると思った。だれの車かは考えたこともなかったが。

「安く買えた?」

「ホルゲ・エリクソンにとってはいい商売だったと思うわ。わたしは払いすぎたみたい。でも、買ってからずっととても大事に使ってきたから、けっきょく得をしたのはわたしってことよ。

だってＰＶはいまやベテラン・カーと呼ばれているんですからね」

「もう行かなくては。いつかその車に乗せてくれ」

「お父さんに電話するの忘れないで」

出口まで来て、ヴァランダーは足を止めて考えた。そして決心したように言った。

「電話してくれるかな？　おれのかわりに電話して、いま忙しいわけを説明してくれ。都合がつきしだい電話すると言ってくれないか。向こうはとくに急ぎの用事ではないと思うんだ」

「イタリアのことを話したいだけでしょ？」

ヴァランダーはうなずいた。

「イタリアのことを話そうと言ってくれ。でもいまはできないと」

ヴァランダーはまっすぐにヴェストラ・ヴァルガータンに車を走らせた。狭い道路の歩道に半分はみ出して駐車して、店に入った。客が数人いた。待てるというしぐさで店員のヴァンニャ・アンダソンに合図した。十分後、客の姿が消えた。ヴァンニャは紙になにやら書きつけ、それを店のガラスのドアに貼って鍵を下ろした。二人は店の裏にある、狭くて小さな事務室に行った。花の香りでほとんどむせ返るようだった。いつもながらメモ用紙を持ってこなかったので、彼は花を贈るときに添えるカードを手元に数枚引き寄せ、その裏側にメモを取りはじめた。壁に掛かっている時計が十一時半を示していた。

「はじめから聞きましょう。旅行会社に電話したとか。なぜそうしたんですか？」

ヴァンニャはうろたえていて不安そうだった。机の上にはホルゲ・エリクソン殺害の記事が大きく載っているイースタ・アレハンダ紙があった。しかし彼女はまだ知らないのだ、おれがホルゲ・エリクソンとユスタ・ルーンフェルトの間になにか繋がりがなければいいと願っているのを、とヴァランダーはひそかに思った。

「ユスタは帰国の予定時間を紙に書いてくれたんですが、どっかにやってしまったらしく、どうしてもみつからなかったんです。それで旅行会社に電話をかけました。すると、ユスタは二十三日に出発するはずだったのに、コペンハーゲンのカストルップ空港には来なかったと言われました」

「旅行会社の名は?」

「スペシャルトラベル。マルメにあります」

「担当者の名前は?」

「アニタ・ラーゲルグレン」

ヴァランダーは書き留めた。

「電話したのはいつ?」

ヴァンニャは時間を言った。

「それで、アニタ・ラーゲルグレンはほかにはなんと?」

「ユスタはこの旅行に参加しなかったのだと。カストルップ空港のチェックイン・カウンターに現れなかったので、旅行会社は申し込み書の電話番号に電話をかけたけれども、だれも出なかったと。航空機は彼が乗らないまま出発したということです」

「ほかに？」

「航空券料金の払い戻しはできないと知らせる手紙を送ったと言っていました」

もっとなにか言いかけている、とヴァランダーは感じた。

「なにか、気になることがあるんですね？」

「ええ。ナイロビへの蘭を観てまわるという旅行、とても高いんです。アニタ・ラーゲルグレンが値段を教えてくれました」

「いくら？」

「およそ三万クローネ（約四十五万円）。二週間でですよ」

ヴァランダーはうなずいた。なるほどずいぶん高い。自分だったら、そんな旅行をすることなど考えられない。父親と自分のローマ旅行は一週間でその三分の一ほどだった。

「おかしいと思うんです。ユスタはそんなことをする人じゃないですから」

ヴァランダーはその言葉の意味する方向へ進んだ。

「彼のところで働いて何年になりますか？」

「約十一年」

「問題はなかったのですね？」

「ユスタはおとなしい人ですから。本当に花が好きなんです。蘭だけでなく」

「蘭の話はまたあとで聞くとして、ルーンフェルトはどういう人だったのだろう？」

ヴァンニャ・アンダソンは考えた。

「おとなしい、ふつうの人でした。ちょっと変わったところがあるとすれば、人づきあいがあまりなかったかも」

ヴァランダーは不愉快になった。これはホルゲ・エリクソンの人物描写にも通じる点だ。エリクソンがおとなしい人物だったと言う者はいない点で相違はあるが。

「ユスタは、結婚は?」

「寡夫《かふ》です」

「子どもは?」

「二人います。二人とも結婚して子どももいます。どちらもスコーネには住んでいません」

「ユスタ・ルーンフェルトの年齢は?」

「四十九歳です」

ヴァランダーは書き留めたものに目を通した。

「寡夫か。それじゃ奥さんは亡くなったときずいぶん若かったんでしょうね? 事故ですかね?」

「あまりよく知りません。ユスタはなにも言いませんから。でも溺れたとか聞いています」

ヴァランダーはその問題にはそれ以上触れなかった。必要があれば、どっちみち詳しく調べることになるからだ。彼としては望まないことだったが。

「あなたはこの間、ずいぶん考えていたでしょう、たぶん二つのことを。一つはなぜ旅行に出かけなかったんだろうということ。もう一つは、ナイロビにいないのならいまどこにいるのか、ということ」

彼女はうなずいた。その目に涙が浮かんでいることにヴァランダーは初めて気がついた。

「なにかが起きたにちがいないんです。旅行会社と話をしてすぐに、わたし、彼の自宅へ行ったんです。すぐ近くです。鍵を持っているんです。花に水をやるために。旅行に出かけたと思っていたので、すでに二回水をやりに行っていました。郵便物を取り込み、テーブルの上に置いておきました。でもいつ行っても、ユスタはいませんでした。家に戻った形跡もありませんでした」

「なぜそれがわかるんです？」

「戻っていたら、すぐにわかりますから」

「なにが起きたと？」

「わかりません。この旅行のこと、とても楽しみにしてたのに。書きかけの蘭の本をこの冬完成させると言ってたのに」

ヴァランダーは胸の内の不安がどんどん大きくなるのがわかった。警報器が鳴りはじめた。音のないサイレンが体の中に広がっていく。

メモを書きつけたカードを集めた。

「ルーンフェルトのアパートを見せてもらう必要がある。もう店を開けていいですよ。なにかきっと説明のつく理由があるにちがいないから、心配しないように」

ヴァンニャ・アンダソンはその言葉を信じていいのか確かめるように、彼の顔を見つめた。

だが、安心できる答えはみつけられなかっただろうと彼は思った。

アパートへの鍵を受け取った。同じ通りで、店よりも町の中心部に少し近いところにあった。

「終わったら返しに来ます」

外に出ると、彼が乱暴に駐車した車のそばを年取った夫婦が苦労して通り抜けたところだった。責めるような目つきで見られたが、気づかぬふりをしてその場をあとにした。

ルーンフェルトのアパートは築百年ほどの住宅用建物の三階にあった。エレベーターはある。が、ヴァランダーは階段を上った。数年前、彼はこれと似たようなアパートに移ろうかと思ったことがあった。いま考えると、どうしてそんなことを思ったのかわからない。マリアガータンを引き払うのなら、少なくともそれは庭付きの家でなければならない。そこにバイバと住むのだ。そしてもしかすると犬も飼う。アパートの鍵を開けて中に入った。いままで何度知らない人間の住む家にこのように足を踏み入れたことがあるのだろう。中に入るとすぐに足を止め、そのままそこで耳を澄ました。アパートにはどれも個性がある。ヴァランダーは長い間にそこに住む人間の印象を耳から聞き取る習慣を身につけた。ゆっくりとアパートの中を歩きはじめた。たいていの場合最初の一歩が大切なのだ。最初の印象が。あとでその印象に何度も立ち返るのだ。ここにユスタ・ルーンフェルトという一人の男が住んでいた。コペンハーゲンのカストルップ空港に現れなかった男だ。ヴァランダーはヴァンニャ・アンダソンが言ったことを思い出した。ルーンフェルトは旅行を楽しみにしていたと。不吉な予感がますます強くなってくる。

四つの部屋と台所を一回りしたあと、居間の真ん中に立った。大きくて明るいアパートだ。だがなぜか、調度品がおざなりな気がした。少しでも個性があるのは書斎だけだった。そこは散らかってはいたが、大事にされている部屋だった。本や書類、花のリトグラフ、地図など、たくさんのものが積み重ねられている机。電源の入っていないパソコン。窓の下には子どもや孫の写真が置かれている。一つはユスタ・ルーンフェルトと思われる男がアジアのどこかで巨大な蘭の花に囲まれている写真。写真の後ろに一九七二年ビルマにて、と書かれている。ユスタ・ルーンフェルトは写真を撮ってくれた人物に向かってにこやかに笑っている。日焼けした男のくだけた笑顔。写真の色があせている。だが、ユスタ・ルーンフェルトの笑いはそのままだ。ヴァランダーは写真を戻すと、壁に掛かっている世界地図をながめた。ビルマの位置を確かめるのに時間がかかった。それから机のいすに腰を下ろした。ユスタ・ルーンフェルトはナイロビ旅行に出かけるはずだった。だが、出かけなかった。少なくともスペシャルトラベル社の用意した特別団体旅行でナイロビへは行っていない。ヴァランダーは立ち上がり、寝室に入った。ベッドはきちんと作られていた。幅の狭いシングルベッドだ。サイドテーブルには本が積まれている。書名を見た。花の本ばかりだ。一つだけちがうのは国際通貨取引についての本だった。ヴァランダーは手に取ったその本をもとに戻した。これじゃない。なにか別のものを捜しているのだ。ベッドの下をのぞいてみた。なにもない。クローゼットのドアを開けた。クローゼットの上の棚に旅行カバンが二つあった。つま先で立って、それらを下ろした。二つとも空《から》っぽだった。台所へ行っていすを持ってきた。その上に立って、クローゼットのいちばん上の棚を見た。捜しているものがあった。独身の男の住居にほこりがないはずがない。ここも例外ではなかった。ほこりの跡がはっきりとついていた。つまり三番目の旅行カバンがここにあったのだ。彼が下に下ろした二つの旅行カバンは古くて、そのうちの一つは鍵のところが壊れていたので、ユスタ・ルーンフェルトが持っていったのは三番目のカバンにちがいないとヴァランダーは思った。もし旅行に出かけたとすればの話である。またそのカバンが、家の中のどこかにあるのでなければ、である。上着を脱いでいすの背にかけ、彼はカバンが入りそうなクローゼットやトランクルームのドアというドアをすべて開けた。ない。書斎に戻った。もし旅行に出かけたのなら、パスポートを持っていったはずだ。鍵のかかっていない机の引き出しをすべて開けた。その中の一つに古い植物標本集があった。ユスタ・ルーンフェルト一九五五年、とある。小学生のころから押し花を作っていたのだ。ヴァランダーは四十年ほど前のヤグルマソウをながめた。青い色はまだ残っていた。色あせた思い出。ヴァランダー自身は子ども時代も押し花をしたことはなかった。さらに捜し続けた。パスポートはみつからなかった。眉を寄せた。旅行カバンはない。そしてパスポートも。航空券もみつからなかった。書斎を出て、居間のひじ掛けいすに腰を下ろした。いすを替えると考えがまとまることがある。ユスタ・ルーンフェルトがパスポートと航空券と旅行カバンを持ってアパートから出かけたことはほぼ確実だ。

考えを推し進めた。コペンハーゲンへの途中でなにか起きたのだろうか？　マルメからのフェリーから落っこちたとか？　その場合、カバンは残っているはず。ポケットから、さっき花屋で書きつけたカード数枚を取り出した。その中の一つに花屋の電話番号を書き留めた覚えがあった。台所へ移って電話をかけた。窓からイースタ湾沿いにある高いサイロが見える。その向こうに石造りの防波堤を通り過ぎて沖へ出ようとしているポーランドへのフェリーが見えた。ヴァンニャ・アンダソンが電話に出た。

「アパートの中を見ているのですが、二、三質問したいことがあります。コペンハーゲンへはどの道を行くと言ってましたか？」

すぐに答えがあった。迷いのないものだ。

「いつでもリンハムヌからドラグーへフェリーで渡ります」

なるほど。

「もう一つ。旅行カバンが何個あったか、知ってますか？」

「そんなことは知りません」

ほかの訊きかたをするべきだった。

「ユスタの旅行カバンはどんなものでした？　もしかすると見たことがあるかもしれない？」

「いつも荷物は少なかったですよ。旅行上手というんですか。ショルダーバッグが一つとそれよりもう少し大きな、キャスター付きのスーツケースでした」

「色は？」

「黒です」

「たしかですか？」

「ええ。間違いありません。何度か迎えに行ったことがあるんです、駅とか、マルメのスツールップ空港とかに。ユスタはめったに物を捨てません。新しいカバンを買ってたら、わたしにはすぐにわかります。なぜならきっと高かったと不満を言ってたはずですから。ケチと言っていいほど財布のひもが固い人ですから」

だが、ナイロビへの旅行は三万クローネもしたのだ。その金は捨てられたことになる。理屈に合わないことだった。

またもや不快な気分が強くなった。電話を終わらせることにし、あと三十分で鍵を返しに行くと言った。

受話器を置いてから、あと三十分後というと、店は昼休みで閉まっているかもしれないと思った。それから彼女に聞いたことを考えた。黒い旅行カバン。寝室のクローゼットの中でみつけたのは二つとも灰色だった。ショルダーバッグはなかった。また、ユスタ・ルーンフェルトはいつもリンハムヌ経由でコペンハーゲンへ渡って、旅に出かけることがわかった。窓辺に立って、目の前に広がる建物の屋根をながめた。ポーランド行きのフェリーは見えなくなっていた。

おかしい。ユスタ・ルーンフェルトは自分の意思で姿を消しているはずはない。事故が起きたのか？　わからない。

答えをすぐに得るために、電話番号案内に電話をかけ、リンハムヌとドラグー間のフェリー・ターミナルの番号を訊いた。運よく、船中の忘れ物などを扱う係とすぐに話すことができた。相手はデンマーク語だった。ヴァランダーは職業と名前を名乗り、忘れ物の黒い旅行カバンがあるかを訊き、日付を言った。数分後、モルゲンセンと名乗った男が電話口に戻ってきた。

「ないね」

ヴァランダーは考えた。それからそれをそのまま言葉にした。

「フェリーから人がいなくなるということがいままであったかね？　船から落っこちるとか？」

「そんなことはめったにない」モルゲンセンの言葉には確信があるとヴァランダーは感じた。

「しかし、起きることもあると？」

「その危険性は船にはつきものだろう？　飛び込み自殺とか、酔っぱらって落ちるとか。頭のおかしい連中が船の手すりを平均台のように歩こうとするとか。だが、そんなことはめったにないもんだよ」

「船から落ちた人間がみつかる確率について、統計でもないかな？　溺れ死んだ人、生き延びた人などの」

「おれは知らんね。だが、人の話で聞いたことはある。たいていは海岸に流れ着く。もちろん死んでだ。魚の網に引っ掛かる者もいる。永遠にみつからないこともある。だが、たいていはみつかるそうだ」

ほかには訊くことはなかった。礼を言って電話を切った。

確実なことはなにもない。だが、いまはそれでも確信していた。ユスタ・ルーンフェルトはコペンハーゲンへは行っていない。旅行カバンを用意し、パスポートと航空券を持って姿を消したのだ。

花屋の店内の血痕を思い出した。あれはなんなのだろう？　もしかすると、まったく間違った方向で考えていたのではないか？　もしかして、あの押し込みは家を間違えたのではないか？　隣の家に入るつもりだったとか？

彼はアパートの中を歩きまわった。理解しようと努めた。時計が十二時十五分になろうとしていた。携帯が鳴った。最初彼はぎくりとしたが、急いで応えた。ハンソンが殺害現場から電話してきた。

「マーティンソンからルーンフェルトが失踪したと聞いた。どうなってる？」

「とにかく、ここにはいない」

「なにかわかったか？」

「いや。だが、旅行には出かけるつもりだったと思う。なにかが邪魔をしたんだ」

「関係あると思うか、ホルゲ・エリクソンと？」

ヴァランダーは考えた。おれはどう思っているのか？　わからなかった。彼にはそのとおりに言おう。

「その可能性はないとは言えない」とだけ答えた。「可能性はすべて見逃してはならないんだ」

それから話題を変え、そっちはどうだと訊いた。なにも新しい発見はないとハンソンは答えた。電話のあと、もう一度アパートの中をゆっくり見まわった。ここになにか自分が気づかなければならないことがある、という気がしたが、しまいにあきらめた。玄関内にまとめて置かれていた郵便物に目を通した。旅行会社からの封筒、電気代の請求書、ボロースの通信販売会社からの荷物の配達通知書。荷物は郵便局で料金と引き換えに手渡されるとある。ヴァランダーは通知書をポケットに入れた。

ヴァンニャ・アンダソンは鍵を待っていた。ヴァランダーはなにか大事なことを思い出したらいつでも連絡してくれと言った。

その後、警察署へ車で戻った。荷物の通知書をエッバに渡し、取りに行くようにたのんだ。一時、部屋に鍵をかけて外に出た。空腹だった。しかし不安はそれより大きかった。その感じに覚えがあった。それが意味するものもわかっていた。

生きているユスタ・ルーンフェルトには会えないという直感だ。

8

夜中の十二時、イルヴァ・ブリンクはやっと座ってコーヒーを飲む時間ができた。イルヴァはイースタ病院の産科棟で働く二人の夜勤の助産師の一人である。もう一人の助産師はレーナ・スーデルストルムといい、いまちょうど陣痛が始まった産婦の部屋にいる。その晩は特別なことはなかったが、仕事がつぎつぎにあってずっと忙しかった。

人員不足だった。夜は助産師二人と看護師二人が産科棟全体の仕事をこなさなければならない。大量の出血があったり合併症を引き起こしたりしたときのために、連絡できる担当医師はいた。以前はもっと大変だった、とイルヴァ・ブリンクはコーヒーを手にソファに腰を下ろしながら思った。数年前は、助産師は夜通し彼女一人だった。二ヵ所に同時にいることができないために、危険な状態が発生したことが数回あった。そのあと、助産師たちは病院側と交渉し、夜勤には少なくとも二人の助産師を配置することに成功したのだった。

助産師や看護師の詰め所は大きな産科棟の中央にあった。壁はガラスだったので、部屋の外がすっかり見えた。日中は忙しく人が行き来した。だが、夜はまったくちがう。イルヴァ・ブリンクは夜働くのが好きだった。同僚の多くは夜勤を好まなかった。家族がいたり、昼間睡眠が十分にとれなかったりするからだ。だが、イルヴァの子どもたちはもう大人になっていたし、夫は中近東とアジアの港を往復するオイルタンカー船の機械主任で、夜勤には反対しなかった。彼女にとって、ほかの人間が眠っている夜中に働くのは静かで気持ちが休まった。

コーヒーをゆっくり飲んで、テーブルの上のパウンドケーキを一切れ食べた。看護師の一人がやってきてテーブルにつき、そのあとからまた一人来た。部屋の隅でラジオが低く鳴っている。イルヴァは看護師たちといつ終わるかわからない秋の長雨のことを話した。母親が天気を予知できるという看護師が、この冬は寒くて長いものになりそうと言った。イルヴァ・ブリンクはスコーネに大雪が降った年のことを思い出した。めったにないことなのだが、大雪になると、産婦には大変なことになる。陣痛が始まっても雪で病院に来られないからだ。一度、吹雪の中、吹き溜まりを避けながら凍えるようなトラクターに乗ってイースタの北の人里離れた農家に出かけたことを思い出した。産婦は大量の出血をしていた。長年の助産師経験の中で、産婦が死ぬかもしれないという恐れをいだいたのはあとにも先にもこのときだけだった。そんなことはあってはならなかった。スウェーデンは、産褥死《さんじょくし》は決してあってはならないとしている国だ。

だがまだ秋だ。ナナカマドの実の季節だ。北部生まれのイルヴァ・ブリンクは陰鬱《いんうつ》なノルランドの森が恋しくなることがあった。風がなにものにもさえぎられずに支配するスコーネの地形にはけっして慣れることがなかった。だが、夫の意見のほうが勝った。彼はトレレボリ生まれで、スコーネ以外のところに住むことは考えられなかった。もちろん、外国に出かけていないときの話だが。

同僚のレーナ・スーデルストルムが詰め所に入ってきて、イルヴァは考えを中断した。レーナは三十歳を少し超えたくらいだ。自分の娘といってもいい年なんだわ、とイルヴァは思った。わたしは六十二で、彼女のほぼ倍の年だから。

「明日までは生まれないでしょう」レーナ・スーデルストルムが言った。「日勤と交替することができるわ、きっと」

「今晩はなにも起きないでしょうよ。疲れてたら、少し眠りなさい」イルヴァが答えた。

夜は長かった。十五分眠れれば、いや、三十分あればもっと、大きくちがってくる。さしあたりの疲れが消える。だが、イルヴァはけっして眠らなかった。五十五歳を過ぎてから、睡眠量がしだいに少なくなった。これは、人生は短く、かぎりのあるものだという警告だと彼女はとらえていた。つまり、不必要に眠っていてはいけない、と。

看護師が一人、廊下を足早に渡っていった。レーナは紅茶を飲んでいて、二人の看護師はクロスワードパズルをのぞき込んでいた。十二時十九分。もう十月だ、とイルヴァは思った。秋が深まる。まもなく冬がやってくる。十二月はハリーの休暇の月だ。一ヵ月も。台所を改築することになっている。必要なわけじゃない。でもハリーにはなにか仕事が必要だから。ハリーは休暇が苦手で、することがないと落ち着かないのだ。そのとき、産室の一つからベルが鳴った。看護師が立ち上がって出て行き、数分後戻ってきた。

「三号室のマリアが頭痛がするって」と言い、またいすに座ってクロスワードを始めた。イルヴァは紅茶を飲んでいた。突然、いつのまにか自分が無意識のうちになにかを一心に考えていることに気がついた。なにについて考えていたのかしら。すぐにそれがわかった。

廊下を渡っていった看護師だ。

急におかしいと気がついた。この病棟で働いている者はみんなこの詰め所にいるではないか？　救急窓口からの呼び出しもなかった。

自分の考えを打ち消すように首を振った。気のせいだ。

同時に、気のせいではないとわかっていた。いるはずのない看護師が廊下を渡っていったのだ。

「廊下を歩いていったのはだれ？」イルヴァがゆっくりと訊いた。

ほかの者たちは眉を寄せて彼女を見た。

「だれって？」レーナ・スーデルストルムが聞き返した。

「数分前、この前を看護師が一人通り過ぎたわ。わたしたちがここに座っているときに」

だれもイルヴァの言っている意味がわからなかった。自分でもよくわからない。また産室からベルが鳴った。イルヴァが急いで紅茶のカップを置いた。

「わたしが行くわ」

二号室の女性が気分が悪いと言う。第三子の分娩だ。イルヴァはひそかに、望まれた妊娠ではないのではないかと見ていた。飲み物を与えてから、イルヴァは廊下に出た。あたりを見まわす。廊下に面した部屋の扉はどれも閉まっていた。だが、看護師が一人廊下を渡っていったのだ。気のせいではなかった。急にいやな気分になった。なにかがおかしい。廊下にたたずみ、耳を澄ました。詰め所のラジオがかすかに聞こえる。詰め所に戻って、またカップを手に取った。

「なんでもなかったわ」

そのとき、見たことのないさっきの看護師が詰め所の前を通った。こんどはレーナ・スーデルストルムも見た。一瞬のことだった。中央廊下に通じる大きな扉が閉まる音が聞こえた。

「いまの、だれだった？」レーナ・スーデルストルムが言った。

イルヴァは首を振った。クロスワードパズルに夢中になっていた看護師二人が頭を上げた。

「だれのこと？」一人の看護師が訊いた。

「いま通り過ぎた看護師」

クロスワードに書き込むために鉛筆を持っていた看護師が笑いだした。

「ここにいるじゃない、わたしたち二人とも」

イルヴァはすばやく立ち上がった。産科とほかの科を繋ぐ中央廊下への扉を開けて見たが、そこにはだれもいなかった。耳を澄ました。遠くで扉が閉まる音が聞こえた。彼女は首を振りながら看護師詰め所に戻った。廊下に人影はなかった。

「ほかの科の看護師がここになんの用事があるのかしら？　しかも一言のあいさつもせずに」

レーナ・スーデルストルムが言った。

イルヴァ・ブリンクは答えられなかった。だが、やっぱり気のせいでなかったことだけはたしかだった。

「産室をぜんぶ見てまわりましょう。すべてが異常ないことを確認するために」

レーナ・スーデルストルムは探るように彼女を見た。

「異常って、たとえば？」

「念のためよ。それだけ」とイルヴァは答えた。

彼らは手分けして産室に入った。なにも異常なかった。夜中の一時、産婦の一人が出血した。その夜は忙しいものになった。七時、引き継ぎのあと、イルヴァ・ブリンクは家に帰った。家は病院のすぐ近くだった。帰宅すると、彼女はまたもや、ちらりと見かけた知らない看護師のことを思った。急に、あれは看護師ではないという確信が生まれた。看護師の制服を着ていただけだ。本物の看護師なら、あの時間にあんなところにいるはずがない。ましてや、詰め所にいたわたしたちになにも言わずに通り過ぎるはずがない。

イルヴァ・ブリンクは考え続けた。夜中のことが気になってしかたがなくなった。あの女性はなにか用事があったにちがいない。産科棟に入ってきてから十分ほどもいただろうか。その後、また姿を消した。十分間。この間に女性は産室の一つに入って、だれかを訪ねたのだ。だれを？　理由は？　イルヴァは横になって眠ろうとしたが、眠れなかった。女性の姿が頭の中をぐるぐる回っている。十一時、眠るのはあきらめて起き上がった。ベッドを出て、コーヒーをいれた。だれかとこの話をするべきだと思った。いとこに警官がいる。彼に話せばよけいな心配はするなと言ってくれるにちがいない。受話器を取り、番号を押した。家の留守番電話で、いまは勤務中だとわかった。警察署はここから近い。イルヴァは散歩することにした。ちぎれ雲が空を飛んでいた。警察は訪問者を受けつけないかもしれない。それに彼女はルーディングゲの近辺で恐ろしいことが起きたのを新聞で読んでいた。元自動車販売業者が殺されて、濠《ほり》の中に捨てられていたとか。警察は話を聞いてくれる時間などないかもしれない。いとこといえども例外ではないかも。

受付に行ってスヴェードベリ捜査官はいるかと尋ねた。いることはいるが、忙しくて面会の時間はまったくないとのことだった。

「イルヴァが来ていると言ってください。いとこです」

数分後、スヴェードベリが出てきた。親族思いで、そのうえいとこのことが好きだったので、ほんの少しでも会わずにはいられなかったのだ。彼は自分の部屋に案内し、コーヒーを持ってきた。その後彼女は昨夜の話をした。話を聞いてスヴェードベリはたしかに変な話だと言った。しかし気にしなければならないようなことではないと言った。それを聞いて彼女は安心した。これから休みが続けて三日ある。この間にきっと九月二十九日から三十日にかけての夜中に、看護師の格好をした見慣れない女性が産科の廊下を歩いたことなど、忘れてしまうだろうと思った。

金曜日の晩遅く、ヴァランダーは疲れた捜査官たちを呼び集めて警察署で捜査会議を開いた。十時に始まった会議は十二時を過ぎてもまだ終わらなかった。新しい失踪人について詳細に説明した。マーティンソンとアン＝ブリット・フーグルンドがデータに登載されている情報を見たまま報告した。ホルゲ・エリクソンとユスタ・ルーンフェルトの間には警察データで見るかぎり、関連はなかった。ヴァンニャ・アンダソンもまたユスタがホルゲ・エリクソンについて言及するのを一度も聞いたことがないと言った。いまはなんの前提もなしに捜査を進めるしかないとヴァランダーはみなに説明した。ユスタ・ルーンフェルトはひょっこり現れるかもしれないし、姿を消したのにはなにか合理的な理由があるのかもしれない。だが、不吉な予感を与える兆候があることはたしかだった。ヴァランダーはアン＝ブリット・フーグルンドをユスタ・ルーンフェルトの捜査責任者にした。それはホルゲ・エリクソンの捜査から外されるという意味ではないとも言った。彼は重大事件において外部から応援をたのむことに、たいてい否定的だったが、今回は初期段階からたのんでもいいかもしれないと思っていた。すでにハンソンとは相談済みで、来週のはじめにこの件を取り上げることに決めていた。それまでに思いがけない展開があって事件が解決の方向に向かうことを考慮に入れたのだ。

会議ではこれまでに起きたことを検証した。いつもどおりヴァランダーは最初に報告したいことがある者はいるかと訊き、一同を見まわした。みなが首を振った。いつもの席に座っていたニーベリが静かに洟《はな》をかんだ。ヴァランダーは最初の発言者にそのニーベリを選んだ。

「いまのところなにもない」ニーベリが言った。「見たとおりの現場だ。厚板は乗れば割れるところまでのこぎりで挽かれていた。エリクソンは落ちて串刺しにされた。濠の中にはなにもみつからなかった。竹槍がどこからきたものか、まだわかっていない」

「あの塔はどうだ？」ヴァランダーが訊いた。

「なにもみつかっていない。だが、まだ捜査を始めたばかりだ。捜し物がなんなのかを言ってくれたら、大いに助かるんだがな」

「われわれにもわからないのだ」ヴァランダーが答えた。「だが、犯人はなんらかの方法で現場に来たわけだ。ホルゲ・エリクソンの家のまわりに小道があるが、あとは一面の畑だ。また小高い丘の後ろには森が広がっている」

「森に通じるトラクターの道があります」アン＝ブリット・フーグルンドが言った。「タイヤの跡をみつけました。ですが、近隣の人たちはふだんとちがうものは見かけなかったと言っています」

「ホルゲ・エリクソンは広大な土地の所有者らしい」スヴェードベリが発言した。「ルンドベリという農業従事者と話しました。十年以上前に五十ヘクタールを超える土地をエリクソンに売ったそうです。エリクソンの土地となった以上、ほかの者の出入りがないのは当然です。それにこの土地が見えるほど近くに住んでいる者はほとんどいません」

「まだ話を聞かなければならない人間は大勢います」書類をめくりながらマーティンソンが話しだした。「ルンドの法医学機関に問い合わせました。月曜の朝にはなんらかの解剖結果が出るそうです」

ヴァランダーはメモを書き留め、それからふたたびニーベリに訊いた。

「エリクソンの家の家宅捜査はどうだ？」

「あんたね、すべてを同時に手に入れようたって、そうはいかないぞ。おれたちは雨がまた降りださないうちにとあの泥の中をはいずりまわったんだ。家のほうは明日の朝にでも始められればいいと思ってくれ」

「ああ、わかった」ヴァランダーは穏やかに答えた。いまニーベリにへそを曲げられたくなかった。そうなったら、会議全体がいやな雰囲気になる。だが、ニーベリの恒常的不機嫌さに、彼自身いい加減腹を立てていることもまた事実だった。会議テーブルの向かい側中央に座っているリーサ・ホルゲソン署長もまたニーベリの口のききかたに気づいているようだった。

会議は続けられた。捜査はまだ初期段階なのだ。ヴァランダーはいつもこの作業は片づけに似ていると思っていた。作業はゆっくりと進められた。なんの手がかりもみつかっていない以上、すべてが同じように重要だった。ほかと比べてさほど重要ではないものがみつかったときに初めて、あることが、あるいはいくつかのことが優先されるのだ。

夜中の一時近くになったとき、ヴァランダーはこれ以上進まないと思った。燃料オイル配達のスヴェン・ティレーンと女店員のルート・エリクソンから聞いた話も新しい情報ではなかった。ホルゲ・エリクソンは暖房用の燃料オイルの配達をたのんできた。四立方メートルの注文だった。妙なことや心配なところはなにもなかった。前年のホルゲ・エリクソンの奇妙な通報に関してはなんの説明もつかない。ホルゲ・エリクソンの生活や彼の人となりについての調査はゆっくりとしか進まなかった。捜査はまだ引き船によってゆっくり前に進められるような初歩的な手順に従っておこなわれていた。捜査作業はそれ自体で進むだけの力を得ていなかった。捜査の根拠となるものも少なかった。九月二十一日水曜日の夜十時以降、エリクソンは首に双眼鏡をかけて外に出た。すでにそのとき、死は目前に迫っていた。厚板の上に歩を進めたとたん、濠の中に落ち、数本の竹槍に体を射貫かれて死んだ。

全員の報告が終わったとき、ヴァランダーは総括しようとした。会議の間中、殺人現場で事件に繋がるなにかを見たという気がしてならなかった。意味が理解できないなにかを見たのだ。やりかたに関することだという気がした。あの竹槍だ。殺人者は意識的に手段を選ぶ。なぜ殺人者は竹槍を殺害手段にしたのか？　なぜそんな面倒な手段を選んだのか？

しかし当分このことは自分の胸におさめておくことにした。このことはほかの者たちに伝えるほどはっきりしていない。

ミネラルウォーターをグラスに注いで、目の前にある紙をそばに置いた。

「まだ捜査のとば口がみつからない。いまわれわれの目の前にあるのは、類のない事件だ。それは、動機も犯人も、われわれが経験したことのない種類のものだということだ。ある意味では、これはこの夏の事件に似ていないこともない。あの事件を解決したのは、われわれがなんの前提にもとらわれずに捜査した方法だ。今回もまたその手でいきたいと思う」

その後彼はホルゲソン署長にじかに話した。

「かなりきつい捜査が必要です。すでにもう土曜日ですから、しかたがありません。この土日は全員、いま取りかかっていることを続けてもらいます。月曜日までは待てません」

ホルゲソン署長はうなずいた。なにもコメントしなかった。

会議が終わった。全員が疲れていた。ホルゲソン署長はアン＝ブリット・フーグルンドとともに残った。まもなく会議室には三人しかいなくなった。ヴァランダーはめずらしく女の数のほうが多くなったぞと思った。

「ペール・オーケソン検事が会いたがってたわ」ホルゲソン署長が言った。彼に電話するのを忘れていた。ヴァランダーは自分のミスに首を振った。

「朝になったら電話します」

署長はコートを着たが、その様子はまだなにか言いたそうだった。

「この事件は頭のおかしい人によって引き起こされたのではないと言えるものはあるのかしら？　人間を串刺しにするなんて。中世の話じゃあるまいし」

「いや、頭のおかしい人間の仕業だとはかぎらない。尖った棒は、第二次世界大戦でも使われた武器です。野蛮性と頭のおかしさはかならずしも同一じゃないんです」

ホルゲソン署長はその答えに満足がいかないらしかった。ドア枠に寄りかかって、彼をじっと見つめている。

「どうかしらね。この夏の事件に協力してもらった法心理学者にまた意見を訊くことも考えられるわ。わたしの理解が正しければ、彼は大いに役立ったらしいから」

ヴァランダーはマッツ・エクホルムの力が捜査に役立ったことは否定しなかった。たしかに彼の作った犯人の可能性のある人間のプロファイルで事件は解決に向かった。だが、いまの段階でまた彼を呼ぶのは早すぎるような気がした。意見が分かれて二つ並行して捜査を進めなければならなくなるのを恐れた。

「そうですね。しかし、もう少し待ってみましょう」

署長は探るように彼を見た。

「もう一度起きるのが怖くない？　先の尖った棒が刺さっているもう一つの濠があったら？」

「あり得ません」

「もう一人の失踪者、ユスタ・ルーンフェルトは？」

ヴァランダーは突然自信がなくなった。が、それでも首を振った。こんなことが繰り返されるとはとうてい思えなかった。いや、それはもしかすると、そう望んでいるというだけのことか？

わからない。

「ホルゲ・エリクソンの殺害にはかなりの準備が必要だったはず。あれは一度だけしかできないようなことです。それに特別な条件のうえに成り立っている。たとえば深さが十分にある濠や渡り板。なにより殺そうとしている人物が真夜中あるいは明け方鳥が飛ぶのを見に外に出かける習慣など。私自身ユスタ・ルーンフェルトの失踪とルーディンゲのホルゲ・エリクソン殺害事件が関係あるのではないかという疑いをもっています。しかしそれはあくまで万一の場合の発想です。この殺人事件の捜査の責任者だったら、ベルトもサスペンダーも使わなくては」

ホルゲソン署長は彼の隠喩に驚いた顔をした。フーグルンドが後ろでくすっと笑ったのが聞こえた。しかし署長はうなずいてみせた。

「言いたいことはわかると思うわ。とにかくエクホルムのことは考えてみて」

「もちろんです。署長が正しいのかもしれない。しかし、まだ結論を出すのは早い。タイミングが大事です。タイミングによって努力が実るかどうか決まることがあるものですよ」

ホルゲソン署長はうなずき、コートのボタンを締めた。

「あなたたちも睡眠が必要よ。遅くまで働かないで」

「ベルトとサスペンダーとはね！」署長の姿が見えなくなるとフーグルンドが笑った。「それもリードベリに習った言葉ですか？」

ヴァランダーは腹を立てなかった。肩をすくめただけで、テーブルの上の書類を片づけはじめた。

「少しは自分でもみつけないとな。ここの署に来たときのこと、覚えているか？ おれからたくさん学ぶものがあると言っていた。いまではそんなものはないとわかっているだろう？」

フーグルンドはテーブルに腰をかけて爪を見ていた。顔色は悪いし疲れていて、お世辞にも美しいとは言えない。が、仕事はよくできる。それになにより献身的な警察官だ。その点で彼らはよく似ていた。

彼は集めた書類の山をテーブルに重ねると、いすに腰を下ろした。

「きみに見えることを話してくれ」

「恐怖を感じます」

「なぜ？」

「残酷性。冷静さ。それになにより動機がわからないこと」

「ホルゲ・エリクソンは金持ちだった。やり手の自動車販売業者だったことは、彼を知る者みなが認めるところだ。敵がいてもおかしくない」

「それは彼が串刺しにされる理由にはならないわ」

「憎しみは人を盲目にさせる。ねたみと同じだ。あるいは嫉妬と」

彼女は首を振った。

「現場に着いたとき、これは単なる年寄りを狙った殺人じゃないと思いました。それ以外の表現はできないけど、とにかくそういう感じでした。とても強くそう感じたんです」

ヴァランダーは疲れが吹き飛んだ。いまアン＝ブリットはなにか重要なことを言ったと感じた。彼自身の頭にあったものにかすかに触れるようななにかだ。

「続けてくれ。考え続けるんだ！」

「それ以上なにもないんです。老人は死んでいた。あれは一生忘れられないような光景でした。間違いなく殺人です。でも、それ以上になにかあった」

「どんな殺人者も独自の言葉を語っている、ということか？」

「ええ、だいたい」

「われわれになにか告げたがっていると？」

「もしかすると」

「暗号か」ヴァランダーが考えを口に出した。「われわれがまだ解読していない」

「そうかもしれません」

二人は黙り込んだ。しばらくしてヴァランダーがようやく立ち上がり、また書類に手を伸ばした。その中に自分の紙ではないものをみつけた。

「これはきみのか？」

フーグルンドはちらりと紙を見た。

「それ、スヴェードベリの筆跡です」

ヴァランダーは鉛筆で書かれているメモをざっと見た。病院の産科とか素性のわからない女性という言葉が見える。

「なんだこれは？　スヴェードベリに子どもができるのか。結婚もしてないのに？　だいいちつきあってる相手がいるのか？」

アン＝ブリット・フーグルンドが彼の手から紙を取って、目を通した。

「いえ、これは看護師の格好をして病院の産科棟の廊下を通った素性のわからない女性についての報告ですよ」

そう言って紙をヴァランダーに返した。

「時間があるときに捜査させてもらおうか」ヴァランダーが皮肉たっぷりに言った。くずかごに捨てようとしたが、思いとどまった。朝になったらスヴェードベリに渡そう。

二人は廊下に出た。

「仕事中は、だれが子どもたちを見てるんだ？　ご主人はいまどこだ？」

「マリです」

ヴァランダーはマリという国がどこにあるのか知らなかったが、黙っていた。

フーグルンドはひとけのない警察署から出ていった。ヴァランダーは紙を自分の机の上に置くと、上着を取った。受付への途中、詰め所に立ち寄ると、警官が一人新聞を読んでいた。

「ルーディンゲに関する通報は入ってないか？」

「はい、なにもありません」

ヴァランダーは車に向かった。風が強くなっている。アン＝ブリット・フーグルンドが子どもの面倒をだれにまかせているのか、けっきょく聞かなかった。しばらくポケットに手を入れて車のキーを探し、やっとみつけて家に戻った。ひどく疲れてはいたが、ソファに座り込んでその日のことを頭の中で順に追った。中でもアン＝ブリット・フーグルンドが別れる直前に言った言葉が気になった。ホルゲ・エリクソン殺しは、殺人以上のもの、なにかほかの意味があるということ。

だが、殺人事件がそれ以上のものだということがあるだろうか？

ベッドに横になったときは、すでに三時になっていた。眠りにつく前、朝になったら父親と娘のリンダに電話するのを忘れないようにしようと思った。

六時、ぱっと目が覚めた。なにか夢を見ていた。ホルゲ・エリクソンが生きていた。濠にかけられている渡り板の上に立っていた。それが音を立てて落ちた瞬間に目を覚ましたのだ。むりやり起き上がった。外はふたたび雨だ。台所へ行ってコーヒーが切れているのに気づいた。かわりに頭痛薬を探し出し、そのあとしばらく頰杖をついて座っていた。

七時十五分、署に着いた。自室へ向かう途中、自動コーヒーメーカーからコーヒーを一杯持ってきた。

部屋に入ったとたん、昨夜はなかったものが目に入った。窓際のいすの上に小包が一つあった。近寄ってよく見て、ユスタ・ルーンフェルトのアパートでみつけた配達通知書を思い出した。エッバが荷物を取りに行く手配をしてくれたのだ。上着をかけて、荷物を開けはじめた。開けてもいいのだろうか、という思いがちらりと頭に浮かんだ。包装紙を開け、中身を見て眉を寄せた。

部屋のドアは開いていた。マーティンソンが通り過ぎる姿が見えた。

ヴァランダーは呼び止めた。

マーティンソンは立ち止まった。

「入ってくれ。入ってこれを見てくれ」

9

二人はユスタ・ルーンフェルトの注文した箱の前に屈み込んだ。ヴァランダーにとっては、警察がとりあえず立て替え払いをして引き取ってきた箱の中身は、なんに使うものかわからない電気のコード、接続ケーブル、数個の黒い小箱にすぎなかったが、マーティンソンには、ユスタ・ルーンフェルトの注文品の正体は、一目瞭然だった。

「これはかなり高度な盗聴器ですよ」と言って、マーティンソンは小箱の一つを手に取った。

ヴァランダーは信じられない面持ちで彼を見た。

「そんなものがボロースの通信販売会社などから買えるのか？」

「どんなものだって買えますよ。通信販売といったら、怪しげなもの、安物の売り買いだった時代は終わってます。いや、まだあるかもしれませんが、とにかくこれはちゃんとしたものですよ。ただし、この販売が合法的なものかは調べる必要がありますが。この種のものの輸入は厳しく制限されてるはずですから」

箱の中身を机の上に空けた。驚いたことに盗聴器のほかに、マグネットブラシと細かな鉄の粉末が出てきた。これには一つの意味合いしかない。ユスタ・ルーンフェルトは指紋を採取するためにこれらを注文したということだ。

「どう解釈すればいいんだ？」ヴァランダーが言った。

マーティンソンは首を振った。

「じつに奇妙ですね」

「花屋が盗聴器をなんに使うんだ？　商売の競争相手のチューリップの売り上げを探るとか？」

「指紋採取はもっと謎ですよ」

ヴァランダーは眉を寄せた。まったくわからない。こんな装置は高価なものだ。技術的にも精巧な器具らしい。マーティンソンの言うとおりだろう。送りつけてきた会社の名前はセキュアといい、ボロースのイェーテエングスヴェーゲンの住所が書き込まれていた。

「電話してユスタ・ルーンフェルトがいままでなにを注文したか、訊いてみよう」ヴァランダーが言った。

「顧客情報はそう簡単に渡さないでしょう。それに今日は土曜日、しかも早朝ですし」

「二十四時間注文電話を受けつけるとある」

ヴァランダーは箱の中にあった注文確認伝票を指さした。

「自動電話受付ですよ。自分もボロースの通信販売会社から庭いじりの道具を買ったことがありますからわかるんです。電話番などはいないんですよ」

ヴァランダーは小さなマイクをながめた。

「これは合法的なものか？　調べなければならんな」

「すぐわかると思います」マーティンソンが言う。「この種のものを対象にした調査がありますから」と言ってマーティンソンは部屋を出ていったかと思うと、すぐに戻ってきた。手にいくつか小冊子を持っている。

「本庁の情報部からのものです。送られてくるものはたいていよくできていて、使えますよ」

「時間があれば読むんだが。ときどき、情報が多すぎるんじゃないかと思うんだ」

「これなどどうです。『犯罪捜査における盗聴手段の使用法』」と言うと、マーティンソンは小冊子を一つヴァランダーの机の上に置いた。「しかし、われわれはさしあたり、これには関心はないか。それじゃ、これはどうです？ 『盗聴装置に関する覚書き』」

マーティンソンはぱらぱらとページをめくり、手を止めると読み上げた。

「『スウェーデンでは盗聴器の所有、販売、設置は非合法である』。ということはおそらく製造も許可されていないということでしょう」

「さっそくボロース警察にこの会社を調べてくれとたのもう」ヴァランダーが言った。「非合法の販売をしているのだからな。そして非合法の輸入も」

「通信販売会社は通常、怪しいものじゃありませんよ。おそらく業界もこんな会社は迷惑だと思っているはずです」

「とにかくボロースと連絡を取ってくれ。すぐにだ」

ユスタ・ルーンフェルトのアパートを調べたときのことを思い浮かべた。机の引き出しやクローゼットを見たとき、この種の器具は見かけなかった。

「ニーベリに見せよう。いまはそのくらいしかできない。とにかく腑に落ちないことではある」

マーティンソンは同意した。蘭の愛好者になぜ盗聴器が必要なのか。なにに使うのか。ヴァランダーは箱に中身を戻した。

「おれはこれからルーディングゲの現場へ行く」

「ホルゲ・エリクソンのもとで二十年以上車の販売をしていた男をみつけたので、会ってきます。あと三十分ほどで、場所はスヴァルテです。その男はホルゲ・エリクソンの人となりをよく知っているらしいので」マーティンソンが言った。

二人は警察署の受付で別れた。ヴァランダーはルーンフェルトが注文した器具の入った箱を持って、エッバのところへ行った。

「おやじに電話してくれた？」

「時間があるときに電話してくれれば十分だと言ってましたよ」

ヴァランダーはすぐに警戒した。

「皮肉かな？」

エッバは真顔になった。

「あなたのお父さんはとてもやさしい人ですよ。あなたの仕事に敬意を払ってらっしゃいます」

事実はそうでないことを知っているヴァランダーはただ首を振った。エッバは箱を指さした。

「それ、わたしが立て替えておきました。そういうときに使えるように昔は署に予備金があったものだけど」

「あとでおれに請求書を出してくれないか？　金は月曜日でいいかな？」

エッバはうなずいた。ヴァランダーは署を出た。雨が止み、雲の合間に空が見える。今日は秋空の澄みきった、いい天気の日になる。ヴァランダーは箱を車の後席に載せると、イースタを出た。太陽が輝くと、景色もそれほど陰鬱《いんうつ》に感じられない。いまは、気分もそれほど悪くなかった。殺されたホルゲ・エリクソンの姿が目に浮かんだが、あれにはやはりそれなりの理由があるにちがいないという気もしてきた。ユスタ・ルーンフェルトが失踪したことも、しかるべき理由があってのことで、重大なことが起きたとはかぎらないのかもしれない。なぜ盗聴器などを注文したのかはまったくわからなかったが、逆説的に見れば、それはユスタ・ルーンフェルトが生きていることの証しにもなる。ルーンフェルトは自殺したのかもしれないという疑いがヴァランダーの胸に去来したが、それもすでに打ち消されていた。ヴァンニャ・アンダソンはルーンフェルトが旅行を楽しみにしていたことを話してくれた。劇的な失踪、それに続く自殺ではないだろう。秋の晴天の中を運転しながら、自分はややもすると内なる悪魔の言葉に簡単に取り込まれてしまう、と反省した。

ルーディンゲまで来ると、ホルゲ・エリクソンの敷地に車を乗り入れて停めた。かねてから知っているアルベーテット紙の記者が近づいてきた。ヴァランダーはルーンフェルトの箱を脇に抱えていた。あいさつをすると、記者は箱に目配せした。

「大将自ら物証を持って参上ですか？」

「いや、関係ない」

「正直言って、捜査はどうなっているんです？」

「月曜日に記者発表をする。それまでは話すことはない」

「しかし、害者は尖った金属の棒で串刺しにされたとか？」

ヴァランダーは驚いて彼を見た。

「だれがそんなことを？　それは誤解だ。金属の棒ではない」

「串刺しにされたのはたしかなんですか？」

「ああ」

「スコーネの農地が拷問室になったように聞こえますが？」

「おれはそんなことを言ってはいない」

「それじゃ、どんなことを？」

「月曜日に記者発表があると言ってるではないか」

記者は首を振った。

「なにか言ってくれてもいいじゃないですか」

「捜査は始まったばかりだ。殺人事件だということは言える。だが、なんの手がかりもない」

「なにも？」

「いまはこれ以上言えない」

記者はしぶしぶ引き下がった。この記者は言ったとおりに書くだろう。彼はヴァランダーの言ったことを歪曲《わいきょく》しないで記事にする数少ない記者の一人だった。

ヴァランダーは丸石の砂利を敷きつめた内庭に入った。遠くに濠《ほり》の上に張られたビニールシートが風にはためいているのが見える。立入禁止のテープがまだ張り巡らされている望楼《ぼうろう》のそばに警察官の姿が見える。もう警備はいらないだろうとヴァランダーは思った。エリクソンの家の玄関ドアを開けようとしたとき、中からドアが開いた。靴をビニール袋でカバーしたニーベリが立っていた。

「窓からあんたの姿が見えた」

ニーベリは機嫌がよかった。今日の仕事はきっとうまくいく、とヴァランダーは思った。

「この箱をひとつ見てくれないか？」と言って、ヴァランダーは中に入った。「あんたに見てほしいんだ」

「ホルゲ・エリクソンと関係あるのか？」

「いや、ルーンフェルトだ。花屋の」

ヴァランダーは机まで行って、箱を机の上に置いた。ニーベリは机の上の詩が書かれた一枚の紙をよけ、中身をぜんぶ空けた。

ニーベリはマーティンソンと同じ感想を言った。盗聴器、それもかなり精巧な。ニーベリは眼鏡をかけて製造国の印を探した。

「シンガポールとある。だがたぶんこれはまったく別の国で作られたものだな」

「たとえば？」

「アメリカかイスラエル」

「じゃ、なぜシンガポールとなっているんだ？」

「製造会社の中には、外部には極端に少ない情報しか出さないものもある。中には国際的な武器製造会社の一部となっている会社などもあるが、互いに極力情報を隠し合う。技術的な部分は世界のさまざまなところで別々に作られ、それらをどこかで組み立てる。そこからさらに別の国を製造国とすることもある」

ヴァランダーは盗聴装置を指さした。

「これは？」

「住宅とか自動車内で使える」

ヴァランダーはため息をつきながら首を振った。

「ユスタ・ルーンフェルトは花屋だ。その彼がどうしてこんなものを？」

「本人を捜し出して訊くんだな」

中身を箱に戻した。ニーベリは洟《はな》をかんだ。ひどい風邪を引いていることがわかる。

「少し休んでくれ。少しは眠らないと」

「あの泥土のせいだ。雨の中で仕事をすれば病気になって当然だ。スコーネの気候でも使えるような移動式の防水カバーがなぜ作れないのか、おれにはわからん」

「警察の機関誌『スウェーデン警察』にでも書けばどうだ？」

「そんな時間、どこにある？」

ヴァランダーは黙った。二人はホルゲ・エリクソンの家を見てまわった。

「特別なものはなにもみつからなかった。まだ、と言うほうがいいかもしれないが。この家は角や隅が多いからな」

「少し残ってもいいかな。ゆっくり見てまわりたいのだ」

ニーベリが鑑識課のほかの者たちのほうに戻り、ヴァランダーは窓辺のいすに腰を下ろした。日の光が彼の手に当たった。イタリアの日焼けはまだ消えていない。

大きな部屋の中を見まわした。詩のことを思い出す。キツツキの詩を書くなど、どんな人間のすることだ？　机の上から紙を持ってきて、ホルゲ・エリクソンが書いた詩を読み直した。そこに美しい言い回しがあった。ヴァランダーの詩作の経験といえば、少年のときにクラスメートの女の子の詩の創作ノートに書いたのが唯一の経験だった。詩は一度も読んだことがなかった。娘のリンダは家には本が一冊もないと不満を言っていたが、ヴァランダーはそれに対し、一言も言い返せなかったものだ。壁にそって視線を走らせる。金持ちの元自動車販売業者。年齢は八十歳近い。詩を書く。そしてバードウォッチに興味をもつ。それも肉眼では見えない高い空を飛ぶ渡り鳥を見るために、夜中あるいは朝早く出かけるほどの強い興味だ。

ヴァランダーはさらに視線を走らせた。太陽はなおも彼の左手を温めた。そのとき資料室から捜し出したホルゲ・エリクソンの侵入者通報の届け出の文面が頭に浮かんだ。エリクソンによれば玄関ドアはバールのようなものでこじ開けられていたという。また、盗まれたものはなにもないとあった。ほかにもなにか書かれていた。ヴァランダーは懸命に思い出そうとした。そうだ！　金庫は無事だったとあった。ヴァランダーは立ち上がってニーベリを探した。寝室にいた。ヴァランダーは入り口で立ち止まった。

「金庫はあったか?」

「金庫?」

「あるはずだ。いっしょに捜そう」

ニーベリはベッドのそばにいた。ひざ当てをつけている。

「そんなもの本当にあるのか? あれば、とっくにみつけているはずだが」

「ああ。かならずあるはずだ」

彼らは片端から家の中を見ていった。そして三十分後、やっとみつけた。ニーベリの部下が台所のサービスルームの後ろにあるかまどの口をみつけたのだ。その口は手前に引いて開けたり閉めたりできるようになっていた。金庫はその壁の奥にはめ込まれていた。暗号数字で開けられるタイプだった。

「暗号数字はたぶんわかると思う」ニーベリが言った。「ホルゲ・エリクソンは年とともに自分の記憶が定かでなくなるのを恐れたのだと思う」

ヴァランダーはニーベリのあとから机のところまで戻った。引き出しの一つにニーベリは小箱の中に入った紙をみつけていた。そこに一行の番号があった。その数字を金庫に試してみると、施錠が解けた。ニーベリが一歩下がって、ヴァランダーに金庫の扉を開けさせた。

金庫の中をのぞき込んだとたん、ヴァランダーははっと息を呑んだ。一歩下がったためニーベリの足の指を踏んでしまった。

「どうした?」ニーベリが訊いた。

ヴァランダーは自分で見ろとあごで示した。ニーベリがのぞき込んだ。彼もまた、ヴァランダーほどではなかったが、ぎくっとした。

「人間の頭のように見えるな」ニーベリが言った。

すぐそばにいた鑑識の同僚のほうを見た。同僚はすでに言葉を聞いて真っ青になっていた。ニーベリは懐中電灯を持ってこいと言い、待っている間、彼らは無言で立っていた。ヴァランダーはめまいがして、二、三回深呼吸をした。ニーベリがだいじょうぶかというように見た。懐中電灯がくると、ニーベリは金庫の中を照らした。中には間違いなく首のところで切られた人間の頭があった。両目が見開かれていた。人間の頭といっても、それは乾燥し縮んで小さくなっていた。猿か人間かはニーベリもヴァランダーもわからなかった。頭以外に金庫の中にあったのは、手帳とノートなどだった。そのときアン＝ブリット・フーグルンドが部屋に入ってきた。その場の緊張した空気で、なにかが起きたと察知した。だが質問はせずに後ろに立った。

「写真を撮らせるか？」ニーベリが訊いた。

「あんたが数枚撮ってくれればいい。それより金庫から取り出してくれないか？」

そう言うと、ヴァランダーはアン＝ブリット・フーグルンドに向かって言った。

「金庫の中に人間の頭があった。縮んで小さくなった人間の頭だ。もしかすると人間ではなくて猿の頭かもしれん」

フーグルンドは前かがみになってのぞき込んだ。はっとして息を呑む様子がないことにヴァランダーは注目した。ニーベリとその部下たちに仕事をしてもらうために、ヴァランダーとフーグルンドはそこを出た。ヴァランダーは汗をかいていた。

「金庫の中に頭が一つ。縮んでいるとか、人間か猿かわからないとかはともかく。これ、どう解釈したらいいんでしょう?」

「ホルゲ・エリクソンはわれわれが思っていたよりもずっと複雑な過去をもつ人間かもしれないということだ」ヴァランダーが言った。

二人はニーベリたちが金庫を空《から》にするのを待った。九時になっていた。ヴァランダーはボロースから送られてきた荷物のことをフーグルンドに話した。フーグルンドはヴァランダーが持ってきた箱の中身に目を通し、当惑を見せた。二人は、ヴァランダーが一とおり見たユスタ・ルーンフェルトのアパートを徹底的に調べる必要があるという結論に達した。できれば、ニーベリが部下を一人送り込んでくれるのがいちばんいい。彼女は署に電話をかけ、最近海岸に打ち寄せられた男性の遺体はないというデンマーク警察からの報告を知った。マルメ警察と沿岸救助隊からも同じ内容の連絡があった。九時半、ニーベリが金庫の中でみつかった人間の頭と手帳などを持ってきた。ヴァランダーはキツツキの詩のことを思った。ニーベリは机の上に頭をおいた。ほかに金庫の中にあったのは、古い手帳が数冊、ノートが一冊、それに勲章が入っている箱が一個だった。当然のことながら、彼らの注目の的は、乾いて縮んだ頭だった。明るいところで見ると、それは間違いなく人間の頭だった。黒人の頭部。子どもだろうか?　少なくとも若者の頭のようだった。ニーベリは拡大鏡を取り出して観察した。皮膚が虫に食われている。ニーベリが頭に顔を近づけてにおいを嗅ぐのを見て、ヴァランダーは気分が悪くなった。

「縮んだ人間の頭のことなど、どこで調べられる?」ヴァランダーが訊いた。

「民族博物館」ニーベリが答えた。「いまは人民博物館と名前が変わっているが。本庁がいい冊子を出していて、それを見るとめずらしい現象に関する情報がどこで得られるかがわかる」

「それじゃ、問い合わせてみよう。この週末中にわれわれの問いに対する答えが得られるなら、それに越したことはない」

ニーベリは頭をビニール袋でくるんだ。ヴァランダーとフーグルンドは机に向かい、金庫から出されたほかの物証を調べはじめた。シルクのクッションの上の勲章は外国のものだった。文字はフランス語で二人とも意味がわからなかった。ニーベリに訊いてもわからないだろうとヴァランダーは思った。彼の英語はひどいものだったし、フランス語に至ってはきっとゼロだろう。彼らは手帳などに手を伸ばした。手帳数冊は一九六〇年代前半のものだった。中を見るとハロルド・ベリグレンという名前があった。ヴァランダーはフーグルンドと目を合わせた。彼女は首を振った。いままでの捜査にこの名前は見かけなかったという意味だ。手帳には書き込みが少なかった。時間の書き込み。略字。一ヵ所にHEという書き込みがあった。一九六〇年二月十日の欄だった。三十年以上も前のことだ。

そのあとヴァランダーはノートをめくった。そっちはびっしりと書き込まれていった。日記のようだ。最初の日付は一九六〇年十一月、最後は一九六一年七月である。筆跡は小さく、読みにくかった。眼鏡屋の予約時間をまたすっぽかしてしまったことを思い出した。ニーベリから拡大鏡を借りてノートをめくり、ざっと目を通した。

「ベルギー領コンゴの話だな。兵隊としてそこに行ったことが書かれている」

「ホルゲ・エリクソンがですか、それともハロルド・ベリグレン？」

「ハロルド・ベリグレン。それがだれかはわからないが」

ヴァランダーはノートから手を離した。これは大事なもので、しっかり読まなければならないと思った。フーグルンドと視線を交わした。彼女もまた同じ意見だった。

「縮んで小さくなった人間の頭。それと、アフリカでの戦争のことを書いた日記、か」ヴァランダーが言った。

「それに竹槍を仕掛けた罠《わな》。戦争のことを思い出させるものですよね。わたしには縮んだ人間の頭と串刺しにされた人間は同じ世界に属すように思えますけど」

「同感だ」ヴァランダーがうなずいた。「おそらくこれらを手がかりに動きだせるだろう」

「ハロルド・ベリグレンって、だれでしょう？」

「いまはなによりもまずこの人間のことを調べ上げよう」

マーティンソンはいま、スヴァルテに住むホルゲ・エリクソンを知っている男に会いに行っているのを思い出し、ヴァランダーはマーティンソンの携帯に電話をかけるようにフーグルンドにたのんだ。これからはハロルド・ベリグレンの名前はあらゆる機会に取り上げ、調べ上げなければならなくなるだろう。フーグルンドは携帯に連絡を入れ、しばらく待って頭を振った。

「電源が入っていないようです」

ヴァランダーは苛立った。

「携帯の電源を入れていなくて、どうやったら捜査が進められるんだ?」

自分自身もときどきそうやっていることは承知だった。彼こそほかのものの連絡がもっとも届きにくい人間と言ってよかった。ときどきではあるがそれは事実だった。が、フーグルンドはなにも言わなかった。

「調べてきます」と言って、彼女は立ち上がった。

「ハロルド・ベリグレンだ。その名前を調べるんだ。マーティンソンだけでなくみんなに知らせてくれ」

「はい、わかりました」

一人になり、ヴァランダーは机の上のライトをつけた。日記を開こうとしたとき、なにかがその革表紙の裏にはさまっていることに気がついた。そっと引っ張り出すとそれは一葉の写真だった。白黒で、四隅がぼろぼろになっている。人の手に何度も触れられてすり切れたものだ。一角が裂けている。三人の若者が写っていた。三人とも若く、写真の撮り手に向かって笑っている。制服姿だった。ヴァランダーはユスタ・ルーンフェルトのアパートで見た写真を思い出した。大きな蘭の花に囲まれて、どこか南国で撮られたものだった。これもスウェーデンの写真ではない。拡大鏡でよく見た。写真が撮られたとき、太陽は高い位置にあったにちがいなく、影がなかった。男たちは日に焼けていた。シャツの襟元のボタンを外し、袖はまくり上げられている。足元にライフル銃があった。三人は不思議な形をした石を囲んで体を前に傾けていた。石の後ろには景色が広がっていて、なにもさえぎるものがなかった。地面は土か砂だ。ヴァランダーは男たちの顔に見入った。二十歳から二十五歳の年齢か。写真を裏返してみた。なにも書き込みがない。写真は日記が書かれたのとほぼ同じころのものだろう。一九六〇年代の初頭か。男たちのヘアスタイルがそれを物語っている。長髪ではない。彼らの年齢から、この中にホルゲ・エリクソンはいないのは確実だった。彼なら一九六〇年には四十歳を過ぎていたはず。

ヴァランダーは写真を置くと、机の引き出しを開けた。前に見たとき、ホルゲ・エリクソンのパスポート用の写真が封筒に入っていたのを覚えていた。写真を一枚取り出すと、机の上に置いた。それは比較的最近のものだった。写真の後ろを見ると一九八九年と鉛筆で書かれていた。ホルゲ・エリクソンは七十三歳だったことになる。写真をよく見た。鼻が尖っていて、唇が薄い。その顔からしわのない、若い顔を想像した。その後、三人の若者の顔に視線を戻し、一人ひとりの顔を入念に見た。左端の男の顔がホルゲ・エリクソンに似ているような気がした。ヴァランダーはいすの背に寄りかかって目を閉じた。ホルゲ・エリクソンは濠の中で殺されて死んでいた。金庫の中には乾いて縮んだ人間の頭と日記と写真があった。突然彼は目を開けていすに座り直した。ホルゲ・エリクソンが一年前に警察に通報した侵入者のことを思った。金庫は無事だった。おそらく侵入者はわれわれと同じくらい、隠された金庫をみつけるのに手間取っただろう。その時点でも、金庫の中身はいまと同じだったと想定される。それこそまさに侵入者が探していたものだったのではなかったか。だがみつけることができなかった。そして押し込みはその一回だけだった。ホルゲ・エリクソンは、その一年後に殺されて死んだ。

押し込みと殺しとが関係あるのではないかという推定は、可能性がある。だが、そうだとすると一つだけおかしな点が出てくる。ホルゲ・エリクソンを殺せば、金庫は早晩みつかってしまうということ。侵入者もそれは承知していたはずだ。金庫の中身はホルゲ・エリクソンの遺産相続者に知られてしまうのだ。

だが、それでもこれは捜査の足がかりになり得る。

彼は写真にもう一度目を戻した。笑顔の男たち。三十年間この笑いが凍りついていたわけだ。写真を撮ったのがホルゲ・エリクソンだということはあり得るか？　いや、彼はイースタ、トンメリラ、シューボ地域で自動車の販売で名をあげた男だ。遠いアフリカの戦争に参加できたはずがない。いや、それとも？　警察はまだ、ほんのわずかしかホルゲ・エリクソンに関する情報をもっていない。

ヴァランダーは目の前の日記帳を興味深くながめた。写真を上着のポケットに入れ、日記帳を手に取って、浴室を調べているニーベリのもとへ行った。「日記帳を持っていくよ。手帳のほうは置いていく」

「なにかわかりそうか？」ニーベリが訊いた

「ああ、そう思う。おれに連絡したい者には、家にいると言ってくれ」

中庭に出ると、遠くに濠のまわりの立入禁止のロープを外している警官の姿が見えた。ビニールシートはすでに外されていた。

一時間後、彼は自宅でキッチンテーブルに向かい、ゆっくりと日記帳を広げて読みはじめた。最初の書き込みは、一九六〇年十一月二十日のものだった。

10

ハロルド・ベリグレンの日記を読むのにほぼ六時間かかった。その間何度も中断させられた。電話がかかってくるし、四時過ぎにはアン＝ブリット・フーグルンドが顔を出した。が、ヴァランダーはこれらの邪魔に手際よく対処した。日記は彼がそれまでに読んだものの中でもっとも興味深く、またもっとも恐ろしいものと言えた。ある人間の数年の経験を記したものだったが、ヴァランダーはまるで別世界に足を踏み入れたような感じがした。ハロルド・ベリグレンなる人物は、それがだれであるにせよ、けっして文才があるとは言えなかった。それどころかしばしばその文章は感傷的で、ときには救いようがないほどいい加減なものだったが、内容とその経験はじつに強烈で、文章の稚拙《ちせつ》さにもかかわらずページをめくらずにはいられなかった。ヴァランダーはホルゲ・エリクソンに起きたことを理解するために、この日記は重要な物証だとみなしていた。だが同時に警戒の半鐘がずっと鳴り続けてもいた。これにこだわりすぎると、捜査が攪乱《かくらん》される恐れがあるからだ。ヴァランダーは、最終的にたどり着く真実は、予期できたものでもあり、予期できなかったものでもあることを経験から知っていた。関連をどう解釈するかにかかっているということも知っている。類似している表面の殻を破って深く突き進むと、犯罪捜査というものは一つ一つちがうものだということも。

ハロルド・ベリグレンの書き物は戦争手記だった。読み進むうちに、写真に写っていたほかの二人の人間の名前がわかったが、どれがどの名前の男かは最後まで読んでもわからなかった。写真の男たちはハロルド・ベリグレン自身のほかにアイルランド人のテリー・オバニオン、フランス人シモン・マルシャン。写真の撮り手はラウル、国籍は不明だった。約一年間、彼らはアフリカの戦争で戦った。全員が傭兵《ようへい》だった。日記の始めに、ハロルド・ベリグレンはストックホルムでブリュッセルのカフェの話を聞いたと書いていた。そこで傭兵の世界との接触ができるという話だった。早くも一九五八年の年始めにはそれを聞いたとあった。数年後、なぜそれに参加したのかについてはなんの記述もないままハロルド・ベリグレンはどこからともなく現れて日記を書きはじめた。過去はなく、親もなく、背景はなにもなかった。日記で彼はただ行動だけを書いていた。書かれているのはただ、彼は二十三歳で、十五年前にヒトラーが敗北したため絶望感をもったということだけだった。

ヴァランダーはここで目を留めた。ハロルド・ベリグレンはまさに〝絶望感〟という言葉を使っていた。何度も文章を読み返した。〝将官たちの裏切りでヒトラーが経験した絶望的敗北〟。ヴァランダーは理解しようとした。ハロルド・ベリグレンが〝絶望的〟という言葉を使っていることは決定的なことだった。これは彼の政治的確信を示しているのか？　それとも緊張がすぎて絶望からこんな言葉を使ったのか？　ヴァランダーにはそのどちらかわからなかった。ハロルド・ベリグレンは、これについて二度と言及しなかった。一九六〇年六月、彼はスウェーデンをあとにし、一日コペンハーゲンで遊び、チボリ公園に行った。白夜の中、彼はそこで出会ったイレーヌという若い娘とダンスした。かわいいが背が高すぎるという記述があった。その翌日、彼はブリュッセルに到着する。約一ヵ月後、希望どおり、傭兵に採用された。いまや給金をもらい、まもなく戦場に出向くと誇らしげに書き記している。ヴァランダーにはハロルド・ベリグレンが夢の実現に近づいたと興奮しているように思えてならなかった。これらのことは、日付のうえではかなり経ってからの同年十一月二十日に書かれていた。日記の最初の日の書きつけはもっとも長い記載で、そのときに彼がいた場所に到着するまでのかいつまんだ説明だった。そこはアフリカだった。オメルツという地名が出てきたとき、ヴァランダーはクローゼットの奥にしまいこんだ段ボール箱の中から昔学校で使った地図を持ってきた。もちろんオメルツという名前は載っていなかった。地図をキッチンテーブルに置いたまま、彼は日記を読み続けた。テリー・オバニオンとシモン・マルシャンとともにハロルド・ベリグレンは傭兵だけで構成される部隊に配属されていた。リーダーに関して、カナダ人でサムという名前であること以外には、日記のどの部分にもほとんど書かれていない。またハロルド・ベリグレンは、ヴァランダーの学校の地図でも当時のベルギー領コンゴという名前で呼ばれていたその国の戦争の勃発についてもほとんど言及していなかった。金をもらって戦争で戦う傭兵としてその場にいることについて、自分なりの正当性を主張する必要も感じないらしかった。ただ自由のための戦いと書かれていた。だれの自由かは、どこにも書かれていない。いっぽうにおいてベリグレンは、一九六〇年十二月十一日と六一年一月十九日に、スウェーデン人の国連兵士が加わっているらしい敵軍と戦うことになったら、ためらいなく銃を撃つと書いている。さらに彼は給金をもらうたびに書き残していた。月末になると給金明細を記し、支出合計、そして貯蓄高も記す。また彼は略奪物に関しても詳しく書き記した。とくに不快な記述は、ハエが群がる腐りかかった死体が放置された、焼き払われた無人の農園に来たときのことだ。ベルギー人の農場経営者夫婦はベッドの上で両手両足が切断されていた。死臭がすさまじかった。しかし傭兵たちはためらわずに家捜しし、ダイアモンドと金の装飾品を探し当てたとあった。のち、レバノン人宝石商は二万クローネと値段をつけたという。ベリグレンはこの戦利品をもって戦いは勝利となったと記している。ほかには記述が見られなかったが、ここでベリグレンは個人的な感想を述べていた。スウェーデンに残って自動車修理工の仕事をしていたら、こんな経済的な余裕ができただろうかと自問し、できなかったと答えている。こんな経済力にはとうてい達し得なかっただろう、と。それから彼はさらなる熱意をもって戦争に参加するようになる。

金を稼ぐという決意をし、収入支出の記載をする以外にも、ハロルド・ベリグレンが正確に書き記したことがあった。

その戦争で彼はアフリカ人を殺しまくった。そしてその日時と数を書き記していたのだ。殺した人間のそばに行くことができた場合は、男か女か子どもか、彼の撃った弾がどこに当たって彼らが死に至ったのかを冷血にも観察して書き記すのだ。繰り返し記述が出てくるこの部分に、ヴァランダーは吐き気を催し、怒り狂った。ハロルド・ベリグレンはその戦争になんの関わりもない。それなのに殺すために給金をもらっているのだ。だれが給金を払っているのかは不明だった。また彼が殺す相手はほとんど兵隊ではなかった。軍服を着た者はいなかった。傭兵たちが自由のための戦いに邪魔になると判断した村を奇襲し、村人を殺し尽くし、略奪し、引き揚げる。殺人パトロールだ。全員がヨーロッパ人で、殺す相手を同じ人間とはみなしていなかった。ベリグレンは黒人への蔑視を隠そうともしなかった。われわれが近づくと、やつらは恐怖におののくヤギたちのようにちりぢりに逃げまわると愉快そうに書き記していた。奇襲の記述があると、ヴァランダーはノートを壁に投げつけたくなった。だが、我慢して、休憩をとり目を休めながらまた読み続けた。今回ばかりは、眼鏡屋に行って、老眼鏡を用意していればよかったと後悔した。ベリグレンは平均一ヵ月十人のアフリカ人を殺したことになる。七ヵ月後、病気になってレオポルドビルの病院に飛行機で輸送された。赤痢で数週間かなり具合が悪かったらしい。その間日記の書き込みは中断した。だが、病院に担ぎ込まれた時点で、スウェーデンで自動車修理工として働くかわりにベリグレンはすでに五十人殺していた。病気が治ると彼はまた戦場に戻った。一ヵ月後、彼らはオムルツにやってきた。テリー・オバニオンとシモン・マルシャンとともに、石のような形をしているが石ではない、アリ塚を囲んで写真を撮られている。撮ったのはラウルという人物。ヴァランダーは写真を持って台所の窓辺に立った。彼自身一度も本物のアリ塚を見たことがなかった。だが、日記に書かれているのはこの写真のことだと理解し、また読み続けた。三週間後、交戦があって、テリー・オバニオンが死んだ。部隊は退却しなければならなかった。なんの計画もなくパニックに陥った。ヴァランダーはベリグレンの恐怖を読み取ろうとした。ぜったいに恐怖を感じたはずだ。だが、ベリグレンはそれをうまく隠した。藪の中に木片で簡単な十字を記しただけの死んだ仲間の墓を作った、とだけあった。戦争は続いた。猿の大群めがけて撃ったり、川岸にワニの卵を並べたりした記述もあった。ベリグレンの貯金は三万クローネに達していた。

だが、一九六一年の夏、すべてが突然終わった。日記の最後の書き込みもまた唐突だった。ハロルド・ベリグレンにとっても唐突だったのではないかとヴァランダーは推量した。この特異なジャングルの戦争は永遠に続くと思っていたにちがいない。最後の書き込みには、彼らが突然無灯の輸送機に乗せられて真夜中にそこから飛び立ったこと、飛び立つやいなや、機体の片方のエンジンが壊れたこと、ジャングルの中の滑走路は彼ら自身が藪を開いて造ったものだったことなどが書かれていた。日記は突然そこで終わっていた。まるで日記をつけるのに飽きてしまったかのように。または、もうなにも書くことがなくなってしまったかのように。夜中に輸送機に乗ったところで終わったので、目的地がどこだったのかさえわからなかった。ハロルド・ベリグレンはアフリカの夜を飛び、エンジンの音が遠のき、そして消えてしまった。

午後の五時になっていた。ヴァランダーは背中を伸ばしてベランダに出た。海のほうから雲が町に移ってくるのが見える。また雨が降りだすのだ。いままで読んでいたもののことを考えた。なぜハロルド・ベリグレンの日記が縮んだ人間の頭といっしょにホルゲ・エリクソンの金庫に入れられていたのだろう？　ベリグレンがもしまだ生きているとすれば、五十代だろう。体に震えが走った。部屋の中に入ってベランダのドアを閉めた。ソファに腰を下ろした。目が痛む。ハロルド・ベリグレンはだれのために日記を書いたのだろう？　自分のため？　それともだれかほかの者のため？

なにかが欠けている。

ヴァランダーはまだそれがなにかわからなかった。一人の若者が遠いアフリカの戦争で戦い、日記を書いた。詳しく書かれている部分もあるが、あくまでかぎられた記述とも言える。だが、なにかが欠けているという気がしてならなかった。行間から読み取ることもできなかった。

アン゠ブリット・フーグルンドが二度目にやってきたとき、ヴァランダーはそれがなにかやっとわかった。戸口に立った彼女を見て、ベリグレンの日記に欠けているものがわかったのだ。日記は完全に男の世界だった。ベリグレンが書いた女といえば、死んでいるか、ちらっと登場するだけの女だった。名前で出てくるのはチボリ公園でダンスをしたイレーヌだけ。かわいいが背が高すぎるというコメントがつけられた女だ。それ以外に女性の名はまったくない。コンゴでの休日は酒を飲んでけんかしたというたぐいの書き込みばかりで、女は出てこない。

これにはなにか意味があるにちがいない、とヴァランダーは思った。アフリカへ旅立ったとき、ベリグレンはまだ若かった。戦争は冒険だった。若い男の世界では、女も冒険の重要な構成要素の一つのはずだ。

彼は不審に思った。だが、当分は自分一人の胸の内におさめようと思った。

フーグルンドの用事は、ニーベリの部下とともにユスタ・ルーンフェルトのアパートを調べた報告だった。結果はなにもなし。なぜルーンフェルトが盗聴器を買ったのかを説明するものはみつからなかった。

「ユスタ・ルーンフェルトの世界は蘭の花でできてるんです。やさしくて情熱的な寡夫《かふ》という印象を受けました」

「奥さんは水に溺れたらしいな」

「とてもきれいな人でしたよ。結婚式の写真を見たんです」フーグルンドが言った。

「少し調べてみる必要があるな。奥さんの死のいきさつがわかるかもしれない」

「マーティンソンとスヴェードベリがルーンフェルトの子どもたちと連絡を取っているところです。これはもう、失踪事件として正式に取り組まなければならないのではないでしょうか？」

すでにマーティンソンとは電話で連絡がついていた。ルーンフェルトの娘は父親が自分の意思で姿を消したのではないかと訊かれて、まったくなんのことか理解できなかったという。そのあと急に不安な様子を見せた。父親はナイロビへ旅立ち、いまもまだそこにいると思い込んでいたのだ。

ヴァランダーはうなずいた。いまや、ユスタ・ルーンフェルトは失踪したものとして正式に取り組まなければならない。

「おかしなことがありすぎる。スヴェードベリはルーンフェルトの息子と連絡がついたら知らせてくることになっている。ヘルシングランドのどこか、電話もないような人里離れたところにいるはずだ」

捜査会議は日曜日の午後早い時間に開くことにした。フーグルンドが会議を取り仕切ることに決めた。その後、ヴァランダーはハロルド・ベリグレンの日記の内容を語りはじめた。しっかり時間をかけて、はしょらずにすべて話した。彼女に話すことが、内容を整理することにもなった。

「ハロルド・ベリグレン。彼の仕業なのでしょうか?」話が終わったとき、フーグルンドが言った。

「わからない。しかしベリグレンは若いとき金をもらって人殺しをしていた人間だ。日記は唾棄すべきものだった。いまとなっては若いときのことを暴かれるのを恐れるのではないか?」

「なによりもまず、ベリグレンを捜し出しましょう。問題はどこを捜せばいいかですね」

ヴァランダーはうなずいた。

「日記が書かれたノートはエリクソンの金庫にあった。いまのところそれがもっともはっきりした手がかりだ。もちろん、先入感をもたずに捜し続けなければならないのは当然だが」

「それは無理でしょう? 手がかりをみつけているのに、先入感をもたずに捜すなんていうことは」

「いや、一応そう言っただけだ。先入感なしに捜すことで、間違いを犯すのを少しでも避けたいのだ」

フーグルンドが帰ろうとしたときに電話が鳴った。スヴェードベリからだった。ユスタ・ルーンフェルトの息子と話したという。

「ひどく取り乱していましたよ。すぐにも飛行機に乗ってこっちに来かねない勢いでした」

「最後に父親と話したのは?」

「ナイロビへ出発する数日前でした。ナイロビへ出かけるはずだった日の、というべきですね。

いつもどおりだったそうです。息子によれば、父親は旅行前はいつもうれしそうだということです」

ヴァランダーはうなずいた。

「なるほど」

電話をフーグルンドに渡すと、彼女は翌日の会議のことをスヴェードベリに伝えた。彼女が話を終えたとき、ヴァランダーはスヴェードベリに渡すべき紙があることを思い出した。イースタ病院の不審な女のことだ。

フーグルンドは子どもが待っていると言って急いで帰っていった。一人になると、ヴァランダーは父親に電話をかけ、日曜日の早朝に行くことに決めた。旧式のカメラで父親が撮った写真ができているという。

土曜日の夜のその後は、殺害されたホルゲ・エリクソンのことを考えた。それと並行してユスタ・ルーンフェルトの失踪のことも考えた。不安で落ち着かず、なかなか集中できなかった。いま自分たちは大きな事件のほんの一端をかじっているにすぎないという予感がふくれ上がってきた。

不安でいても立ってもいられなかった。

夜九時、疲れきって、それ以上考えられなくなった。大型ノートを横に押しやると、娘のリンダに電話をかけた。何度もベルが鳴ったが、彼女は留守だった。厚手の上着を着て外に出た。町の中央の中国料理店に行くと、そこで食事をした。いつもとちがって客が大勢いた。土曜日の夜だと気がついた。ワインを一瓶注文したが、飲むとすぐに頭が痛くなった。家に帰る途中でまた雨が降りだした。

夜、ハロルド・ベリグレンの夢を見た。ヴァランダーは暗くて大きな、ひどく暑いところにいた。暗闇の中でハロルド・ベリグレンがこっちに銃口を向けて狙いを定めていた。


早い時間に目を覚ました。

雨は止んでいた。

七時十五分、彼は車でルーデルップに住む父親の家に出かけた。朝の光であたりの景色がはっきり浮かび上がって見える。父親とイェートルードを海岸へ誘おうと思った。もうじき寒くなると、そんなことはできなくなる。

不快に思いながらも、夢のことを考えた。車を走らせながら、午後の捜査会議ではどのような手順で捜査を展開するか、日程表を作らなければならないと思った。ハロルド・ベリグレンの居場所を捜すことは重要だ。捜査が壁にぶつからないようにするためにはとくに最優先にしなければ。

中庭に車を乗り入れると、父親は家の前の石段に迎えに出ていた。ローマ旅行以来、父親とは会っていなかった。台所に行くと、イェートルードがすでに朝食の用意をしていた。父親の撮った写真をいっしょに見た。ほとんどの写真がピンボケだった。写す対象の一部がカメラにおさまっていないものもあった。だが、父親が満足しているだけでなく得意そうだったので、ヴァランダーはただ笑ってうなずいた。

一つだけ、ほかとはちがう写真があった。ローマの最後の晩、レストランのウェイターが撮ってくれたものだ。食事のあとで、ヴァランダー親子は肩を寄せ合って写っている。半分飲んだワインボトルが白いテーブルクロスの上にある。二人ともまっすぐにカメラを見て笑っていた。

一瞬、日記帳にはさまっていたハロルド・ベリグレンの色あせた写真が頭に浮かんだが、彼はすぐに追いはらった。いまは自分と父親だけを見ていたかった。写真は間違いなくこの夏彼が発見したことを物語っていた。

父親に似ているのだ。それも少しどころか、じつによく似ている。

「この写真のコピーがほしいな」ヴァランダーが言った。

「もうとってあるよ」と満足そうに言い、父親は封筒をテーブル越しに渡した。

食事が終わると、アトリエに行った。父親はちょうどいまキバシオオライチョウを描き入れて、絵を完成させるところだった。いつもの手順どおりだった。

「いままで何枚この絵を描いてきたと思います？」ヴァランダーが訊いた。

「おまえはいつもここに来るとそれを訊くな。わしにわかるはずがないではないか。そんなことを訊いてなんになる？　大事なのはみんな同じ絵だということだ。一つ残らず」

なぜ父親が同じ絵を描き続けるのか、ヴァランダーにはだいぶ前からわかっていた。父親なりのやりかたで、変わりゆく周囲のものにまじないをかけているのだ。絵の中では、太陽の位置まで自分で決めることができる。森の上に、いつも同じ高さに、動かずにある。

「いい旅行でしたね」ヴァランダーは父親が絵の具を混ぜるのを見ながら言った。

「わしの言うとおりだっただろう？　この旅に出かけなかったらおまえもシスティーナ礼拝堂を見ないまま墓に入ることになっただろうよ」

ヴァランダーはこの機会に、父親が最後の晩どうして出かけたのかを訊こうかと思ったが、やめた。それは父親だけの秘密だった。

ヴァランダーは海岸へ行かないかと誘った。驚いたことに父親は間髪を入れずに行こうと言った。だがイェートルードは家に残ると言う。十時過ぎ、二人はヴァランダーの車でサンドハンマレンに出かけた。風はほとんどなく、彼らは海岸にまで行った。海岸に出る前の最後の砂丘を下りたとき、父親はヴァランダーの腕につかまった。そのあと、目の前に海が広がった。海岸にはほとんど人影がなかった。遠くに犬と遊ぶ人の姿が見えたが、それ以外はまったく無人だった。

「美しいな」父親が言った。

ヴァランダーは父親をちらっと見た。ローマ旅行が父親の性質を根本から変えてしまったのだろうか？　もしかすると、医者が診断した病気にもプラスになるかもしれない。だがヴァランダーはまた、自分は父親がどれほどこの旅行を楽しみにしていたか、まったくわかっていなかったとも思った。それは父親が一生のあいだ楽しみにしていた旅行で、ヴァランダーはその楽しみにありがたくも同行させてもらったのだ。

ローマは父親の聖地《メッカ》だった。

彼らはゆっくりと海岸を散歩した。いまなら昔のことをなつかしんで話すこともできるかもしれないと思った。だが、それも急ぐことではない。

突然父親の足が止まった。

「どうしたんです?」

「ここ数日気分が悪かったのだ。だが、すぐによくなる」

「もう帰りましょうか?」

「すぐによくなると言っただろう」

なにか訊かれるとすぐに腹を立てるという昔の癖は直っていないのだとわかった。それで、なにも言わないことにした。

彼らはそのまま散歩を続けた。渡り鳥が頭上を西のほうに飛んでいった。二時間ほど経ったとき、父親は満足したと言った。そのときになってヴァランダーは午後警察署で会議があることを思い出し、あわてた。

父親をルーデルップまで送り届けると、彼はイースタへ向かった。気持ちが軽くなった。父親の病気はまちがいなく少しずつ進行していたが、ローマへの旅行は父親にとって大きな意味のあるものになったにちがいなかった。もしかすると、ヴァランダーが警官になると話して壊れてしまう以前の、親子の関係が取り戻せるのではないか? 父親はヴァランダーの職業選択をけっして認めなかった。だが、なにに反対なのか、その説明もしてくれなかった。イースタへ戻りながら、ヴァランダーは長い間悩んできたこの問題を、もしかするとやっと父親に訊くことができるかもしれないと思った。

二時半、会議室のドアが閉まり、捜査会議が始まった。ホルゲソン署長も同席していた。彼女の姿を見たとき、まだペール・オーケソンに電話をかけていないことを思い出した。もう一度忘れることがないように、ヴァランダーはノートにメモをした。

まず縮んで小さくなった人間の頭とハロルド・ベリグレンの日記のことを話した。終わると、それを足がかりにして捜査を開始することに全員が同意した。役割分担を決めたあと、ヴァランダーはユスタ・ルーンフェルトの話に移った。

「今日のこの瞬間からユスタ・ルーンフェルトの失踪捜査を開始する。事故か犯罪に巻き込まれた恐れもある。もちろん、ルーンフェルト自身の意思で姿を消しているという可能性も依然としてある。だが、ホルゲ・エリクソンとユスタ・ルーンフェルトの間に関連性はないと見てもいいのではないかと思う。もちろん関連はあり得る。が、まずないと見ていい。関連を示す証拠もない」

ヴァランダーは会議を早く終わらせたかった。なんと言っても今日は日曜日だ。全員が力いっぱいの捜査活動をしているのをヴァランダーは知っている。だが、最良の捜査方法は、休みをとることだ。その日の午前中父親と過ごした時間が彼に新しいエネルギーを与えていた。四時過ぎ、警察署をあとにしたとき、彼はここ数日間になかった爽快《そうかい》さを感じていた。彼の中の不安も鎮まっていた。

ハロルド・ベリグレンをみつければ、事件の解決も遠くない。周到な用意をした殺人は特別な人間によっておこなわれたにちがいない。

ハロルド・ベリグレンは、その特別な人間であり得る。

マリアガータンの自宅へ向かう途中で、日曜も開いている店に寄り、買い物をした。ビデオを借りたいという誘惑に負け、『霧にかすむ橋』という昔の映画を借りた。結婚したてのころ、モナといっしょに映画館で観たものだが、あらすじはほとんど覚えていなかった。


ビデオを半分ほど観たとき、リンダが電話してきた。リンダだとわかると、彼は折り返し電話すると言い、ビデオを消して台所へ行って電話し、それから三十分もしゃべった。娘はここしばらく電話してこなかったことにまったく罪の意識はないようだった。彼もまたそれについてはなにも言わなかった。自分たちは似ていると知っていた。二人とも上の空になることがあるが、なにか大事なことがあるとそのことに集中する。すべてうまくいっている、と彼女は言った。クングスホルメンのランチ・レストランでウェイトレスの仕事をして、演劇学校の勉強もしている、と。ヴァランダーは本当かとは訊かなかった。リンダが自信を失っているという確信があったからだ。

電話を終える前に、彼は午前中父親と海岸を歩いたことを話した。

「いい一日を過ごしたようね」

「ああ。なにかが変わったような気がする」

電話を終え、ヴァランダーはベランダに出た。依然として風がない、穏やかな天気だった。スコーネではめずらしいことだ。

その一瞬、心配と不安は消えた。眠ろう。明日、またあらたに仕事に取り組むのだ。

台所の電気を消したとき、日記が目に入った。

ハロルド・ベリグレン、おまえはいまどこにいるのだ？　とヴァランダーは思った。

11

十月三日月曜日の朝、ヴァランダーはすぐにもスヴェン・ティレーンと話さなければならないという気分で目を覚ました。その夢を見ていたときに目を覚ましたのかどうかはわからなかったが、とにかく緊急性を感じたことだけはたしかだった。そのため、署に着いてからではなく、まだ家にいるうちに行動を開始した。コーヒーができるまでの間に番号案内に電話をし、スヴェン・ティレーンの自宅番号を調べ上げた。電話に出たのはティレーンの妻だった。スヴェンはすでに出かけたあとだった。ヴァランダーは携帯番号を手に入れた。すぐに電話をかけると、雑音が多く、ティレーンの声の後ろでタンクローリーのエンジンの音がした。いまフーゲスタの近くにいて、マルメにあるタンクローリーのターミナルに戻るまで、あと二軒まわらなければならないという。ヴァランダーはできるだけ早くイースタ警察署に来てくれと言った。ホルゲ・エリクソン殺害の犯人が捕まったのかと訊くティレーンに、ヴァランダーは型どおりの質問だと答えた。時間はとらせないつもりだが、もしかすると長びくかもしれないとも言った。ティレーンは九時ごろに寄ると約束した。

「署の正面玄関にタンクローリーを停めないでくれ。通行の邪魔になる」

ティレーンはなにやらぼやいたが、ヴァランダーには聞き取れなかった。

七時十五分、署に着いた。正面玄関前まで来たとき、急に気が変わって左に行った。検察局の入り口は同じ建物の左側にある。会おうとしている人物は自分と同じく朝が早いと知っていた。ドアをノックすると、推測どおり入れという声がした。

ペール・オーケソンはいつもどおり書類であふれ返った机に向かっていた。部屋中が書類とフォルダでいっぱいだった。だが、混雑は見た目だけで、オーケソンは仕事のできる、頭の中が整理された検事で、ヴァランダーは彼と仕事をするのが好きだった。長年いっしょにやってきた間柄で、その関係は職業上のつきあい以上の友情に発展している。個人的な信頼感をもつこともあったし、互いの協力や意見を求めることもあった。それでもそこにはけっして越えることのない、目に見えない境界線があった。親友と言えるほど近い存在にはなり得なかった。そうなるには、二人はあまりにもちがいすぎた。

部屋に入ってきたヴァランダーにペール・オーケソンはうれしそうにあいさつした。立ち上がると、その日の裁判のための書類が入っている箱をどけて、いすを勧めた。ヴァランダーは腰を下ろした。オーケソンは電話を繋がないように交換台にたのんだ。

「きみからの連絡を待っていたよ。そういえば、絵はがきありがとう」

ヴァランダーはローマから絵はがきを送ったことをすっかり忘れていた。フォロ・ロマーノ遺跡の絵はがきだったかもしれない。

「旅行は大成功でした。父にとっても私にとっても」

「私はローマに行ったことがない。なんとかいう金言があるじゃないか。『ローマを見ずして死ぬな』？　いや、ナポリだったかな？」

　ヴァランダーは首を振った。そんな金言は知らなかった。

「静かな秋を期待していたのです。だが旅行から帰ってくると、穴の中で串刺しにされた人間が待っていた」

　オーケソンが顔をゆがめた。

「写真を見たよ。それにホルゲソン署長からも聞いている。手がかりはみつかったか？」

「まだはっきりとしたものはありませんが」

　ヴァランダーはホルゲ・エリクソンの金庫でみつかったものを簡単に説明した。オーケソンが自分の捜査能力を評価してくれていることは知っていた。結論や捜査作業の仕事ぶりに口出しすることはめったになかった。

「言うまでもないことだが、濠《ほり》の中に先の尖った竹を突き刺しておくなどというのは狂気の沙汰だ。だがわれわれが生きているのは、狂気と正常のちがいがどんどんなくなってきている時代だ」

「ところで、ウガンダのほうはどうなっています？」ヴァランダーが訊いた。

「スーダン、と言いたいんだろう？」

　ヴァランダーはペール・オーケソンが国連難民高等弁務官事務所での仕事に応募したことを知っていた。イースタから少しの間離れたいということだった。いまのうちにまったくちがう経験をしておきたいという。オーケソンの年齢はヴァランダーより数歳上だった。すでに五十を超えている。

「スーダンですか。もう奥さんには話したんですか？」

オーケソンはうなずいた。

「数週間前に勇気を出して話してみた。そしたら、自分が思っていたよりずっと彼女は話がわかったよ。数年の間、私のいない暮らしをするのも悪くないと思っているようだった。いまは、向こうからの返事待ちだ。だが、この仕事が私にこなかったら、正直言って驚くね。私にはきみも知っているようにそれなりのコネがあるから」

たしかにヴァランダーは彼と働いてきた長年の間に、彼には表面下の情報を入手する才能があると気づかされることがたびたびあった。どうやって手に入れるのかはわからなかった。しかしオーケソンはいつでも情報通だった。それもたとえば政府のさまざまな諮問委員会で討議されていることや、警察本庁の極秘の内部情報などをいつのまにか知っているのだ。

「すべてが予定どおりにいけば、年明けには向こうへ行くことになるだろう。少なくとも一年間はいなくなる」

「ホルゲ・エリクソン事件が年内に解決できるといいですが。この件に関してなにか命令がありますか？」

「いや、あるとすればきみのほうからくるものだと思っていたよ」

ヴァランダーはしばらく考えてから言った。

「まだそれは出せませんね。ホルゲソン署長はマッツ・エクホルムを呼ぼうと言ってますが。

この夏たのんだ専門家です。覚えていますか？　心理プロファイルのスペシャリストで、類型に当てはめることで精神病質者を探し出すんです。自分も彼を評価しています」

ペール・オーケソンはよく覚えていた。

「それでももう少し待つほうがいいと私自身は思っています。今回の犯人が精神病質者だという確信が、まだ私にはないので」

「きみが待つほうがいいと言うのなら、そうしよう」と言って、オーケソンは立ち上がり、書類の入った箱を指さして言い訳した。

「今日の裁判はじつにややこしい事件なんだ。準備をしなければならない」

ヴァランダーも立ち上がった。

「スーダンにどんな仕事があるんです？　難民はほんとにスウェーデンの法律家を必要としているんですかね？」

「難民にはあらゆる助けが必要だ」と話しながら、オーケソンはヴァランダーを出口まで送った。「スウェーデンでだけじゃないんだ」

それから突然オーケソンは話題を変えた。

「きみがローマに行ってるときに、私はストックホルムに数日間いた。偶然にアネッテ・ブロリンに出会ったよ。こっちのみんなによろしくと言っていた。とくにきみにね」

ヴァランダーは戸惑ってオーケソンを見返したが、なにも言わなかった。数年前にペール・オーケソンの留守中代理を務めた検事だ。結婚しているのは知っていたが、ヴァランダーは個人的に近づいた。が、気まずい別れになった。できれば忘れたいことの一つだった。

検察局を出た。冷たい風が吹いている。空は灰色だ。気温はせいぜい八度しかないだろうとヴァランダーは推測した。警察署の入り口で外に向かうスヴェードベリと鉢合わせした。彼に渡そうと思っていた紙があったのを思い出した。

「先日の会議で、おまえさんの書類を間違って持ってきてしまったよ」

スヴェードベリは眉をひそめた。

「なんの話です?」

「病院の産科で、不審な動きがあった看護婦についてのメモだ」

「あ、捨ててください。幽霊を見たという話ですから」

「自分で捨ててくれ。おまえさんの机の上に置いておく」

「エリクソンの屋敷の近くの隣人に聞き取り調査を続けているんです」スヴェードベリが言った。「郵便配達人とも話さなければならない」

ヴァランダーはうなずき、二人はそこで別れた。

部屋に入るとすぐにスヴェードベリの紙のことは忘れてしまった。ハロルド・ベリグレンの日記を上着の内ポケットから取り出すと、机の引き出しにしまった。アリ塚を囲んでポーズしている三人の男の写真は机の上に置いた。スヴェン・ティレーンが来るのを待つ間に、ほかの者たちが作った報告書に目を通した。八時四十五分、コーヒーを取りに行ったところでフーグルンドに出会った。彼女は、ユスタ・ルーンフェルトの失踪はいま早急に処理されるべき案件として正式に扱われることになったとヴァランダーに報告した。

「ルーンフェルトの隣人と話をしました」フーグルンドは言った。「信頼のおけそうな高校教師です。ルーンフェルトが出発する前の晩、彼のアパートから音がしたそうですが、そのあとはなんの音も聞こえていないとのことです」

「ということは、やはりその晩からいなくなったということか。ナイロビへではないにせよ」

「ルーンフェルトになにか変わったところはなかったかと訊きますと、あまり人づきあいのない、規則正しい暮らしをするおとなしい人だと言ってました。行儀はいいがそれ以上には接近しないタイプだと。訪問者はめったにいなかったようです。唯一変わったところといえば、ルーンフェルトはたまに夜遅く帰ってくることがあったということぐらいです。この教師はルーンフェルトの部屋の下に住んでいるんです。建物は音がよく聞こえるそうですし、彼の言葉は信用できそうです」

ヴァランダーはコーヒーカップを手に持ったままフーグルンドの話に聴き入った。

「あの箱の中身のこともはっきりさせなければならない。今日にでも通信販売会社に電話をしてくれないか。ボロースの警察にはもう知らせたのか？　会社の名前はなんといった？　セキュアか？　ニーベリが知っているから彼に訊いてくれ。ルーンフェルトがそれまでもなにか買っているかどうか調べるんだ。なにか目的があってあんなものを注文したにちがいないのだからな」

「盗聴器や指紋採取の道具を、ですか？　だれがそんなものをほしがるんです？　だれがそんなものを使うというんですか？」

「われわれは使ってるさ」

「でもほかに？」

ヴァランダーは彼女がなにか特別なことを考えていることに気がついた。

「盗聴器は言うまでもなく不適切な目的のある者によって用いられるものだが」

「いえ、わたしが考えていたのは指紋採取の道具のほうです」

ヴァランダーはうなずいた。なるほど。

「そうだな。個人的な捜査をする者、私立探偵か。それはおれも考えた。だが、ユスタ・ルーンフェルトは蘭の花に熱中している花屋じゃないか」

「ただの思いつきです。通信販売の会社のほうはわたし自身が調べてみます」

ヴァランダーは自室に戻った。電話が鳴っていた。エッバだった。スヴェン・ティレーンが受付に来ているという。

「玄関前にタンクローリーを停めなかっただろうな？　ハンソンが怒るぞ」

「入り口前には車は見えません。迎えに来てくれますか？　それから、マーティンソンがあなたと話したがっています」

「どこにいるんだ？」

「部屋だと思いますが」

「先にマーティンソンと話すから、ティレーンに少し待つように言ってくれないか」

ヴァランダーの姿を見ると、マーティンソンはあわてて電話を切った。きっとかみさんと話していたのだろう、とヴァランダーは思った。彼女はマーティンソンに一日に何回も電話してくる。何の用事があるのかはだれも知らなかった。

「ルンドの法医学者と話をしました。やっと予備報告が出せるそうです。ただ、われわれがいちばん知りたがっている質問に答えることができないらしいのです」

「死亡時刻か?」

マーティンソンはうなずいた。

「竹槍はどれも直接心臓を突いてはいません。また動脈に穴を開けてもいません。ということは、突き刺されたまま、かなり長い時間生きていたかもしれないとのことです。決定的死亡原因は、溺死のようなものだそうです」

「溺死? ホルゲ・エリクソンは濠の上に宙づりになっていたんじゃなかったのか? どうして溺死などと?」ヴァランダーは驚きの声を上げた。

「担当の医者の話はじつに不愉快なものでした。エリクソンはある時点までくると、肺が血でいっぱいになって呼吸できなくなった。自分の血で溺れたようなものだということなんです」

「死亡時間はぜったいに必要だ。もう一度電話をかけて訊いてくれ。もう少し特定できるのではないか?」

「予備報告書が上がってきたらすぐにまわします」

「いつまわってくるのか、怪しいもんだ。なにしろ、書類のとどこおりはひどいもんだからな」

マーティンソンを個人的に批判するつもりはなかった。廊下に出てから、いまの言葉は誤解される恐れがあると思ったが、言ってしまったことはしかたがない。そのまま受付へスヴェン・ティレーンを迎えに行った。ティレーンはビニール張りのベンチに座って床を見つめていた。無精ひげを生やし、目には血管が浮かんでいた。オイルとガソリンの臭いが強く漂っていた。ヴァランダーは部屋に案内した。

「なぜあんたらはホルゲを殺した犯人を捕まえないんだ？」スヴェン・ティレーンが言った。

ヴァランダーはまたもや彼の口調に腹を立てた。

「犯人がだれなのか言ってくれたら、おれが行って捕まえてくるさ」

「おれは警察官ではない」

「そんなことはわかっている。警察官だったら、そんなばかげた質問はしないからな」

ティレーンはすぐに文句を言いそうになったが、ヴァランダーは手を上げてさえぎった。

「いまはおれが質問をする番だ」

「おれは疑われているのか？」

「いいや。だが、質問するのはおまえではなく、おれだということだ。いいか、おれの質問に対しておまえが答えるのだ。その反対ではなく」

スヴェン・ティレーンは肩をすくめた。その瞬間ヴァランダーは、この男は警戒していると感じた。彼の警察官としての感覚が鋭くなった。用意していた最初の質問——用意していたのはそれだけだったが——を発した。

「ハロルド・ベリグレン。名前に覚えがあるか？」

スヴェン・ティレーンの表情は変わらなかった。

「そんな名前の男は知らない。知っているべきなのか？」

「たしかか？」

「ああ」

「よく考えるんだ！」

「考える必要などない。たしかと言ったらたしかなんだ」

ヴァランダーは写真を差し出した。ティレーンはのぞき込んだ。

「この中に見覚えがある者がいるかどうか、よく見るんだ。時間をかけてじっくり見るんだ」

ティレーンはオイルで汚れた指で写真を持ち、長い間ながめた。ひょっとすると見覚えがあるのかもしれないと思いはじめたとき、ティレーンは写真を机に置いた。

「一人も見たことがない」

「ずいぶん長いこと見ていたが、見覚えがあると思った者がいたのか？」

「時間をかけてよく見ろと言ったのはあんたじゃないか。この三人はだれだ？　この写真はどこで撮られたものなんだ？」

「たしかか？」

「ああ、いままでどれも見たことがない連中だ」

ヴァランダーはその言葉は本当だと思った。

「この三人は傭兵《ようへい》だ。アフリカで、三十年ほど前に撮られたものだ」

「外人部隊か？」

「そうではなかったらしいが、似たようなものだろう。いちばんいい報酬をくれる者のために戦う兵士たちだ」

「人間は生きなければならないからな」

ヴァランダーは眉をひそめてティレーンを見た。どういう意味で言っているのか訊こうと思ったが、思いとどまった。

「ホルゲ・エリクソンが傭兵となんらかの関係をもっていると聞いたことはないか？」

「ホルゲの商売は自動車販売業だった。あんたも知っていると思ったが？」

「ホルゲ・エリクソンはそのうえ詩人でもあったし、バードウォッチャーでもあった」と苛立ってヴァランダーは言った。「ホルゲ・エリクソンから傭兵という言葉を聞いたことがあるのか、ないのか、どっちだ？　アフリカの戦争という言葉は？」

スヴェン・ティレーンはまじまじとヴァランダーを見た。

「警察官ってのはなぜいつもそんなに不機嫌なんだ？」

「扱ってるのが、愉快なことばかりじゃないからな。いまからは、いいか、おれの質問に答えるだけにしてくれ。関係ないことに個人的意見など言うな」

「そうしなかったら、どうなる？」

ヴァランダーは職務違反を仕掛けていることを意識したが、そんなことはどうでもいいと思った。机の向かい側に座っている男のなにかが彼をひどく苛立たせた。

「そうしたらおれはあんたを毎日呼び出してやる。そして検察官にあんたの家の家宅捜索の許可を要請する」

「なにを捜そうというんだ？」

「それは関係ない。これで自分のおかれた立場がわかったか？」

ヴァランダーは一騒動起きるかもしれないと覚悟した。スヴェン・ティレーンに見透かされるかもしれない。だが、彼はおとなしくヴァランダーの言葉に従った。

「ホルゲ・エリクソンはけんか好きではなかった。商売のときかなり手荒いこともやったらしいが。だが、傭兵の話は聞いたことがない。そんな話をしてもおかしくなかったのだが」

「いまのはどういう意味だ？　そんな話をしてもおかしくなかったとは？」

「傭兵の戦う相手は革命家や共産主義者だろう？　ホルゲは控えめに言っても、保守主義者だったといって間違いないからな」

「保守主義？　どんなふうに？」

「この社会は間違ったほうにいっていると言ってた。むち打ちの刑を復活させろと、また殺人を犯したものは絞首刑だというのが持論だった。彼が裁判官なら、彼を殺したやつは絞首刑になるところだ」

「あんたにそう言ったのか、エリクソンは？」

「おれだけでなくだれにでもだ。自分の意見を曲げなかったからな」

「右翼団体と関係があったか？」

「そんなこと、おれが知ってるわけない」

「一つのことを知っていたら、ほかのことも知っているかもしれないと思われて当然だ」

「おれは知らない」

「ネオナチとは？」

「知らない」

「ホルゲ・エリクソンは自身、ナチスだったのか？」

「知らん。とにかくホルゲはこの社会は間違ったほうにいってると言っていた。社民党と共産党の区別もつかなかった。人民党がせいぜい彼が理解できるもっとも革新的なところだっただろうよ」

ヴァランダーはティレーンの言葉を考えた。それはホルゲ・エリクソンについていままで抱いていたイメージを広げ、また変化させた。どうもかなり矛盾のある人間だったらしい。詩人で保守主義者、バードウォッチャーで死刑賛成派。机の上にあった詩を思い出した。それにはある種の鳥がスウェーデンから消えてしまうことを嘆く言葉が記されていた。あれを書いたのと同じ人間が重罪を犯した者は死刑にしろと言っていたのか？

「エリクソンから敵がいると聞いたことがあるか？」

「あんた、前にもそれを訊いたな」

「知っている。もう一度訊いているのだ」

「言葉で聞いたことはない。だが、夜は厳重に戸締まりをしていたようだ」

「なぜだ？」

「敵がいるからだろうよ」

「それがだれだか、知っているのか？」

「いや」

「なぜ敵を作ったのか、聞いたことがあるか？」

「ホルゲは一度も敵がいると言ったことはない。さっきから言っているとおりだ。何度言ったらわかるんだ？」

ヴァランダーは警告するように手を上げた。

「その気になったら五年でも毎日同じ質問をしてやる。敵はいないって？　だが、夜は厳重に戸締まりをしたというのか？」

「そうだ」

「どうしてそれを知っている？」

「ホルゲがそう言っていたからだ。そうでなければどうしておれがそんなことを知っているんだ？　夜中におれがあの家に行って鍵がかかっているかどうか触ってみたとでも？　今日のスウェーデンでは、だれも信用できないというのが彼のいつもの言葉だった」

今日のところはこれで終わりにしようとヴァランダーは思った。またきっと取り調べるときが近いうちにくるだろう。ヴァランダーにはティレーンは知っていることをぜんぶ言ってはいないという確信があった。だが、慎重に進めるべきだ。あまり追いつめたら、こんどはそこから彼を外に誘い出すのがむずかしくなるだけだ。

「今日のところはこれでいいことにしよう」ヴァランダーが言った。

「今日のところは？　それはまたここに来なければならなくなるという意味か？　いったいいつ仕事をすればいいんだ？」

「また連絡する。今日はご苦労だったな」そう言って彼は立ち上がり、手を差し伸べた。

ヴァランダーの穏やかな態度はティレーンを驚かせた。ごつい手を出して握手した。

「自分で出口へ行けるな？」

ティレーンが部屋を出ていってから、ヴァランダーはハンソンへ電話をかけた。運よく彼はすぐに電話に出た。

「スヴェン・ティレーン。たしか、前に暴力事件を起こしていると言ってたな？　覚えているか？」

「ああ、覚えている」

「ちょっと調べてくれないか？」

「急いでいるのか？」

「それほどでもないが、まあ、早ければありがたい」

ハンソンは見てみると約束した。

十時になっていた。ヴァランダーはコーヒーを取りに行った。部屋に戻ると、ティレーンの尋問を書き出してみた。次の捜査会議のとき、この内容を討議しよう。重要なヒントがあることはまちがいない。

書き終わってノートを閉じたとき、スヴェードベリが鉛筆でメモを取った紙がまだ机の上にあるのに気がついた。何度も彼に渡そうとしていた紙だ。ほかのことを始める前に、スヴェードベリに返してこよう。紙を持って部屋を出たとたん、電話が鳴りはじめた。一瞬迷ったが引き返して電話に出た。

イェートルードだった。泣いている。

「すぐにこっちに来て」と言って、洟《はな》をすすった。

ヴァランダーは血の気が引いた。

「なにが起きたんです?」

「お父さんが死んだの。絵に囲まれて倒れてます」

十時十五分になっていた。一九九四年の十月三日のことだった。

12

クルト・ヴァランダーの父親は十月十一日にイースタのニーア・シルクゴーデンに埋葬された。追いたてるように吹く風と激しい雨の日だったが、ときどき晴れて日が差した。電話で父の死を知ってから一週間経っても、まだ信じられない気持ちだった。受話器を置いた瞬間から嘘だという気がしてならなかった。父親が死ぬなんてあり得ない。なにもいまでなくてもいいではないか。ローマ旅行から帰ってきたばかりのいまとは。長い間失っていた関係をやっと取り戻したというときに。ヴァランダーはだれにも言わずに警察署を出た。イェートルードの間違いにちがいない。だがルーデルップに着き、テレピン油の匂いが染みついたアトリエに駆け込むと、イェートルードの言うとおりだとすぐにわかった。父親は取りかかろうとしていた絵の上に倒れ、うつぶせに横たわっていた。目を閉じて、キバシオオライチョウの白い羽を描こうとしていた絵筆をきつく握ったまま。前日サンドハンマレンで長い散歩をする前に取りかかっていた絵を終わらせようとしていたのだとヴァランダーにはわかった。死はそれほど突然だったにちがいない。話ができるほどに落ち着いてから、イェートルードは話しだした。父親はいつもどおりに朝食を済ませて六時半ごろにアトリエに行った。十時になってもいつものように台所にコーヒーを飲みに来ないので、迎えに行ってみるとすでに死んでいたという。死はやってくるのがいつであろうと不適切なのだ。それがまだいつものコーヒーを飲んでいない朝であろうが、どんなときであろうが。

救急隊に電話をかけた。イェートルードはヴァランダーのかたわらに立ち、彼の腕にしっかりつかまった。ヴァランダーは空《から》っぽだった。悲しみもなにも感じられなかった。ただ不公平だという漠然とした思いがあるだけだった。死んだ父にたいしてはなんの不満もなかった。悲しみはむしろ自分の中にあった。

救急車が来た。ヴァランダーは救急車の運転をしている隊員を知っていた。プリッツといい、運ぶのはヴァランダーの父親だとすぐに理解したようだった。

「病気だったわけではない。昨日はいっしょに海岸を散歩した。少し気分が悪いと言ったが、それ以外はなにもなかったのだ」

「おそらくなにかの発作でしょう」プリッツの声は同情的だった。「そのように見えますよ」

医者の言葉はそれを確認するものだった。あっという間のことだったはずだと。いま自分は死ぬのだと意識するひまさえなかったのではないか。脳の血管が破裂して、完成寸前の絵に頭が当たる前に死んでいたはずだと。イェートルードにとって、その死は悲しみとショックだけでなく、あっという間に逝ったことがある意味でよかったと思えたかもしれない。その逝きかたは、本人にとってもよかったと思っているのではないか、とヴァランダーは感じた。

ヴァランダーはまったくほかのことを考えていた。父親は死ぬときに一人きりだった。最後の瞬間が訪れたとき、だれもまわりにいなかった。昨日父親が気分が悪いと言ったときになにかしていればよかった。あれは心臓麻痺か卒中の予兆だったにちがいない。最悪なのは、その瞬間がもっともふさわしくないときに訪れたということだ。八十歳近くになっていたが、それでも早すぎた。もっとあとで起こるべきことで、いまであってほしくなかった。しかもこんなふうに。アトリエに入ったとき、彼は父親を呼び起こそうとした。が、手遅れだった。キバシオオライチョウはけっして描き上げられることはない。

だが、外も内も渾沌《こんとん》としたこの状態にあって、ヴァランダーは驚くほど落ち着いてもいた。イェートルードが父親に付き添って救急車で行ってしまうと、ヴァランダーはアトリエに戻り、テレピン油の匂いの充満する静かな部屋に立ち尽くした。父親はきっとこのキバシオオライチョウが未完成のまま逝きたくはなかっただろうと思うと、涙が止まらなかった。目に見えない生と死の境目を理解したという証しのように、彼は絵筆を取り、キバシオオライチョウの羽があるべき二ヵ所に白い色を塗った。いままで一度も父親の絵に筆で触ったことなどなかった。それから絵筆をきれいに洗うと、古いジャムのガラス瓶に立てた。自分がなにをしたのか、この行為が自分にとってどういう意味をもつのかなど、まったくわからなかった。父の死をどういうふうに悲しんだらいいのかもわからなかった。

家の中に入って、エッバに電話をかけた。知らせを聞いて彼女は落胆し、悲しんだので、ヴァランダーは言葉を続けることができなかった。しまいに、ほかの者たちによろしく伝えてくれとだけ言った。彼なしで、いつもどおりにやってくれと。なにか決定的なことが起きたときだけ知らせてくれればいい。その日はもう職場には戻らないつもりだった。明日はどうなるか、わからなかった。そのあと、姉のクリスティーナに電話をかけて、父の死を知らせた。姉弟は長い時間話した。姉は父親が急な逝きかたをするかもしれないという予感があったらしかった。リンダが働いているランチ・レストランの電話番号をヴァランダーが知らなかったので、クリスティーナがリンダに知らせてくれることになった。そのあと、彼はモナに電話した。彼女は美容院で働いていたが、彼はその番号もまた知らなかった。彼の用件を知ると親切な番号案内嬢が調べ上げてくれた。彼の声を聞いて、モナは驚いたようだった。リンダになにか起きたのかと思ったようだった。彼は腹を立てたが、なにも言わなかった。モナと父親はいい関係だったはずだ。ようだった。ヴァランダーが父親の死を告げると、モナは隠しはしたがほっとしたが彼女がリンダのことを心配するのもまた自然なことと思えた。フェリーのエストニア号が沈んだ日の朝のことを思い出した。

「気持ち、わかるわ。あなたはこの瞬間を本当に恐れていたものね」

「おやじとは話したいことがたくさんあった。やっとまた話せるようになったというのに。間に合わなかった」

「親とのことは、間に合わないものだって本当ね」

葬式には出る、手伝えることがあったらなんなりと、と言ってくれた。電話を切ったあと、彼はたまらなく寂しくなった。リガにいるバイバに電話をした。だれも出ない。何度も繰り返し電話をかけたが、彼女は留守だった。

そのあと、またアトリエに戻った。いつもコーヒーを片手に彼が腰を下ろす壊れたソリの上に座った。屋根にかすかな音が響いた。また雨が降りだしたのだ。おれは自分の死を恐れているのだ、と思った。アトリエはすでに墓場に変わっていた。あわてて立ち上がると、彼は外に出た。ふたたび台所に来たとき、電話が鳴った。リンダだった。泣いていた。ヴァランダーも泣きだした。すぐに行くと彼女は言った。ヴァランダーはレストランのオーナーに自分が電話をしようかと言ったが、すでにオーナーとは話がついているらしかった。これからストックホルムのアーランダ空港へ行き、午後の便でマルメに向かうと言う。ヴァランダーが迎えに行くと言うと、イェートルードのそばにいてくれとリンダは言った。マルメからイースタへ、そしてルーデルップへはなんとか自分で行くと。

その晩、みんなルーデルップの家に集まった。ヴァランダーにはイェートルードがずいぶん落ち着いたように見えた。一同で葬式の相談を始めた。父親は牧師の臨席を望みはしないだろうというのがヴァランダーの意見だったが、そこはイェートルードの意見を尊重するべき場だった。父親のパートナーは彼女だった。

「彼は一度も死について話したことがなかったわ。牧師のことをどう思っていたか、わたしにはわからない。どこに埋葬されたいかも話したことがなかった。でもわたしは牧師には来てもらいたいわ」

墓地はイースタのニーア・シルクゴーデンに決まり、簡単な葬儀がおこなわれることになった。父親はつきあいがほとんどなかった。リンダは詩を読み上げたいと言い、ヴァランダーは弔辞はなしだと言い、みんなで歌う讃美歌は〈素晴らしきこの世〉ということに決まった。

翌日、姉のクリスティーナがやってきた。彼女はイェートルードとルーデルップに泊まり、リンダはイースタのヴァランダーのところに泊まることになった。父親の死によって一週間、四人はいっしょに過ごした。クリスティーナは、父親がいなくなったいま、次は自分たちの番だと言う。ヴァランダーは死に対する恐れがしだいに強くなるのを感じたが、口には出さなかった。リンダとも、姉のクリスティーナとも、だれとも。もしかすると、いつかバイバに話せるかもしれない。やっと電話が通じたときに父親の死を伝えると、彼女は深い同情を示して受け止めてくれた。一時間も電話で話した。十年ほど前に自分の父親が亡くなったときのことと、夫のカルリスが殺害されたときの気持ちを話してくれた。そのあと、ヴァランダーは気分が軽くなった。バイバがいる。彼女は消えてなくなりはしない。

イースタ・アレハンダ紙に死亡公告が掲載された日、スクールップで競走馬の調教所を営んでいるステン・ヴィデーンが電話してきた。最後に彼と話をしてから、数年が経っていた。昔、彼とは親しい仲だった。二人ともオペラに夢中で、将来の夢を語り合った。ステンは素晴らしい声の持ち主だったので、ヴァランダーが彼の興行師になり世界に羽ばたくのが夢だった。だがその夢は、ステンの父親が急死して、競走馬の調教所を引き継いでからは露と消えてしまった。ヴァランダーは警察官になり、二人はしだいに会わなくなった。だが、そのステンが電話をくれて、お悔やみを言ってくれた。電話を切ってから、ステンは父親に会ったことがあっただろうかと思った。だがわざわざ電話してくれたことに、ありがたいと思った。家族以外に父親のことを覚えていてくれた人がここに一人いた。

この間も、ヴァランダーは警官としての仕事を続けていた。父の死の翌日十月四日の朝も、マリアガータンのアパートで眠れない夜を過ごしたあと署に出かけた。リンダは以前からの部屋で眠った。モナが気分が晴れるようにと、食事を用意して持ってきてくれた。ヴァランダーは五年前に辛い離婚を経験したあと初めて、離婚をはっきり事実として受け止めた。長いこと彼女に戻ってきてくれと、昔のようにいっしょに暮らそうではないかと誘いかけていた。だが、もう戻る道はないのだ。それにいまはバイバがいる。父親の死がもたらしたよいこと、それはモナといっしょに過ごした人生は完全に終わったのだと認識できたことだった。

葬式の日までよく眠れなかったのは、自然なことだった。だが、彼を見た同僚たちはいつもと変わらない印象を受けた。彼らはお悔やみを伝え、ヴァランダーはそれを丁重に受け止めた。そのあと、彼はいつもどおり仕事についた。ホルゲソン署長は廊下で呼び止めると数日間の休暇を勧めたが、彼はそれを断った。一日数時間でも職場に出ることで、少しでも悲しみに耐えられる気がした。

ヴァランダーが陣頭指揮をとって捜査を進めていなかったせいかどうかはわからないが、葬式の日まで捜査は低調なものになった。彼らが集中的に捜査していたのは、ホルゲ・エリクソン殺害事件だけでなく、ユスタ・ルーンフェルト失踪事件だった。なにが起きたのかは依然としてわからなかった。煙のように消えてしまった。警察はもはや合理的な理由があって彼が姿を消しているわけではないという点で一致していた。ホルゲ・エリクソンとユスタ・ルーンフエルトの繋がりもみつからなかった。ユスタ・ルーンフェルトに関して確認できたことといえば、彼が熱狂的な蘭マニアであることだけだった。

「ユスタ・ルーンフェルトの妻の死を掘り返すべきではないか」葬式までの一週間の間に開かれた捜査会議の一つでヴァランダーが意見を言った。フーグルンドがその仕事を引き受けた。

「ボロースの通信販売会社はどうなった？　なにがわかった？　ボロース警察は動いているのか？」

「はい、すぐに動きだしました」スヴェードベリが答えた。「その会社が非合法の盗聴器を販売したのはこれが初めてではなかったらしいです。ボロース警察の調べでは、その会社は以前から姿を消しては新しい社名で住所も移して営業をしているらしい。経営者もちがうとか。たしか、もう立ち入り調査はおこなわれたはずです。書類が送られてくるのを待っているところです」

「われわれが必要とする情報は、ユスタ・ルーンフェルトがその会社から物を買っているかどうかだけだ」ヴァランダーが言った。「ほかのことはあとでいい」

「その会社の顧客情報はめちゃくちゃらしいです。それでもボロース警察は禁止されている精密な盗聴器を社内でみつけたらしい。話を総合して考えてみると、ルーンフェルトはスパイ行為でもおこなっていたのじゃないかと思います」

ヴァランダーはスヴェードベリの言葉を考えた。

「そうかもしれんな。なにも見逃すな。こんな装置を買う以上、なにか目的があったことは確かだからな」

ユスタ・ルーンフェルトの失踪は重要課題になった。それ以外は、ホルゲ・エリクソン殺害の単独あるいは複数の実行犯の捜査に集中した。ハロルド・ベリグレンの痕跡は依然としてなにもなかった。ストックホルムの人民博物館から返事があり、エリクソンの金庫の中にあった頭は間違いなく人間の頭で、現在はザイールとなっているかつてのコンゴ民主共和国の人間のものだと思われると報告があった。そこまではっきりしたが、日記の主《ぬし》のハロルド・ベリグレンとは何者か？　すでにホルゲ・エリクソンの一生涯にわたる知人の聞き込みが進められていた。だが、だれもハロルド・ベリグレンの名前を聞いたことがなかった。またホルゲ・エリクソンが、悪魔的な仕事をする傭兵《ようへい》をひそかに集めて契約する裏社会と繋がりがあるなどという話はだれも聞いたことがなかった。行き詰まった捜査に新しい方向を与えたのは、ヴァランダーだった。

「ホルゲ・エリクソンの周辺を調べると不可解なことがたくさんある。とくに彼のまわりには女が一人もいないのはなぜか？　場所的にも時期的にもいない。もしかしてホルゲ・エリクソンとハロルド・ベリグレンはホモセクシャルの関係なのだろうか？　ベリグレンの日記にも女はまったく出てこない」

会議室が静まった。いま彼が切りだしたことに思いついた者はいなかった。

「でも、ホモセクシャルの男たちが兵隊にわざわざ応募するとは、ちょっと考えられませんが」

フーグルンドが反応した。

「いや、そんなことはない。ホモセクシャルの男たちが兵士になるのはまれなことではない。自分の性的嗜向を隠すためにそうする者もいるという。ほかにも理由があるかもしれないが」

マーティンソンはアリ塚を囲む三人の男たちの写真を手に取って見た。

「もしかするとそうかもしれませんね。どこか女性的な感じもする」

「どこが?」フーグルンドが聞き返した。

「どこがって、アリ塚を囲んで立っている様子が、というか……。ヘアスタイルというか……」

「そんなことをここで言っていてもしょうがない」ヴァランダーが話をさえぎった。「おれはただ、その可能性はないかと言っただけだ。ほかのこと同様、捜査に当たってこのことを頭のどこかにおいてくれ」

「つまりわれわれはホモセクシャルの傭兵を捜すということですか? どこを捜せばいいっていうんです?」マーティンソンが口を尖らせた。

「そんなことはわからないに決まってる。だが、この可能性をほかの情報同様に除外するなということだ」

「自分が話を聞いた人間たちはだれもそんな可能性を言った者はいなかったな」それまで静かだったハンソンが言った。

「簡単に口にする話題じゃないだろう」ヴァランダーが言った。「とくに年配の男なら。もしホルゲ・エリクソンがホモセクシャルだったとすれば、おそらくその傾向のある人間たちに対しスウェーデン社会が偏見をもっていた時代のことではないか」

「つまり、ホルゲ・エリクソンはホモセクシャルだったかもしれないことを、訊いて歩けということですか？」同じくそれまで黙っていたスヴェードベリが言った。

「それは自分で決めればいい。真実かどうか、おれだってわからないのだ。ただその可能性を除外するなと言っているだけだ」

あとで振り返ってみると、捜査が次の段階に入ったのはまさにこのときだった。ホルゲ・エリクソン殺害の捜査は複雑で、一筋縄ではいかないということをみなが認識した瞬間だった。単独犯か複数犯か、そして殺害の動機はエリクソンの過去にあるかもしれないという意見が出たのだ。それもなんの手がかりもない過去に。手のかかる基礎的な作業が進められた。ホルゲ・エリクソンの全生涯にわたって入手できることはなんでも捜し求めた。スヴェードベリはエリクソンが出版した九冊の詩集にしっかりと目を通した。鳥たちの世界にも複雑な精神生活があるらしいと知って、スヴェードベリは頭がおかしくなりそうだった。だが、ホルゲ・エリクソン自身に関しては、あらたにわかったことはなにもなかった。マーティンソンは娘のテレースを連れて、ある風の強い日の午後、ファルスタボー岬に出かけ、灰色の空を熱心に見上げていた何人ものバードウォッチャーたちに話しかけた。野外活動中のアマチュア生物学者の集まりのメンバーになりたいという興味を見せた娘といっしょの時間がもてたことはよかった。しかし、その日彼が知り得たことといえば、エリクソンが殺されたのは無数の渡り鳥がスウェーデンを離れた晩だったということぐらいだった。その後、マーティンソンは九冊の詩集を読んだスヴェードベリの記憶と突き合わせて、エリクソンは一度もウタツグミやワキアカツグミのことを詩に書いていないことがわかった。

「でも、アオシギ《シングル・スナイプ》についてなら三つ書いている」スヴェードベリは自信なさそうに言った。「でも、ダブル・スナイプという種類もあるのかな？」

マーティンソンは知らなかった。調査は続けられた。

葬式の日がやってきた。斎場で集まることになった。ヴァランダーは葬儀に来るのは女性の牧師であることを二、三日前に知った。しかも、それはついこの夏の強烈な事件と関連して会った女性牧師だった。だがのちに彼は、その女性牧師でよかったと思った。彼女の言葉は簡潔で、大げさでなくセンチメンタルになることもなかった。前日、牧師は電話をかけてきて、父親は神を信じていたかと訊いた。ヴァランダーは否定した。が、そのかわり父には絵があったと言った。そしてローマ旅行の話をした。葬儀は思ったより興味深いものになった。棺は茶色で、バラの花のシンプルな飾りが添えられていた。いちばん感情をあらわにしたのはリンダだった。それが嘘偽りのないものだということはみんなの知るところだった。祖父の死をもっとも悲しんでいるのはリンダにちがいなかった。

葬式のあと、彼らはルーデルルップの家へ行った。葬式が終わって、ヴァランダーは心が軽くなった。あとでどのような反応が出てくるのかはわからなかったが、いまはまだ起きたことが信じられない気持ちだった。自分は、死がつねに日常の中にあることに関してまったく準備できていない年代に属していると思った。仕事柄とはいえ、いつも死に直面する日常を過ごしているのに、それは奇妙なことだった。だが、彼もまた死を直視できないその年齢層に属することは否めなかった。十日ほど前にホルゲソン署長と交わした会話を思い出した。
夜、リンダと長いこと話し合った。これからはあまりこっちに来なくなることになってい
た。祖父がいなくなったいま、これからはあまりこっちに来なくなるのだろうなとヴァランダ
ーがなにげなく探りを入れると、いままでよりもっとしばしば来ると娘は言った。ヴァランダ
ーはそれを聞いて、自分は自分でイェートルードのことを忘れないようにすると娘に約束した。
その晩彼はベッドで、明日からは仕事にフル回転で取り組まなければならないと思った。一
週間ほど、仕事をおろそかにしてしまった。父の急死が自分にとってどんな意味をもつものか
は、少し経ってから理解できるかもしれない。父の死から距離をおくには働かなければならな
い。
もし死後の世界というものがあるなら――本来おれは信じてはいないのだが――父親とリー
ドベリは会っているかもしれない。生きているときはほとんど会ったことのない二人だったが、
きっと共通の話題がたくさんあることだろう。

彼女はユスタ・ルーンフェルトの最期のときを時刻表を作って綿密に計画した。弱りきって、
もはやなんの抵抗もできないことはわかっている。弱らせたのは彼女だが、同時に彼自身も内
側から壊れていった。ヴォルシューの家の鍵を開けながら、花のなかに隠されていた仮面が花
の死を知らせるのだと彼女は思った。時刻表によれば、午後四時に家に着く予定だった。いま
は四時三分前。これから暗くなるまで待つ。それから彼をかまどから引きずり出す。念のため、

手錠をかけるつもりだ。それにさるぐつわもかませる。だが目隠しはしない。暗闇の中で何日も過ごしたあと、明かりに慣れるまで時間がかかるかもしれないが、しばらくすれば見えるようになるはずだ。そのときは自分をしっかり見てもらおう。そして写真を見せるのだ。彼に自分の身に起きたことをわからせ、また、その理由をわからせるための写真数枚を。

予定を狂わせる可能性がいくつかあった。その一つは彼が弱りすぎていて、自分の足で立てなくなっていることだった。そのために、マルメ中央駅から荷物用のキャスター付きワゴンを借りてきた。ワゴン車のトランクに入れたとき、あたりに人はいなかった。返すかどうかはまだ決めていなかった。だが、必要ならそれを使って彼を車まで運ぶことができる。

そのほかの時刻表はごく簡単だった。九時直前に彼を森まで運ぶ。すでに選んでおいた木の幹に彼をくくりつける。そして写真を見せるのだ。

それから彼の首を絞める。そのあとその場を去る。夜中には自分のベッドにつけるだろう。時計は五時五分に鳴る。七時五分に仕事が始まる。

彼女は時刻表が気に入った。完璧。うまくいかないわけがない。いすに腰を下ろし、部屋の真ん中にまるで供物のための祭壇のように勝ち誇って存在している大かまどを見た。母ならわたしを理解してくれるだろう。ものごとは、人が行動しなければ、起きない。悪には悪をもって立ち向かう。正義がないなら正義を作るまでの話だ。

ポケットから時刻表を取り出した。時計を見た。あと三時間と十五分でユスタ・ルーンフェルトは死ぬ。

十月十一日の夜、ラーシュ・オルソンは体調がよくない気がした。いつものようにランニングをするか、あるいは今日はやめるか、最後まで迷った。疲れを感じたためばかりではなかった。その晩は第二チャンネルが彼の見たい映画を放映することになっていた。かなり遅くなってしまうが映画を見終わってから走ろうという結論に達した。ラーシュ・オルソンはスヴァルテの近くの一軒家に住んでいた。三十歳を過ぎていたが、生まれた家でまだ両親といっしょに暮らしていた。採掘機の共同所有者で、彼自身上手にそれを使いこなした。ちょうどその週はスコルビーの農家の排水溝を掘る作業を引き受けていた。

ラーシュ・オルソンはオリエンテーリングの選手でもあった。スウェーデンの森の中を地図とコンパスを持って走りまわるのが生きがいだった。マルメのチームの一員で、現在大きな全国大会に向けてトレーニングの最中だった。地図とコンパスを持って森の中を走りまわり、隠された情報をみつけることのどこが面白いのか？　寒い中を、雨が降ることも多いというのに。体中が痛くなるし、一度も満足のいく結果を出したことがないのに。人生をこんなことに使ってもいいものだろうか？　だがいっぽうにおいて、彼は自分が強い選手であることを知っていた。自然環境を感覚的に理解していたし、選手としても速いし忍耐力があった。彼が最後を走ると、チームが試合に勝つこともたびたびあった。自分はスウェーデン代表選手の水準のほんの少し下にいるだけだ。あと少し進歩すれば、代表選手になって国際大会に出られるかもしれないという希望を捨ててはいなかった。

放映された映画は、期待していたよりもよくなかった。十一時を少しまわったころ、彼は外に出て、家から北のほうに向かった。マースヴィンスホルムの広大な土地に続く境界線だ。どこをどう走るかは、八キロ走るか、五キロ走るかによって決めることができた。疲れていたし、翌日はまた朝早く採掘機を使う作業に出かけなければならなかったため、短いほうを選んだ。ランニング・ライトをひたいにつけて走りだした。昼間は強い雨が降ったあと、よい天気になった。夜のいまはおよそ六度ぐらいだ。濡れた地面の匂いがする。小道を走って森の中に入った。ひたいのライトが木々の幹を照らした。茂みがいちばん深いところに小さな隆起点があった。そこをまっすぐ走り抜けると近道になる。今日は近道を行くことにした。小道からそれて高台に向かった。

突然、彼は足を止めた。ひたいのライトの先に人が見えた。最初はそれがなにかわからなかったが、すぐにそれは目の前十メートルに半裸の男が木に縛られている姿だとわかった。ラーシュ・オルソンは完全に足を止めた。荒い呼吸だけがあたりに響き渡る。恐怖が彼を襲った。さっとあたりを見まわした。ひたいのライトがあたりの木々と茂みを照らしたが、人影はなかった。ラーシュ・オルソンはこわごわ少し前に出た。男の体はくくりつけられたロープの上に倒れ込んでいて、上半身裸だった。

それ以上近づく必要はなかった。木に縛りつけられている男は死んでいた。彼はわけもなく腕時計に目を走らせた。十一時十九分。

彼はもと来たほうに走りだした。それほど早く走ったことはかつてなかった。ひたいにくくりつけたランニング・ライトをほどくひまもなく、台所の壁に掛かっている電話から警察に通報した。

通報を受けた警官は知らせをしっかり受け止めた。

その警官は間髪を入れず番号を調べ、クルト・ヴァランダーの自宅に電話をかけた。

それは十二時十分前のことだった。

スコーネ　一九九四年十月十二日から十七日

13

電話が鳴ったとき、ヴァランダーはまだ眠りについていなかった。父親とリードベリが同じ墓地に眠っていることを思っていたところだった。ベッドサイドにある受話器を急いで取った。リンダがベルの音で目を覚ますのを恐れた。宿直の警官の報告を聞いて無力感に襲われた。様子がよくわからない。現場はマースヴィンスホルムの南の森の中で、まだパトカーが到着していなかった。オリエンテーリングの練習をしていた男の見間違いという可能性もあったが、おそらくそうではないだろう。宿直の警官は、通報してきた男は興奮してはいたがはっきりと話したと言った。ヴァランダーはすぐに現場へ行くと言った。音を立てないように着替えをし、台所でリンダにメモを書いていたとき、パジャマ姿で当人が入ってきた。

「なにが起きたの?」

「森の中で人が死んでいるのがみつかった」ヴァランダーは答えた。「そういうときには電話がくるんだ」

リンダは首を振った。

「怖くならないの、パパは？」

彼はなにが、というように娘の顔を見た。

「なにに怖くなると？」

「人がつぎつぎに死ぬことに」

彼女が言わんとしていることがわかったような気がした。

「怖がってはいられないんだ。これが仕事だから。だれかが取り組まなければならないからな」

朝彼女を空港へ送るために、かならずゆとりをもって戻ってくると約束した。マースヴィンスホルムに向かって走りだしたときになって初めて、森の中でみつかったのはユスタ・ルーンフェルトかもしれないと思った。イースタの町の外に出たとき、電話が鳴った。警察署からで、たしかに森の中に死んだ人がいるというパトカーからの確認報告だった。

「名前がわかったか？」ヴァランダーが訊いた。

「証明するものを身につけていないようです。衣服も着てないようで、なんだかおかしな様子です」

ヴァランダーは胃がきりきり痛んだ。が、なにも言わなかった。

「マースヴィンスホルムへの最初の曲がり角に、パトカーが迎えに出ていますから」

ヴァランダーは電話を切ってアクセルを踏んだ。これから見る光景を考えるだけで憂鬱《ゆううつ》になった。

路上かなり遠くにパトカーが見え、彼はブレーキを踏んだ。警官が車の外に出ていた。よく知っているペータースという警官だった。ヴァランダーは窓を下ろして、彼を見上げた。

「ひどいもんです」ペータースが言った。

ヴァランダーはその意味がよくわかった。ペータースは経験豊かな警官で、その言葉は惨状を伝えるのに十分だった。

「名前はもうわかったのか？」

「ほとんどなにも身につけていませんが、すぐにわかるでしょう」

「発見者は？」

「現場にいます」

ペータースはパトカーに戻った。ヴァランダーはその後ろから行った。マースヴィンスホルム城の南の森の中に入った。道は以前森の中で伐採した跡があるところで終わっていた。

「ここからは歩きます」ペータースが言った。

ヴァランダーは車のトランクから長靴を出して履き替えた。ペータースともう一人、つきあいはないが名前だけは知っているベリマンという警官は、それぞれ強力な懐中電灯を持っていた。三人は森の中の小高い茂みのほうへ向かった。秋の匂いが強くあたりに漂っていた。ヴァランダーはもっと厚いセーターを着てくればよかったと後悔した。一晩中ここにいたら、きっと体が冷えるにちがいない。

「もうじきです」ペータースが言った。

これはこれから見るものを覚悟させるための警告だろうとヴァランダーは思った。

それでもやはりその光景は強烈だった。二つの懐中電灯は木にくくりつけられている半裸の男を異常なほどの正確さで照らし出した。電灯の光が揺れている。ヴァランダーは一歩も動けなかった。暗闇のどこかで鳥が鳴いている。ヴァランダーは用心深く近づいた。ペータースが足元を照らしてくれた。男の頭は胸まで垂れ下がっていた。ヴァランダーはしゃがみ込んで男の顔を見た。予感があったが、顔を見たとき、それは確認された。ユスタ・ルーンフェルトのアパートで見た写真は数年前のものだったが、間違いようがなかった。ルーンフェルトはやはりナイロビには発たなかったのだ。そのかわりになにが起きたのかわからないが、これがその結末だ。木にくくりつけられて死んでいる。

ヴァランダーは立ち上がり、一歩下がった。もはやまったくなんの疑問もなかった。ホルゲ・エリクソンとユスタ・ルーンフェルトの間には間違いなく関係がある。殺人の手口が同じだ。手段の選択がちがうだけだ。竹槍を仕掛けた罠《わな》と木。これは単なる偶然ではない。

彼はペータースに言った。

「一斉出動だ」

ペータースはうなずいた。ヴァランダーは車の中に携帯電話を忘れてきたことに気がついた。電話と、ついでにダッシュボード脇の小物入れにある懐中電灯も持ってきてくれとベリマンにたのんだ。

「発見者はどこだ？」ヴァランダーがあたりを見まわした。

ペータースが懐中電灯の光を横に移した。ジョギングスーツを着た男が石に腰を下ろし、顔を両手に埋めていた。

「ラーシュ・オルソンです。この近くの農家の者です」

「夜中に森でなにをしていたんだ？」

「オリエンテーリングの選手らしいです」

ヴァランダーはうなずいた。ペータースはヴァランダーに自分の懐中電灯を渡した。ヴァランダーが近づき懐中電灯の光を当てると、男はぱっと顔を上げた。真っ青だった。ヴァランダーは名前を言い、男のすぐそばの石に腰を下ろした。冷たくて、思わず体が震えた。

「みつけたのはあんただね？」

ラーシュ・オルソンは話しだした。テレビのつまらない映画のこと。夜オリエンテーリングの練習をすること。近道を選んだこと。ひたいのライトで突然男が木に縛りつけられている姿が見えたこと。

「正確な時間を言うことができたようだが？」ヴァランダーは宿直の警官からの電話を思い出しながら言った。

「時計を見たからです。習慣なんです。癖と言ってもいい。なにか大事なことが起きると、かならず時計を見るんです。自分が生まれたときだって、もしできたら、きっと時計を見たにちがいないと思います」

ヴァランダーはうなずいた。

「夜のトレーニングのときは、ほとんど毎晩ここを走るんだね？」

「ええ、昨日の晩もここを走りました。今日より早い時間でしたが。二周したんです。最初は長いほうを、二回目は短いほうを。そしてやはり近道を走りました」

「時間は何時ごろ？」

「九時半と十時の間です」

「昨日はなにもなかったんだね？」

「はい」

「あんたが気づかなかっただけで、もしかすると男はそこにいたかもしれない？」

ラーシュ・オルソンは考え込み、それから首を振った。

「いつもあの木のそばを通るんです。もしいたら、気がついたと思います」

なるほどそれでは、およそ三週間というもの、ユスタ・ルーンフェルトは別の場所にいたということになる。しかも生きていたのだ。殺されたのはこの二十四時間内だろう。

ほかに訊きたいことはなかった。彼は立ち上がった。電灯の光は森の中に移った。

「住所と電話番号を残していってくれないか。また連絡する」

「こんなことができる人間がいるとはとても思えない」オリエンテーリングの男は言った。

「同感だ」ヴァランダーがうなずいた。

自分の懐中電灯と携帯電話を受け取って、ペータースに借りたものを返した。ベリマンがラーシュ・オルソンの住所などを書き留めている間、ペータースは署に電話をかけた。ヴァランダーは意を決して木にくくりつけられている男に近づいた。一瞬、死のすぐそばにいるのに葬式を済ませたばかりの父親のことをまったく思い出していなかったことに気がつき、彼はがく然とした。が、すぐにそのわけがわかった。いままで何度もこのような状況にいたことがあるためだ。死んだ人間は単に死んでいるだけではない。人間性を失う。最初の衝撃が過ぎると、単なる死んだ物体にすぎなくなるのだ。

ヴァランダーはそっとユスタ・ルーンフェルトの遺体の首に触った。体温はすでにまったくない。まだ温かさが残っていることを期待していたわけではなかった。昼と夜の気温の変化がはげしい戸外でみつかった遺体の死亡時刻を特定するのは簡単な仕事ではなかった。男の裸の上半身を見た。肌の色も何時間この姿でここにいたのかを示すものではなかった。傷跡も見えなかったが、のどに光を当てたとき、初めて青いあざが見えた。首を絞められたのだろうか？ヴァランダーはロープを調べはじめた。遺体の腿《もも》のあたりから肋骨の上部までぐるぐる巻きになっている。結び目は単純だった。ロープはゆるく巻かれていた。彼は不審に思った。一歩下がって、遺体全体を照らした。それから木のまわりをぐるりと回った。足の下ろしどころに注意し、一周だけした。ベリマンにはペータースが、木のまわりの土をやたらに踏まないように気をつけろと注意しているはずだ。ラーシュ・オルソンは帰ったらしい。ペータースはまだ電話中だ。ヴァランダーはセーターがほしいと思った。トランクに長靴を用意しているように、いつも車の中にセーターを用意しておくべきだ。今晩は長い夜になりそうだ。

なにが起きたのか想像してみた。ゆるく巻かれたロープがいかにも怪しい。ホルゲ・エリクソンのことを思った。もしかするとユスタ・ルーンフェルトの殺害事件を解くことがホルゲ・エリクソン事件の解決に繋がるのかもしれない。これからの捜査は同時進行でおこなわれなければならないだろう。いちどに二つの事件を追うのだ。だが、もしかするとうまくいかないかもしれないとも思った。混乱が生まれる。中心がなくなり、捜査全体が複雑になり、見通せなくなるかもしれない。

ヴァランダーは懐中電灯を消し、暗闇の中で考えた。ペータースはまだ電話で話している。ベリマンはどこか近くにいるのだろうが動きが見えない。ユスタ・ルーンフェルトはぐるぐる巻きにされて木にくくられたままだ。

これは始まりなのだろうか？　それとも真ん中、あるいは最後の段階？　それとも最悪の場合、これは新しい連続殺人の始まりなのか？　この夏の事件よりもさらにもっとむずかしい原因の究明になるのか？

答えはなかった。なにもわからない。早すぎるのだ。なにを言うにもまだ早すぎる。遠くで車の音がした。ペータースがやってくる車に対応するべく立ち上がった。ヴァランダーはちらっとリンダのことを思った。眠っているだろうか。なにがあっても朝になったら彼女を空港に送るつもりだった。突然、父親の死を激しく悲しむ気持ちが湧き上がった。バイバに電話したかった。疲れている。死ぬほど疲れている。ローマから帰ってきたときのあのエネルギーはすっかり消えてしまった。なにも残っていない。

みじめな気持ちを振り払うために気分を奮い立たせた。マーティンソンとハンソンの姿が見える。その後ろからアン＝ブリット・フーグルンドとニーベリがやってくる。さらにその後ろに救急隊員と鑑識の連中の姿が見える。いちばん後ろに医者もいる。まとまりのない砂漠の隊商が道に迷ったかのように見えた。同僚たちをまわりに呼んだ。移動式のモーターですでに投光機がこうこうと木に縛りつけられている男を照らしている。ヴァランダーはホルゲ・エリクソンの濠《ほり》での体験をまざまざと思い出した。これは繰り返しだ。風景は別でも、同じことの繰り返しだ。殺人者の用意した舞台が続いているのだ。

「被害者はユスタ・ルーンフェルトだ。疑いないところだが、それでもやはりヴァンニャ・アンダソンを起こしてこっちに来てもらわなければならない。少しでも早く確認してもらう必要があるからだ。ただ、彼を木から外してからでいい。いまの姿は彼女に見せないほうがいい」

それから発見者のラーシュ・オルソンの話を短くまとめた。

「ユスタ・ルーンフェルトはおよそ三週間姿を消していた。だが自分が思うに、またラーシュ・オルソンの言葉に間違いなければ、ルーンフェルトはおそらくこの二十四時間以内に殺されたはずだ。少なくとも、それ以上の時間、この木に縛られていた可能性はない。問題はこの三週間ほど彼がどこにいたかだ」

それからヴァランダーは問わず語りに話しだした。

「偶然とはどうしても思えない。犯人はホルゲ・エリクソン殺害犯と同じ人物だと思う。エリクソンとルーンフェルトの間にどんな共通項があったのかを捜し出さなければならない。三つの捜査を同時におこなわなければならない。ホルゲ・エリクソン事件、ユスタ・ルーンフェルト事件、そしてこの二件を合わせた捜査だ」

「この二人の間に関連をみつけられなかったらどうなります？」スヴェードベリが訊いた。

「かならずみつかる。時間がかかってもかならず。二人の殺害は綿密な計画のもとにおこなわれている。犠牲者が偶然に選ばれたものでないことははっきりしている。サイコパスが人を選ばず殺したという事件ではない。二人の男は、確実な原因があって、確実な目標をもって殺されたと思われる」

「ユスタ・ルーンフェルトはホモセクシャルではないでしょう。寡夫《かふ》で子どもも二人いる」マーティンソンが言った。

「バイセクシャルということはあり得る」ヴァランダーが言った。「だがその問題を取り上げるのは早すぎる。すぐにも取り組まなければならないことが山ほどあるからな」

彼のまわりの円陣がほどけた。作業を手分けするのに多くの言葉はいらなかった。ヴァランダーは医者の仕事が終わるのを待っているニーベリのそばに行った。

「また起きたということだな」ニーベリの声は疲れていた。

「そうだ。もうちょっとの間、辛抱しなくてはならない」

「昨日、二週間ほど休暇をとろうと決めたばかりだった」とニーベリが言った。「ホルゲ・エリクソン殺害の犯人が捕まったらの話だが。カナリア諸島などはどうかと思っていた。凡庸だが、太陽はあるからな」

ニーベリが個人的な話をすることはめったにない。そんな旅行は当分おあずけだとがっかりしたことを話したいのだとヴァランダーは思った。ニーベリが疲れきっていることは、痛いほどわかった。ニーベリの仕事量はだれよりも多い。このことをホルゲソン署長と話し合おうと彼は思った。こんなにニーベリを酷使し続けてはならない。

ちょうどそのときに署長の姿が見えた。ハンソンとアン＝ブリット・フーグルンドと話をしている。

リーサ・ホルゲソンは署長に就任するなり働き詰めだとヴァランダーは思った。この事件をマスメディアは大々的に報道するだろう。前署長のビュルクはそういう状況に対応できなかった。彼女はどうだろうか。

リーサ・ホルゲソンの夫は国際的なコンピュータ会社で働いていると聞いている。成人した子どもが二人いる。イースタ署長になってから彼らはイースタの北のヘデスコーガに一戸建ての家を買ったと聞く。ヴァランダーはまだその家に行ったことはなかったし、彼女の夫にも会ったことがなかった。妻を心からサポートするような夫だといいが、とヴァランダーは思った。彼女にはそれが必要だ。

しゃがんでいた医者が立ち上がった。ヴァランダーはそれまでに会ったことがあったが、名前が思い出せなかった。

「首を絞められたようだな」と医者は言った。

「縛り首じゃないんですか？」

医者は両手を前に差し出した。

「両手で絞め殺している。ロープの跡ではない、人間の手の跡がついている。親指の跡がはっきり残っている」

屈強な男にちがいない、とヴァランダーは思った。体を鍛えている、両手で人の首を絞め殺すのをためらわない男。

「殺されてからどのくらい経っている?」

「それには答えられないな。二十四時間以内ということは言える。それより前ではないだろう。詳しくは法医学者の発表を待ってくれ」

「木から外してもいいですか?」

「ああ、私の仕事は終わった」医者が答えた。

「そしておれの仕事が始まるというわけだ」ニーベリが口の中で言った。

アン＝ブリット・フーグルンドが彼らのそばに来た。

「ヴァンニャ・アンダソンが到着しました。車の中で待っています」

「どう反応した?」

「こんな時間に起こされて最悪のニュースを聞くなんて最低に決まっていますが、彼女はそれほど驚かなかったような気がします。もう死んでいるのではないかと思っていたようです」

「おれ自身そうだった。きみもそうだったのではないか?」ヴァランダーが訊いた。

フーグルンドはうなずいたがなにも言わなかった。

ニーベリがロープを巻き上げた。ユスタ・ルーンフェルトの体は担架《たんか》の上に移された。

「ヴァンニャ・アンダソンを連れてきてくれ。終わったらすぐ送り返すように」

ヴァンニャ・アンダソンは真っ青だった。すでに喪服を着ていることにヴァランダーは着目した。この服は取り出してあったのだろうか？　彼女は店主の顔を見てはっと息を呑み、うなずいた。

「ユスタ・ルーンフェルトだと証言できますか」とヴァランダーは言ったが、心中この場でこの言葉をわざわざ言わなければならないことにうなった。

「ずいぶん痩せてるけど」ヴァンニャ・アンダソンはつぶやいた。

ヴァランダーは聞き逃さなかった。

「痩せたとは？」

「ほほがすっかりこけています。三週間前とはまったくちがいます」

死んだ人の顔は別人のようになることがある。だが、ヴァンニャ・アンダソンは別のことを言っているようだった。

「最後に会ったときよりも、体重が減ったということかね？」

「はい。すごく痩せてしまいました」

これは重要なことだと思った。だが、この情報がもつ意味がまだ彼にはわからなかった。

「ありがとう。車で送ります」

ヴァンニャ・アンダソンは心もとない顔でヴァランダーを見上げた。

「お店をどうしたらいいんでしょう？　あんなにたくさんのお花もあるし」

「明日は店を閉めればいい。あとはそれからでいい。それ以上はいま考えないことですよ」

彼女は黙ってうなずいた。フーグルンドがパトカーに彼女を案内し、送っていくようにパトカーの警察官にたのんだ。ヴァランダーはヴァンニャ・アンダソンの言葉を考えた。三週間近く、ユスタ・ルーンフェルトは姿を消していた。三週間ほどたってから、木にくくりつけられおそらく首を絞められて遺体でみつかった。その姿はひどく瘦せていた。わかった。監禁されていたのだ。

ヴァランダーは動かなかった。頭の中で考えを進めた。監禁。捕虜の監禁。戦争時に兵士たちがやることだ。

ヴァランダーのほうに向かって歩いてきたホルゲソン署長が石につまずき転びそうになるのが見え、考えが中断された。いまの考えをすぐに署長に話してみよう。

「寒そうね?」

「厚いセーターを着てくるべきでした。わかっていてもけっして学ばないことがあるものです」

署長は担架の上のユスタ・ルーンフェルトの遺体に目をやった。待機している遺体運搬車にまもなく移される。

「どういうことだと思います?」

「ホルゲ・エリクソンを殺害したのと同じ犯人だと思います。ほかは考えられません」

「絞め殺されているとか?」

「いつもなら早まった意見は好まないのですが、今回は犯行の経過を推測するのが可能だと思うのです。木に縛りつけられたとき、彼は生きていた。意識はなかったかもしれない。しかし、ここで絞殺されて放置されたことは間違いない。もう一つ、彼はまったく抵抗しなかった」

「どうしてそれが言えるの？」

「ロープの締めかたがゆるいのです。それがわかったら、逃げようとするはずです」

「ロープがゆるいというのは、彼が逃げようとしたからではない？　もがいて抵抗しようとしたからでは？」

いい質問だとヴァランダーは思った。リーサ・ホルゲソンは正真正銘の警察官だ。

「あり得ます。しかし自分はそうは思わない。ヴァンニャ・アンダソンの言葉がその根拠です。彼女はユスタがひどく痩せたと言いました」

「それがどう関係あるのかしら？」

「急激に痩せると、力が出せなくなることがあるからです」

署長はうなずいた。

「ユスタ・ルーンフェルトはロープに上体が垂れ下がるかたちで死んでいた」ヴァランダーが続けた。「犯人は犯行を、あるいは遺体を隠すつもりがまったくなかったのではないか。それはホルゲ・エリクソンのときとまったく同じです」

「なぜこの場所？　なぜ人間を木にくくりつけたのか、なぜこんな残酷な行為をしたのかしら？　動機は？」

「それがわかったら、この犯行の全貌がわかります」

「なにか考えているのね？」

「いろいろ考えています。しかし、いまはニーベリたちに仕事をしてもらうのがいちばんです。この森の中をむやみに歩きまわるよりも、帰って署で話し合うほうがいい。それにいまはここにはもう見るべきものはないです」

署長は反対しなかった。二時、彼らはニーベリとその同僚たちを残して森を引き揚げた。雨が降りはじめ、風も強くなった。ヴァランダーは現場から引き揚げた最後の人間だった。

このあとはどうするか？　どう捜査を進めるか？　動機がみつからない。疑わしい人物もいない。われわれの手のうちにあるのは、ハロルド・ベリグレンという男の日記だけだ。バードウォッチャーと蘭愛好者が殺された。残酷さは徹底している。それはほとんど露出的と言っていいほどだ。

アン＝ブリット・フーグルンドが言ったことをはっきり思い出そうとした。重要なヒントがあった。男性の暴力性、といったようなことだった。そのあと、軍隊の経歴のある男を犯人像に結びつけて考えはじめたのだ。ハロルド・ベリグレンは傭兵《ようへい》だった。軍人とはいえない。祖国や主義主張のために戦ったわけではない。月々の給金のために人を殺した人間だ。

とにかくこれが手がかりだ。どこまで行けるかやってみるよりほかない。

ニーベリのそばへ行った。

「なにか特別に捜してほしいものがあるか？」ニーベリが訊いた。

「いや。しかし、ホルゲ・エリクソンのケースを思わせるものがあればみつけてほしい」

「すべて似ているような気がする。もちろん竹槍以外は、だが」

「朝いちばんに警察犬を送り込むつもりだ」ヴァランダーが言った。

「まだおれはいるだろうよ」

「リーサ・ホルゲソンにあんたの仕事が多すぎることを話すよ」と言って、ヴァランダーはその言葉が少なくともいっときニーベリの気分を晴らしてくれることを願った。

「そんなことをしたってどうにもならないさ」ニーベリが答えた。

「なにもやらないよりはいいさ」と言って、ヴァランダーはその場を引き揚げた。


二時四十五分、全員がイースタ署に集まった。ヴァランダーは最後に会議室にやってきた。疲れて不機嫌な顔を見まわして、捜査班に新しいエネルギーを与えなければならないと思った。経験から、捜査中、かならずどこかでまったく自信がなくなり意気消沈する瞬間があるのを知っていた。今回はそれがいつもよりも早い時期にきたというのがちがいだった。なにごとも起きない静かな秋がほしかった。全員がまだこの夏の疲れを引きずっている。

彼が腰を下ろすと、ハンソンがコーヒーを持ってきてくれた。

「これは手ごわい事件だ」ヴァランダーは話しだした。「みんなが口には出さなくても恐れていたことが、残念ながら起きてしまった。ユスタ・ルーンフェルトは殺害された。おそらくホルゲ・エリクソンの命を奪ったのと同じ人間だろうと思う。これからどうなるのかわからない。たとえばこれからさらに不快な事件が起こるのか、この夏起きたような連続殺人事件に発展するのか。ただ自分としてはこれが同じ人間の犯行だという想定以外は似ていないと思う。この夏の連続殺人事件と今回の二事件との間には大きなちがいがある。相似点よりも相違点のほうが多い」

彼はここでみんなの反応を待った。だれもコメントしない。

「絞り込まずに大きく広げて捜査をしよう。まずハロルド・ベリグレンを捜し出すことだ。それからルーンフェルトがナイロビ行きの航空便に乗らなかった理由をみつけ出すんだ。姿を消す直前になぜ彼が精巧な盗聴器を注文したのかその理由を捜し出せ。ホルゲ・エリクソンとユスタ・ルーンフェルトの間に繋がりをみつけるんだ。二人とも人間関係をほとんどもたなかった。この二人の犠牲者は偶然に選ばれたとはとうてい思えない。なにか繋がりがあるはずだ」

依然としてだれもなにも言わなかった。ヴァランダーはこれで終わらせることにした。全員にいまはなにより眠りが必要だった。また朝になったら集合することにした。

外は風と雨がさらに強まっていた。濡れた駐車場を自分の車に急ぎながら、ヴァランダーはニーベリたちのことを思った。

それからヴァンニャ・アンダソンの言葉も。

ユスタ・ルーンフェルトは三週間ほどの失踪期間に極端に痩せたということ。

これは重要なことだった。

どこに監禁されていたのか？

その理由は？　だれによって？

14

数時間で起きなければならなかったので、ヴァランダーは居間のソファに寝た。夜中の会議から帰ったとき、リンダの部屋は静かだった。短い眠りから汗をびっしょりかいて目を覚ました。悪夢を見ていたらしいが少ししか思い出せなかった。父親の夢だった。ローマに旅行をしているときなにか恐ろしいことが起きた。それがなんだったのかは闇の中に消えてしまってわからなかった。もしかするとローマ旅行の最中も、夢の闇はあったのかもしれない。死の予告だったのかもしれない。彼はソファの上に起き上がって、毛布を体に巻きつけた。すでに五時になっていた。もうじき目覚まし時計が鳴る。体が重く、動けなかった。体の中で痛みがうなり声を上げている。力をしぼって立ち上がり、浴室へ行った。シャワーを浴びたあと、少し気分がよくなった。朝食を調えてリンダを五時四十五分に起こした。六時半前には空港へ向かう車に乗っていた。リンダは眠そうで、ほとんどなにもしゃべらなかった。幹線道路のE65号線から空港への道に曲がったあと、やっと目が覚めたようだった。

「夜中になにが起きたの？」

「森の中で人が死んでいるのがみつかったんだ」

「もう少し話せないの？」

「オリエンテーリングの練習をしていた男がみつけた。彼はあやうくつまずくところだったらしい」

「だれなの？」

「オリエンテーリングの男、それとも死んだ男？」

「死んだ人」

「花屋だ」

「自殺？」

「いいや、残念ながら」

「なにそれ？　どうして残念ながらなんて言うの？」

「殺されたからだ。捜査がまたもや大変になる」

リンダはなにも言わなかった。前方に空港の黄色い建物が見えてきた。

「どうしてこんなことに耐えられるのか、わたしにはわかんない」

「おれだってわからない。だが、やらなければならないんだ。だれかがやらなくてはならない仕事だ」

次の質問は彼を驚かせた。

「わたしはどうかしらね？　わたしはいい警官になれるかしら？」

「おまえはまったく別の計画があるだろう？」

「そう。でも、質問に答えて！」

「どうだろう。そうだな、おまえならなれるだろうよ」

ここで話は終わった。ヴァランダーは駐車場に車を入れた。荷物はバックパック一つだけだった。彼はそれをトランクから取り出した。建物にいっしょに入ろうとすると、リンダは首を振った。

「もう帰って。パパは本当に疲れていて、自分の足で立てないほどじゃないの」

「仕事をしなくちゃならない。だが、おまえの言うとおり、おれは疲れている」

それから二人とも気分が沈んだ。ヴァランダーにとっては父親、リンダにとっての祖父はもはやこの世にいない。

「変よね。車の中で考えたの。人はずっと死にっぱなしになるのよね」

彼は口の中でなにか言った。それから別れの抱擁をした。リンダは留守電の機械を買うと約束した。ヴァランダーは外に立って、娘が中に入ったあと自動ドアが閉まるのをながめた。まもなく姿が見えなくなった。

車に戻るとしばらく座り込み、リンダが言ったことを考えた。人はずっと死にっぱなしになる。だから人は死が怖いのか？

エンジンをかけて車を出した。景色は灰色で、彼らがいま手がけている捜査のように陰鬱《いんうつ》な感じだった。ヴァランダーはここ二週間ほどのできごとを頭の中で反復した。男が一人、濠《ほり》の中で串刺しにされているのがみつかった。もう一人、こんどは木にくくりつけられているのがみつかった。これ以上嫌悪感を感じる死にかたがあるだろうか？　父親が自分の描いた絵の中に倒れていたのももちろんけっして見たい光景ではなかった。すぐにもバイバに会いたい。今晩にでも電話をしよう。これ以上一人には耐えられない。孤独が彼を駆り立てた。もう十分に孤独な暮らしをしてきた。離婚してから五年になる。このままでは人見知りする汚い犬になってしまう。それればかりはいやだった。

八時過ぎ、警察署に着いた。まずコーヒーを取りに行き、そのあとイェートルードに電話をかけた。思いがけなく彼女は明るい声で電話に出た。まだ姉のクリスティーナが彼女の家に残っていた。ヴァランダーが事件の捜査で忙しいため、二人が彼抜きで父親の遺品を整理することになっていた。残されたものといったら、ルーデルップの家ぐらいだった。だが、家にはローンもほとんどなかった。葬儀のあと、イェートルードはなにかほしいものがあるかと訊き、彼はなにもないと一度は答えたのだが、そのあと気が変わり、自分でアトリエに行って、完成して並べられた絵の中からキバシオオライチョウ入りの絵を一枚選んだ。なぜか、父親が最後に描いていた絵はほしくなかった。いまその選んだ絵が警察の自室にあった。まだどこに掛けるか、決めていない。そもそもこの部屋の壁に掛けるかどうかもわからなかった。

彼はふたたび警察官の仕事に戻った。

まず最初に目を通したのは、ホルゲ・エリクソンの家に配達していた郵便配達人の女性にフーグルンドがした聞き取り調査の報告だった。文章がうまいと思った。不明瞭なところも、脇道にそれるところもなかった。新しい時代の警察官は、ヴァランダーの時代とはちがって報告書の書きかたを習うらしい。

だが、内容的には取り立てて捜査に役立ちそうなものはなかった。ホルゲ・エリクソンが郵便受けに〈用事があるから寄ってくれ〉というサインを出していたのは数ヵ月も前のことだった。それは簡単な支払いの代行業務だったと女性は記憶していた。最近はとくに目を引くようなことはなかったという。庭に入っても外見上おかしなところはなかったし、その付近で不審な車や人を見かけもしなかった。ヴァランダーは報告書をかたわらに置くと、これから優先的になすべき重要な仕事をノートに書き出した。マルメの旅行会社のアニタ・ラーゲルグレンに話を聞くこと。ユスタ・ルーンフェルトが旅行の切符を買ったのはいつのことか？　蘭を観てまわる旅行とはどういう内容の団体旅行か？　ホルゲ・エリクソンと同じようにユスタ・ルーンフェルトの暮らしも徹底的に洗い出さなければならない。彼の子どもからもしっかり話を聞かなければならない。またボロースの通信販売会社セキュアからルーンフェルトがいままで買ったものも調べ上げなければならない。なにに使うものなのだろう？　花屋がこれらのものを使うのはなぜか？　事件を理解するために、これらの情報を得ることは重要だった。書き上げると、ヴァランダーはためらいがちに受話器に手を置いた。八時十五分。ニーベリは寝ているかもしれない。だが、やむを得ない。ニーベリの携帯番号を押した。ニーベリはすぐに電話に出た。眠っているどころか、まだ森の中だった。ヴァランダーは現場検証はどこまでできたかと訊いた。

「犬が来ている。伐採木材の搬出所跡からこっちに来る途中でロープの匂いを嗅ぎ出したらしい。だが、それはべつにどうってことはない。ここに来るのはその小道しかないのだからな。

ユスタ・ルーンフェルトは歩いてここまで来たのではないだろうから。車で運ばれたにちがいない」

「タイヤの跡は？」

「いろいろある。ロープはデンマーク製だった」

「デンマーク製？」

「どこでも買えるかなり一般的なものらしい。新しいものだ。この目的のために買われたとみられる」

ヴァランダーは気分が悪くなった。ニーベリに電話した本来の目的を思い出した。

「ユスタ・ルーンフェルトが木に縛られたとき、抵抗したと思われる跡があるか？　あるいはロープを外そうとしたとか？」

ニーベリは即座に答えた。

「いいや、そんなふうには見えない。だいいちに木のまわりには争った跡がない。地面がこすれるはずだから、かならずなにか跡が残るものだ。第二に、ロープも木の幹もこすられていない。ルーンフェルトはそこに縛られたまま、動かなかったということだ」

「どう解釈する？」

「二つしか解釈はないだろう」ニーベリが言った。「ぐるぐる巻きにされたとき、すでに死んでいた、少なくとも意識がなかったということ。あるいは抵抗するのをやめることにしたか。しかしこれはあり得ないだろう」

ヴァランダーは考えた。

「三番目の理由が考えられる。ルーンフェルトは抵抗しようにも力が残っていなかったということ」

ニーベリは同意した。それもまた可能だ。いや、それがいちばん真実かもしれない。

「もう一つ質問させてくれ」ヴァランダーが言った。「答えられない質問だということはわかっている。だが、どういう経過をたどったか想定するのに必要なのだ。警察官ほどしつこくあでもない、こうでもないと推測する種類の人間はほかにいない。もちろんわれわれはそんなことはないと否定するが真実であることはたしかだ。そこで訊く。単独犯だと思うか、それとも複数犯か?」

「なぜだ?」

「おれもそれを考えていた。複数だと思わせる点はたくさんある。森の中に人を運んで木に縛りつけるのは、簡単にはできないからな。だが、おれはどうもそうではないような気がする」

「なぜとはっきり言うことはできないんだが」

「それじゃ、ルーディンゲの濠の件はどうだ? あれはどう思う?」

「同じだ。複数犯と考えるべきなのだろうが、おれはどうもちがう気がする」

「じつはおれもそうなのだ」ヴァランダーが言った。「それが気になってしかたがない」

「とにかく犯人は体力のある屈強な人間であることはたしかだ。いろんな点からそう言える」

ヴァランダーはほかに訊きたいことは思い浮かばなかった。

「ほかになにか？」

「古いビール缶が二個とつけ爪が一つ」

「つけ爪？　なんだそれは？」

「爪にそういうものを貼りつける女がいるのだ。いつのものかわからない。古いものかもしれない」

「いまのうちに少し眠ってくれ」ヴァランダーが言った。

「どこにそんな時間があるというんだ？」

ヴァランダーはその声に苛立ちを聞いた。急いで電話を切ると、すぐにまた電話が鳴った。マーティンソンだった。

「いま、時間ありますか？　会議は何時からでしたっけ？」

「九時だ。時間はある」

受話器を置いた。マーティンソンはなにかに行き当たったらしい。期待が生まれた。いまほしいのは捜査の突破口だ。

マーティンソンが入ってきて訪問者用のいすに腰を下ろした。用件をすぐに切りだした。

「このところ傭兵《ようへい》のことと、ハロルド・ベリグレンのコンゴでの日記のことを考えていたんです。そして今朝目が覚めたとき、コンゴにいたことがある人物に会ったことがあるのを思い出したんです。しかもたしか彼はハロルド・ベリグレンと同じ時期にコンゴにいたはずです」

「傭兵としてか？」驚いてヴァランダーは訊いた。

「いや、そうじゃありません。国連軍に派兵したスウェーデン軍の一員です。カンタガ州のベルギー軍の武装解除が目的だったそうです」

ヴァランダーは首を振った。

「そのころおれは十二か十三歳だったから、コンゴ動乱のことはあまり覚えていない。覚えていることといえば、ダグ・ハマーショルドの乗った飛行機が墜落したことぐらいだな」

「自分はまだ生まれてもいませんでした。でも学校で少し習った覚えがあります」

「だれかに会ったと言ったな？」

「数年前、自分はよく人民党の集会に出ていました。集会のあとはたいてい茶話会のようなものがあるんです。コーヒーを飲み過ぎてしょっちゅう腹の具合が悪かったものです」

ヴァランダーは早く要点を話せとばかり、机の上を指でぱらぱらと叩いた。

「ある集会のあと、六十歳ほどの男性の隣に座りました。どうしてその話になったのかは覚えていませんが、その男はコンゴの国連軍に派遣されたスウェーデン軍の大将フォン・ホーンの下で大佐を務めたことがあると言ったのです。そのとき、彼はコンゴに傭兵がいたという話もしていました」

ヴァランダーは興味がつのってきた。

「今朝起きてから二、三電話をかけて、いい手応えがありました。以前つきあいのあった友人がその軍人のことを覚えていたんです。オーロフ・ハンツェルという大佐でいまは退職してニーブロストランドに住んでいるそうです」

「いいね。できるだけ早くその男に会いたいものだ」

「もう電話をかけました」マーティンソンが言った。「役に立てるのなら喜んで協力すると言ってくれました。頭ははっきりしているようで、記憶力は抜群だと自分で言っていました」

マーティンソンは電話番号を書いた紙を一枚ヴァランダーの机の上に置いた。

「すべて試してみなければ。朝の会議は短く済まそう」ヴァランダーが言った。

マーティンソンは部屋を出かけて戸口で立ち止まった。

「今朝の新聞見ましたか?」

「そんな時間、どこにある?」

「ビュルクが署長をしていたら、跳び上がったところですよ。ルーディングゲ近辺の住民が騒いでいます。ホルゲ・エリクソン事件のあと、彼らは市民自警団を作ろうと言いだしています」

「そんな騒ぎは前からあっただろう。気にすることはない」ヴァランダーは無視しようとした。

「それはどうでしょうか。今朝の新聞によると、いままでのとはちょっとちがうようですよ」

「なにが?」

「もはや匿名じゃないんです。発言者の名前も写真も載ってます。以前はぜったいにそんなことはありませんでした。自警団という概念が世間的に受け入れられるようになったということですよ」

ヴァランダーはマーティンソンの言うとおりだと思った。それでも彼には住民の騒ぎがいつもひどい事件のあとにもち上がる騒動以上のものとは思えなかった。残酷な事件のあと、住民が不安になって騒ぎだすこと自体は、ある意味で当然だとヴァランダーは思っていた。

「明日はもっとひどいことになるぞ」とヴァランダーは言った。「ユスタ・ルーンフェルトのことが報道されるからな。ホルゲソン署長にあらかじめ知らせておくほうがいいかもしれないな」

「どう思われますか？」

「新しい署長のことか？　じつに有能だと思うよ」

マーティンソンが部屋の中に戻ってきた。ヴァランダーはその顔を見て、彼もまたひどく疲れているのがわかった。このところ、急に年取ったように見えた。

「この夏に起きた事件は例外だと自分は思っていました。しかし、どうもそうじゃないらしいですね」

「こんどの事件との類似点は少ない。勝手に思い込むな」ヴァランダーがくぎを刺した。

「いえ、問題はそれじゃないんです。しだいに拡大する暴力のことですよ。まるで、殺すだけでは足りない、痛めつけてから殺さないと気が済まないようなやりかたですよ」

「ああ」ヴァランダーがうなずいた。「だがこんな傾向を変えるにはどうすればいいか、おれにはわからん」

マーティンソンは部屋から出ていった。ヴァランダーは彼の教えてくれた情報のことを考えた。今日中に自分でオーロフ・ハンツェルに会いに行くことに決めた。

あらかじめ言っておいたように捜査会議は短いものになった。睡眠が少なかったにもかかわらず、緊張したようなエネルギーがみなぎっていた。そこには複雑な捜査がこれから始まるという認識があった。ペール・オーケソン検事もやってきて、ヴァランダーの説明を聞いた。説明が終わったあと、検事からの質問はほとんどなかった。

作業を分担し合い、優先順位を検討した。捜査の人員を増やすことに関しては当分様子を見ることになった。ホルゲソン署長はほかの捜査を担当していた者たちを、いまや二つの殺人事件となったヴァランダー担当の捜査班にまわすことに決めた。一時間後会議が終わったころには、それぞれが手に余るほどの分担任務を抱えていた。

「最後に一つ」ヴァランダーが言った。「この二つの事件はマスコミに大きく取り上げられるようになる。われわれに見えているのはまだ始まりだけだ。村々では自警団とか夜間パトロールとかが叫ばれはじめていると聞く。これがどう進展するかはわからない。当面は署長と私が報道関係を担当する。くわえて、フーグルンドに記者会見に同席してもらいたい」

十時十分前、会議は終わった。ヴァランダーはホルゲソン署長と相談し、記者会見は夕方六時に開くことに決めた。そのあと廊下に出てペール・オーケソンの姿を探したが見えなかった。ヴァランダーは部屋に戻って、マーティンソンからもらった番号に電話をかけた。そうしながらも、まだスヴェードベリの机の上にメモを置いてきていないことを思い出した。そのとき、相手が電話に出た。オーロフ・ハンツェル本人だった。親切そうな声だ。ヴァランダーは急だが午前中のうちに会いに行ってもいいかと訊いた。ハンツェル元大佐は歓迎すると言い、道順を教えてくれた。外に出ると、雨は止んでいた。風はあったが雲の間から太陽がのぞいている。やはり、これからの寒い日々にそなえて車の中に厚手のセーターを入れておこうと思った。急いでいるにもかかわらず、イースタの町を出る前に不動産屋の前で車を停めてガラス窓に貼られた空家の広告を見た。そのうちの一件の家に興味をもった。時間があったら、中に入ってコピーをもらうのだが。その家の販売番号を頭に入れて車に戻った。ふとリンダはまだ空港で待っているのだろうか、それともちゃんと乗れたのだろうかと思った。

そのあと、ニーブロストランドに向かって車を走らせた。ゴルフ場へ向かう曲がり道を左に見て通り過ぎたあと、しばらくして右に曲がってオーロフ・ハンツェルの住むスクラークヴェーゲンを探した。スクラークとはセンスイガモの一種で、この付近の通りにはすべて鳥の名前がついている。この偶然にはなにか意味があるのだろうか。いま自分はバードウォッチャーを殺した人間を捜している。スクラークヴェーゲンにはその犯人を捕まえる助けになるかもしれない人間が住んでいる。

何度か道に迷ったあと、ようやく住所にたどり着いた。車を停めて鉄門を押して庭に入った。家は築十年ほどの比較的新しいものだったが、どこかうらさびれた印象だった。自分ならこの家はほしくないとヴァランダーは思った。玄関が開いて、スウェットの上下を着た男が現れた。短く刈り込んだ髪、小さな口ひげ、体力が衰えていないことを感じさせる体つき。男は笑顔で手を差し出しあいさつした。ヴァランダーは名乗った。

「数年前に妻を亡くし、一人で住んでいるもので、掃除は行き届いていないが、どうぞ中へ」

最初に目に入ったのは玄関ホールにあるアフリカの大きな太鼓だった。ハンツェルはヴァランダーの視線に気づいた。

「コンゴでの滞在は私にとって生涯の思い出となる旅行だった。あれ以来、外国へは一度も行っていない。子どもたちは小さかったし、妻が旅行に出たがらなかったから。気がついたら、もうこんな年になっていたというわけだ」

彼はヴァランダーを居間に通した。テーブルの上にコーヒーが用意されていた。そこにもまた、アフリカからの土産物が壁に掛けられていた。ヴァランダーはソファに座り、勧められたコーヒーをもらった。空腹だったので、なにか食べたいと思っていたところ、ハンツェルがラスクを載せた皿を持ってきた。

「自分で焼いているのだ」と言って、ハンツェルはラスクを指さした。「元軍人のいい手慰みだよ」

ヴァランダーは用件以外の話を聞く余裕はない気がした。内ポケットから三人の男の写真を取り出すと、テーブル越しに彼に渡した。

「この三人に見覚えがあるか、お訊きするところから、始めましょう。念のため、この写真はスウェーデン軍が国連軍の一部となってコンゴに派遣された時期に撮られたものです」

オーロフ・ハンツェルは写真を受け取ると、見る前に立ち上がり、老眼鏡を取りに行った。ヴァランダーはそれを見てまたもや眼鏡屋に行かなければと思った。ハンツェルは窓辺に行って長いこと写真をながめた。ヴァランダーは家の中の静けさに耳を澄ましながら待った。ハンツェルは窓辺から戻ったかと思うと、写真をテーブルの上に置いて部屋を出ていった。ヴァランダーはもう一つラスクを食べた。どこに行ったのだろうと思ったとき、ハンツェルが戻ってきた。手にアルバムを持っている。そのまままた窓辺に行くと、ページをめくりはじめた。ヴァランダーは待ち続けた。とうとうハンツェルは探しているものをみつけたらしく、テーブルに戻ってくると、開いたアルバムをヴァランダーに見せた。

「左下の写真を見てほしい。ひどい写真だが、きみの興味を引くと思う」

ヴァランダーはその写真を見て身を引いた。血だらけの顔、銃で撃たれた腕や脚、破裂した胸や腹。撃たれた兵士は黒人だった。その後ろに二人、銃を持った白人兵が立っている。まるで狩猟記念写真のように誇らしげだ。地面の黒人兵士たちの死骸を捕獲物のように見下ろしている。

ヴァランダーはすぐに二人のうちの一人を認識した。ハロルド・ベリグレンの日記帳にはさまっていた写真の左側の男だ。間違いない。

「その男に見覚えがあると思った」ハンツェルが言った。「だが、不確かだった。それでこのアルバムを探したのだが、みつけるのに時間がかかってしまった」

「だれですこの男は？　テリー・オバニオン、それともシモン・マルシャン？」

ハンツェルは驚いたようだった。

「シモン・マルシャンだ。いやきみが名前まで知っているとは思わなかったな」

「あとで話します。それよりなぜこの写真を持っているのか、それを教えてください」

ハンツェルは腰を下ろした。

「あの当時コンゴで起きたことをどの程度知っているかね？」

「あまり知りません。いや、まったく知らないと言ってもいいです」

「それじゃ、背景を少し説明しよう。写真の理解に役立つだろうから」

「はい、時間はたっぷりありますから、お願いします」

「一九五三年から始めよう」ハンツェルは言った。「そのころアフリカには、国際連合の加盟国は四つしかなかった。七年後、その数は二十六ヵ国になった。アフリカが激動の時期だということがこのことからもわかる。脱植民地化が劇的な進歩を遂げた段階に入っていた。つぎつぎに新しい国が独立を宣言した。だが、産みの苦しみはしばしば大きな痛みと犠牲をともなった。しかしどの国のそれもベルギー領コンゴほどではなかった。一九五九年ベルギー本国は独立への移行計画を立てた。権力移譲の日を一九六〇年六月三十日と決めた。その日が近づくほどに、国内の紛争は激しくなった。異なる部族が異なる方向に向かい、政治的理由による残虐《ざんぎゃく》行為が日々繰り返された。だが独立の日はやってきて、カサヴブという経験豊かな政治家が大統領になり、ルムンバが首相になった。ルムンバという名前はきみも聞いたことがあるだろう？」

ヴァランダーは自信なげにうなずいた。

「数日間は植民地から独立国への政権移譲はうまくいったかに見えた。だが、数週間後、国軍が指導部にそむいて反乱を起こし、同胞の軍人たちを救うためパラシュート部隊を送り込んだ。

国は渾沌《こんとん》に陥った。状況はカサヴブとルムンバにとって制御できない状態になった。同じ時期にコンゴの最南州に位置するカタンガが、これは鉱山資源のあるもっとも豊かな州だったが、鉱物の自主採掘を主張し独立を求めた。指導者はモイーズ・チョンバだ。ここにいたってカサヴブとルムンバは国連に救援を求めた。当時国連事務総長だったスウェーデン出身のダグ・ハマーショルドは短期間に国連軍の介入許可を取りつけた。スウェーデンの仕事は政治的な援助のみだった。コンゴに残っていたベルギー人たちはカタンガのモイーズ・チョンバの支持者だった。巨大な採掘産業からの支援で、彼らは傭兵を多数雇った。この写真はそのときの様子を写したものだ」

ハンツェルは一休みし、コーヒーを一口飲んだ。

「当時の状態がどれほど緊張した、複雑なものだったか、少しはわかったかな？」

「状況は泥沼に陥っていたということですね」ヴァランダーは話の先が聞きたかった。

「カタンガでの戦いには数百人の外国人傭兵が加わっていた。フランス人、ベルギー人、アルジェリア人。それに、第二次世界大戦終結から十五年経っていたにもかかわらず、あんな負けかたをしたことがまだ信じられないドイツ人も大勢傭兵として参戦していた。彼らは罪のないアフリカ人に恨みの矛先を向けた。また、北欧からも傭兵となった男たちが来た。中には彼の地で死に、どこかわからないところに埋められた者たちもいる。あるとき、一人のアフリカ人がスウェーデンの国連軍宿舎にやってきた。死んだ傭兵たちの遺留品を持ってきたのだ」

「なぜその男はわざわざスウェーデン軍の宿舎に来たのでしょうか？」

「われわれスウェーデン人は親切で寛容であると知られていたからだよ。段ボール箱に入れた遺留品を売りに来たのだ。彼がそれをどうやって手に入れたのかは神のみぞ知る、だ」

「それで、あなたは買ったのですか？」

ハンツェルはうなずいた。

「買ったというより、物々交換だな、あれは。私はたしかその一箱に十クローネほど払ったと思う。ほとんどは捨てたが、写真数枚は取っておいた。それはその中の一枚だよ」

ヴァランダーはもう一歩進むことにした。

「私が持ってきた写真の中の一人はハロルド・ベリグレンといって、スウェーデン人です。左に立っている人物の名前がわかった以上、ベリグレンは真ん中か右の男ということになりますが、この名前に覚えがありますか？」

ハンツェルは考え込んだ。しばらくして首を振った。

「いや、知らない。だが、私が知らないと言っても、あまり大きな意味を成さないはずだ」

「どういう意味でしょうか？」

「傭兵たちの多くは、偽名を使うからだよ。スウェーデン人だけじゃない。傭兵契約を結んでいる間は別の名前を使うのだ。契約が終わり、運よく死んでいなかったら、以前の名前に戻るのがふつうだった」

ヴァランダーは考えた。

「つまり、ハロルド・ベリグレンはまったく別の名前でコンゴにいたかもしれないということですね？」

「そうだ」

「しかしまた、彼は日記を実名で書いていて、そのまま通っていたことも考えられますね？」

「そのとおり」

「また、もしかすると彼は偽名のもとで死んでいるかもしれないということもありますね？」

「そう」

　ヴァランダーは答えを求めるようにハンツェルを見た。

「ということは、彼が生きているか死んでいるかを捜し出すのは、ほとんど不可能ということになりますね。偽名で死んでいることも、偽名で生きていることもあり得るということになる？」

「傭兵は日陰の人間たちだ。ま、それもわかるが」

「ということは、ベリグレンをみつけることはほぼ不可能ということですね？　彼のほうから出てきてくれれば別でしょうが」

　オーロフ・ハンツェルはうなずいた。ヴァランダーはラスクの載った皿に目を移した。

「もとの同僚の中には別の意見もあったが、私自身は傭兵は軽蔑に値すると思う。金のために人を殺すのだからね。自由のため、共産主義反対のためというイデオロギーのためだという者もいるが、現実はちがう。彼らは無差別に人を殺す。そのときにいちばんいい金を払ってくれる者の命令で動くのだ」

「傭兵をしていた人間が日常生活に戻るのはむずかしいでしょうね」ヴァランダーが言った。

「それができない者が大勢いる。社会の隅で影のような存在になる。あるいは酒で命を落とす。彼らの中には傭兵になる前から問題があった者も少なくない」

「どういう意味です？」

オーロフ・ハンツェルの答えは即座にきた。

「サディストとサイコパスだ」

ヴァランダーはうなずいた。なるほど。

ハロルド・ベリグレンはいるかもしれないし、はじめから存在しない人物かもしれない。どっちなのかはまったくわからない。

壁にぶつかった。ここからどう進んだらいいのか。

不安が大きく広がった。

15

ヴァランダーは午後一時過ぎまでニーブロストランドにいた。しかしその間ずっとスクラークヴェーゲンのオーロフ・ハンツェル宅にいたわけではなかった。一時に話を終えて外に出たときには頭が混乱してしまっていた。次のステップをどう進めるか？　イースタには戻らず、海岸へ行って車を停めた。少し迷ったあと、散歩することにした。頭の整理に役立つかもしれない。だが、冷たい秋の風が吹きつける砂浜まで来るとすぐに気が変わって車に戻った。助手席に移っていすを後ろに倒し、仰向けに寝て目を閉じた。二週間前にスヴェン・ティレーンがやってきてホルゲ・エリクソンがいなくなったと通報してからのできごとを思い浮かべた。そして今日十月十二日、もう一件殺人事件が起きた。

ヴァランダーはできごとを起きた順に一つひとつ確かめていった。リードベリに教えを受けた時代に身につけたことの一つに、ものごとの起きる順番とその原因発生の順番は、かならずしも一致しないということがある。ホルゲ・エリクソンとユスタ・ルーンフェルトが殺された。だが、この背景にはなにがあるのだろう？　これは報復殺人か？　それともなんらかの利益を得るための殺人か？　利害にからむ殺人なら、いったいだれにとっての、なんの利害か？

目を開けて、海辺で冷たい風にはためくロープの先の旗をながめた。ホルゲ・エリクソンは竹槍が仕掛けられた罠《わな》で殺された。ユスタ・ルーンフェルトは監禁されたのち絞め殺された。

あまりにも多くの疑問がある。見せびらかすがごとき残酷さ。なぜユスタ・ルーンフェルトは殺される前に監禁されたのか？　捜査班が捜査の土台とするべきもっとも基本的な事実だけを頭の中で検証してみる。犯人はホルゲ・エリクソンとユスタ・ルーンフェルトの両方を知っていたにちがいない。これは疑いようがない。

犯人はホルゲ・エリクソンの習慣をよく知っていた。またユスタ・ルーンフェルトがナイロビに旅行に出かけることを知っていた。これらは土台となり得る基本的事実だ。もう一つある。犯人は殺した男たちを隠そうとしなかったこと。それどころか、挑発的に誇示しようとしたと見ることもできる。

ヴァランダーはここでストップした。なぜ人は誇示しようとするのか？　答えは、人の目を引くためだ。犯人は自分がやったことをほかの人間たちに見せたいのだろうか？　いったいなにを示したいのだ？　この男たちが死んだという事実を見せたいのか？　しかしそれだけではない。犯人は彼らがどのように殺されたかを見せたいのだ。残酷に、冷徹に用意された手段で殺されたことを見せたいのだ。

これは一つの可能性と考えていい。不快感がつのってきた。もしそうなら、この二つの殺人事件は想像もしていなかったなにかもっと大きな事件の一部かもしれない。それはさらにもっと多くの殺人があることをかならずしも意味するものではない。だが、ホルゲ・エリクソン、ユスタ・ルーンフェルト、そして犯人もじつはある大きな群れに属するのかもしれない。なんらかの共通点のある集団。たとえば遠いアフリカの戦争における傭兵《ようへい》のグループのようなもの？

ヴァランダーは急にタバコが吸いたくなった。数年前に決心して、意外に簡単にやめることができたのだが、たまに吸いたくなることがある。車を降りて後ろの席に移った。いすを替えると見方が変わることがある。まもなくタバコのことは忘れ、ふたたび考えに集中することができた。いますぐにもやらなければならないのは、ホルゲ・エリクソンとユスタ・ルーンフェルトの関係をみつけることだ。その関係は目立たないものかもしれない。だが、どこかにあるはず。彼には確信があった。関係をみつけるためには、もっとこの二人の男たちのことを知らなければならない。外見的には彼らは異なっている。大いに異なっている。まず年齢的に別の年代に属する。年齢差は三十歳近くもある。エリクソンはルーンフェルトの父親の年齢といっていい。だが、どこかで彼らの道は交差しているはず。その交差点こそが、これからの捜査の中心になるべきだ。そのほかに重要な点はいまのところなにもない。

電話が鳴った。アン＝ブリット・フーグルンドだった。

「なにか起きたのか？」

「いいえ、純粋に好奇心から、そちらがどうだったかを知りたくて電話してしまいました」

「ハンツェル元大佐の話は役に立つと思う。いろいろ聞いた中でもとくに興味深かったのは、ハロルド・ベリグレンはほかの名前でいまも生きている可能性があるということだ。傭兵になる人間は契約を結ぶとき、あるいは口約束でも、偽名を使うことがよくあるのだそうだ」

「ということは、彼を捜し出す捜査はむずかしくなりますね」

「おれもまずそう考えた。ワラの中にまた針を落としてしまうようなものだからな。だが、ひょっとすると、そうならないかもしれん。もともとの名前を変える人間はそれほど多くはないのではないか。大変な仕事ではあるが、捜し出すのはできないことじゃない」

「いまどこですか？」

「海岸だ。ニーブロストランドの近くの」

「そんなところでなにをしてるんですか？」

「車に座って考えているところだ」

自分の声が険しくなっていることに気がついた。まるで言い訳をしているようだ。そんな必要もないのに。

「それじゃ、もうお邪魔しません」

「邪魔ではない。いまイースタへ戻ろうと思っていたところだ。だが途中、ルーディングゲのホルゲ・エリクソンの家に寄るつもりだ」

「なにか特別な目的があるんですか？」

「いや、ちょっと記憶を確かめたいだけだ。そのあとルーンフェルトのアパートへ行く。三時には着くだろう。ヴァンニャ・アンダソンに三時にそこに来るように言ってくれないか？」

「わかりました」

電話を切るとヴァランダーは車に乗りルーディングゲへ向かった。最後まで考えきったわけではなかったが、少しは前進した。捜査のアウトラインがはっきりした。穴をもっと深く掘り下げなければならない。

フーグルンドにホルゲ・エリクソンの家に寄ると言ったのは、まったくの気まぐれではなかった。イースタの町なかのルーンフェルトのアパートへ行く前にホルゲ・エリクソンの家をもう一度見ておきたかったのだ。異なるところを確認したかった。

ホルゲ・エリクソンの家へのドライブウェイに入ると、家の前に二台の車が停まっているのが見えた。訪問者？ 彼はいぶかった。秋の日の陰鬱《いんうつ》な殺人現場写真を撮ろうとしている新聞記者か？ 内庭に入ったとき、訪問者がだれかわかった。以前からヴァランダーが知っている弁護士だった。ほかに女性が二人いた。一人は高齢で、もう一人はヴァランダーと同年配だった。ビュルマン弁護士は握手して説明した。

「ホルゲ・エリクソンの遺言状の仕事を担当しています」弁護士は弁解するように言った。「警察による家宅捜査はもう終了したものだとばかり思いましたが？ 署のほうに電話をして確認したのですよ」

「犯人を捕まえるまで終了したとは言えないのです。だが、家の中に入るのはかまいませんよ」

ヴァランダーはビュルマンがエリクソンの遺言執行人であることを思い出した。マーティンソンがビュルマンと連絡を取っていることも記憶によみがえった。

ビュルマン弁護士は二人の女性を紹介した。年上のほうの女性は警察と知り合うのは不名誉なことだとばかりに、おざなりな握手だった。人から見下されることに敏感なヴァランダーはすぐにむっとしたが、なんとかこらえた。もう一人の女性は友好的だった。

「モーテンソン夫人とフォン・フェスラー夫人はルンドの文化博物館から来られたのです。ホルゲ・エリクソンはほとんどの財産を文化博物館に寄贈しましたので。所有物の一つひとつを正確に寄贈リストに書き入れています。今日はこれからそれらをチェックしてまわるところです」

「なにかなくなっているものがあったら、教えてください。私は邪魔をするつもりはありません。ちょっとチェックしたいことがあるだけなので」

「警察は本当にまだ犯人を捕まえていないのですか？」年上の女性が言った。フォン・フェスラーのほうだ。うまく隠したつもりの意地悪い質問だとヴァランダーは思った。

「はい。まだです」

怒りだす前に話をやめなければならなかった。彼らに背を向けると、大きくドアが開いている玄関に向かって歩きはじめた。外の話が聞こえないように、中に入ってドアを閉めた。ネズミが彼の足元を走りすぎて壁際の古い大きな木製の長持ちの後ろに消えた。秋だ、とヴァランダーは思った。畑のネズミが家の壁の間に引き揚げてくる。冬が近い。

意識を集中して家の中を見てまわった。探し物があるわけではなく、ただ家をよく覚えておきたかった。二十分ほどかかった。ヴァランダーが外に出たとき、弁護士と二人の女性はほかの建物に入っていた。あいさつをしないで退散することに決めた。車に向かって歩きだし、畑の方向を見た。濠《ほり》のあたりで騒ぐカラスはいなかった。車の近くまで来て、急に足を止めた。

ビュルマンの言ったことの中になにか引っ掛かるものがあった。最初はそれがなにかわからなかったがすぐに思い出した。引き返し、まだ家の中にいたビュルマンと二人の女性のほうへ行った。入り口を開けてビュルマンを手招きして呼び出した。

「遺言状のことですが、さっきなんと言いました？」

「ホルゲ・エリクソンはほとんどの財産を文化博物館に寄贈したと」

「ほとんどの財産？　ということはすべてがルンドの文化博物館にいくわけではないのですか？」

「遺言状の中の一項目だけよそに寄贈されます。十万クローネで、これをのぞけばぜんぶ文化博物館に」

「その一項目というのはどこに寄贈されるのですか？」

「ベリ教区にあるスヴェンスタヴィーク教会に。用途は教会運営者たちの決断に従うこと、とあります」

ヴァランダーはその土地の名前さえ聞いたことがなかった。

「スヴェンスタヴィークというのはスコーネ内にあるのですか？」

「いいえ、イェムトランドの南部です。ヘリェダーレンとの県境から数十キロのところにあります」

「ホルゲ・エリクソンはその土地とどんな関係があったのだろう？」驚きの言葉がヴァランダーの口から漏れた。「エリクソンはイースタ生まれだとばかり思いましたが」

「申し訳ありませんが、それは私の知るところではありません。ホルゲ・エリクソンは口の重い人でしたので」

「この寄贈に関してなにも言わなかったということですか？」

「ホルゲ・エリクソンの遺言状はまるでお手本のような文書です。簡潔で正確で」ビュルマンが言った。「動機を説明する感情的な表現などはまったくありません。スヴェンスタヴィーク教会は彼の遺言どおりに十万クローネを受理することになっており、実際そうなるはずです」

ほかに質問はなかった。車に戻り、署に電話をかけた。応えたのはエッバで、彼が話したいのもまた彼女だった。

「スヴェンスタヴィークの教会事務所の電話番号を調べてくれないか。もしかするとウステルスンドに電話登録されているかもしれん。おそらくそれがいちばん近い町だと思う」

「スヴェンスタヴィークってどこにあるんですか？」

「知らないのか？　イェムトランドだ」

「詳しいこと！」

エッバに見抜かれたのはすぐにわかった。だから事実を言った。ビュルマンが説明してくれるまでは自分も知らなかったと。

「番号がわかったら教えてくれ。おれはこれからユスタ・ルーンフェルトのアパートへ行く」

「ホルゲソン署長が探していますよ。報道関係者がじゃんじゃん電話をかけてきています。でも記者会見は六時半に延期されました」

「好都合だ」

「それから、お姉さんのクリスティーナからも電話がありましたよ。ストックホルムに戻る前に話をしたいとのことでした」

父親の死を思い出させる言葉が急に出てきて、ヴァランダーは狼狽した。だが、いまは感情的になっている場合ではなかった。

「わかった。電話するよ。だが、スヴェンスタヴィークの教会事務所の電話番号がいまは最優先だ」

そのあとイースタに向かった。途中ソーセージスタンドに寄って、まずいハンバーグを食べた。車に戻りかけたが、またスタンドへ戻って、こんどはソーセージを一本注文した。だれかに見咎《みとが》められるのを恐れるかのように、まるで不法行為でもしているかのように彼はそれをそそくさと食べた。そのあとやっとヴェストラ・ヴァルガータンに到着した。アン＝ブリット・フーグルンドの車が建物の前に駐車してあった。

風は相変わらず強かった。

ヴァランダーは車を降り、震えながら背中を丸めて道を渡った。

ルーンフェルトのアパートのベルを押すと、ドアを開けたのはフーグルンドではなくスヴェードベリだった。

「アン＝ブリットは急に家に帰らなければならなくなったんです。子どもの具合が悪くなったとかで」ヴァランダーがフーグルンドはと訊いたのに答えてスヴェードベリが言った。「車の調子が悪いというので、自分のを貸しました。もうじき戻ってくると思います」

ヴァランダーは中に入ってあたりを見まわした。

「ニーベリの仕事はもう終わったのか？」

スヴェードベリが顔をしかめた。

「聞いてないんですか？」

「なにを？」

「ニーベリのことを。足を痛めたということを」

「なにも聞いていない。どうしたんだ？」

「警察署前で、燃料オイルの染みの上で転んだんです。転びかたが悪かったので左足の筋肉だか腱《けん》だかが切れてしまったんだそうです。いま病院で手当てを受けていますが、さっき電話があって、仕事は続けると言ってました。でも松葉杖を使わなければならないそうです。ものすごく機嫌が悪かったですよ」

警察署の前にタンクローリーを停めたスヴェン・ティレーンのことを思い出したが、ヴァランダーはなにも言うまいと思った。

そのときドアベルが鳴り、話は中断された。ヴァンニャ・アンダソンだった。真っ青な顔をしていた。ヴァランダーから合図を受けて、スヴェードベリはルーンフェルトの書斎に姿を消した。ヴァランダーはヴァンニャ・アンダソンを居間に通した。彼女はこのアパートに足を踏み入れること自体を気味悪がっている様子だった。座るようにと勧められて、一瞬彼女は戸惑った。

「いやな気分であることはわかりますよ。しかし、どうしても来てもらわなければならなかったのです」

アンダソンはうなずいた。が、ヴァランダーは本当にわかったのか怪しいものだと思った。ユスタ・ルーンフェルトがナイロビ旅行に出かけなかったことも、マースヴィンスホルムの森で遺体で発見されたことも、通常の理解の範疇《はんちゅう》を超えることだ。

「あなたはこのアパートにこれまで来たことがありますね。記憶力もすぐれている。ルーンフェルトの旅行カバンの色を訊いたときのあなたの答えでそれがわかりましたよ」

「カバンがみつかったのですか？」

カバンのことはすっかり忘れていた。捜してさえいない。アンダソンに失礼と声をかけて、隣室へ行った。スヴェードベリは本棚の本を片端から調べているところだった。

「ユスタ・ルーンフェルトの旅行カバンのことでなにかわかったか？」

「旅行カバンを持っていたんですか？」

ヴァランダーは首を振った。

「いや、もういい。忘れてくれ。ニーベリに訊くことにする」

居間に戻った。ヴァンニャ・アンダソンは体を硬くしたままソファに腰かけている。少しでも早くここから出たい様子だった。最大限の努力をしてこの部屋の空気を吸っているようだった。

「旅行カバンのことはまたあとで。いまあなたにお願いしたいのは、アパートの中を見まわして、なにかなくなっているものに気がついたら教えてほしいのです」

アンダソンは目を瞠《みは》った。

「そんなこと、どうしてわたしにできると思うのですか？　ここには数回しか来たことがないのに」

「ええ、それでもなにかわかるかもしれない。なにかがないことに気づくかもしれないのです。重要なことかもしれない。いまの段階では、なんであれ重要である可能性があるのです。犯人を捕まえるために。それは警察だけでなくあなたも望んでいるでしょう？」

予期していたことではあったが、それはやはり唐突にやってきた。

ヴァンニャ・アンダソンが泣きだしたのである。スヴェードベリが書斎のドアのところまで出てきた。このような状況になると、いつもながらヴァランダーはどうしていいかわからなくなる。このごろの警察官は事情聴取の最中に泣きだす人間をどう扱ったらいいのか学校で学ぶのだろうか。いつかフーグルンドに訊いてみよう。

スヴェードベリが浴室からティッシュを持ってきて渡した。彼女は泣きだしたときと同様に唐突に泣き止んだ。

「ごめんなさい。でも、わたしにはこれ、本当に大変なんです」

「わかりますよ。謝ることはない。だいたいみな泣かなすぎると私は思います」

ヴァンニャ・アンダソンはヴァランダーの顔を見上げた。

「自分自身がそうですから」ヴァランダーが言った。

少し経って、彼女はソファから立ち上がった。

「時間はたっぷりあります。最後に花に水をやるためにここに来たときどうだったかを思い出してみてください。急ぐことはありません」

ヴァンニャ・アンダソンはアパート内をゆっくり歩きはじめ、ヴァランダーは少し離れてその後ろを歩いた。スヴェードベリが書斎でひとりごとを言う声が聞こえ、ヴァランダーは書斎の入り口まで行って口に指を立ててみせた。スヴェードベリはうなずき、理解した。複雑な犯罪捜査のとき、重要な瞬間はたいてい事情聴取の最中に現れるか、完全な静寂のときに現れるものだということを彼らは経験から知っていた。ヴァランダー自身、その二つともを幾度となく経験していた。いまは静寂のときだった。アンダソンは集中していた。

だが、結果はなにもなかった。ふたたび居間のソファに戻ると、彼女は首を振った。「なにもかもいつものとおりだと思います。なくなったものとか、変わったものはないようです」

ヴァランダーはそれを聞いても驚かなかった。なにかあったら、彼女は足を止めたはずだった。

「ほかになにか思いついたことはありませんでしたか？」

「ユスタはナイロビに行ったとばかり思っていたから、わたしは花に水をやったり、店番をしたりしていたんですよ」

「その両方とも、あなたは問題なくやりましたよ。わざわざ来てもらってありがとう。ご足労をかけました。なにかあったらまた連絡します」

ヴァランダーは玄関まで彼女を送った。ちょうど彼女を送り出したとき、スヴェードベリが浴室から出てきた。

「なくなっているものはなにもなさそうだ」ヴァランダーが言った。

「ユスタ・ルーンフェルトは複雑な人物だったらしいです」スヴェードベリが考えながら言った。「書斎はひどい散らかりようの部分と神経質なほどきちっとしているところが入り交じっているんです。花に関する部分はすべてきちっとしています。こんなにたくさん蘭に関する出版物が世の中にあるとは思いませんでしたよ。だが、彼の私生活の部分はなにもかも乱雑なままです。一九九四年の花屋の店の会計書類の中に一九六九年の確定申告が交じっている始末ですからね。そういえば、その年は三万クローネの収入があったと申告してますよ」

「当時の警官の収入はどうだっただろう？　それ以上だったとはとうてい思えないな。おそらくそれより少ないだろう。一ヵ月の給料がたしか二千クローネだったような気がする」

彼らは昔の給料のことを思ってしばし沈黙した。

「続けようか」ヴァランダーが声をかけた。

スヴェードベリは書斎に姿を消した。ヴァランダーは窓辺に立って、港を見下ろした。下の入り口で音がした。アン＝ブリット・フーグルンドだろう。彼女は鍵を持っている。玄関まで出てみるとフーグルンドが入ってきた。

「だいじょうぶだったんだね？」

「ただの風邪ですから」フーグルンドが答えた。「夫はいま、昔〝インドの向こう〟と呼ばれていたタイとかベトナムの方面に出かけているんです。でもうちの隣の人がとても親切なので助かります」

「それはよかった。スウェーデンでは親切な隣人というのは、一九五〇年代で消えてしまったと思ったよ」

「一般にはきっとそうでしょう。でもわたしにはラッキーにもそういう隣人がいるんです。五十歳ぐらいで、子どものいない人なんですが。もちろんただでみてもらっているわけではなく、ときどき断られることもあるんですけどね」

「そういうときは？」

フーグルンドはどうしようもないというように肩をすぼめた。

「そのときはそのときで解決するよりほかないんです。夜だったら、ベビーシッターがみつかることもあるし。でも、本当にどうしているのかと自分でも不思議に思ってしまいます。ご存じのように、どうしても人がみつからないこともあります。そういうときは仕事に遅れてくることになってしまいます。でも、男の人にはどうしてもわからないでしょうね。子どもが病気になったとき、どうやって仕事を続けることができるかと心配する女の状況が」

「おそらく」ヴァランダーはうなずいた。「きみの隣の奥さんに警察から表彰状でもやろうか？」

「でも、引っ越しするらしいんです。そうなったらどうしたらいいのか、考えるだけでも気が重いです」

話が途切れた。

「彼女、もう来たんですか？」フーグルンドが訊いた。

「ヴァンニャ・アンダソンのことか？　ああ、さっき帰ったところだ。ここのアパートからなくなっているものはないらしい。だが、彼女はまったく別のことを思い出させてくれた。ユスタ・ルーンフェルトの旅行カバンだ。じつをいうと、まったく忘れていたんだ」

「わたしもです。でもたしか森の中ではみつかっていないはずです。ニーベリが足を折る前に、聞きました」

「折った？　そんなにひどいのか？」

「ええ、かなりひどいらしいです」

「ということは、ニーベリは当分不機嫌になる。まずいな」

「食事に招待します」アン＝ブリット・フーグルンドはうれしそうだった。「彼は煮魚が好きなんです」

「どうして知ってるんだ？」ヴァランダーが驚いて訊いた。

「前にも招待したことありますから。彼、食事に招くにはとても楽しい客なんですよ。仕事のこと以外のあらゆることをしゃべるんです」

ヴァランダーは自分は楽しい客といえるだろうか、と思った。仕事の話はしないのは自分も同じだが、しかし最後によその家に食事に呼ばれたのはいつだろう？　ずいぶん前のことだったので、思い出せなかった。

「ユスタ・ルーンフェルトの子どもたちが到着しました。ハンソンが彼らを迎えにいっています。娘と息子です」

二人は居間に行った。ヴァランダーはユスタ・ルーンフェルトの妻の写真をながめた。

「なにが起きたのか、調べる必要があるな」

「溺れたと聞いてます」

「もっと詳しくは?」

「ハンソンが事情を知っています。彼はいつも慎重に話を聞き出しますから、こんども子どもたちから母親のことを聞き出すでしょう」

きっとそうだろうとヴァランダーは思った。ハンソンはデタラメな面もあるが、いい面もあり、中でも証人から話を聞き出すことにかけては彼の右に出る者はいない。親に子どものことを訊いたり、こんどの場合のように子どもから親のことを聞き出したりして情報を集めるのはハンソンの得意とするところだ。

ヴァランダーはフーグルンドにオーロフ・ハンツェルに聞いた話をした。彼女は静かに聴き入った。ディテールは省略したが、重要なのはハロルド・ベリグレンは今日、別の名前で生きているかもしれないという点だった。そのことを彼女にはすでに電話で伝えていた。彼女はよく考えてみたらしい。

「正式に名前を変えているのなら、担当の役所に行って調べることができます」

「いや、傭兵になる男たちはそんな正規の手順を踏みはしないだろう。もちろん、ほかのこと同様これもまた調査してみる必要はあるが。面倒な作業になるな」

そのあと、彼はホルゲ・エリクソンの家でビュルマン弁護士とルンドの文化博物館から来た二人の女性に会ったことを話した。

「ずっと前に、夫と二人でノルランドの内陸を車で旅行したことがあるんです。スヴェンスタヴィークという地名に覚えがあります」

「エッバにスヴェンスタヴィークの教会事務所の電話番号を調べてくれとたのんでおいた。もうそろそろわかったころだな」

ヴァランダーはポケットから携帯電話を取り出した。電源が入っていなかった。ヴァランダーは自分の失敗に思わず汚い言葉を吐いてしまった。フーグルンドは笑いを隠しきれなかった。ヴァランダーは自分の失態を悔やんだが、とにかく少しでも面子《メンツ》をたもつために自分のほうからエッバに電話をかけ、フーグルンドから鉛筆を借りて新聞紙の端に番号を書き留めた。エッバはやはり数回電話をしていた。

そのときスヴェードベリが居間に入ってきた。茶色い紙を手に持っている。領収書のように見えた。

「面白いものが出てきましたよ」スヴェードベリが言った。「ユスタ・ルーンフェルトはどうもイースタにもう一つ部屋をもっているらしい。ハルペガータンに一部屋借りていて月極めで部屋代を払ってます。花屋のほうの支払いとはまったく別に扱っているようですね」

「ハルペガータンって、どこにあるのかしら？」フーグルンドが訊いた。

「ナットマン広場のそばだ。町の真ん中だ」ヴァランダーが答えた。

「ヴァンニャ・アンダソンはもう一つユスタが部屋を借りていると言ってましたか？」

「いや、彼女はなにも知らないかもしれない。訊いてみよう」

ヴァランダーはアパートを出ると、花屋まで急いだ。風が冷たかった。背中を丸めて息を詰めて走った。ヴァンニャ・アンダソンは一人だった。花の香りがやはり強く感じられた。一瞬、ローマ旅行を思い出し、父親がいないことが頭をよぎり、胸が痛くなった。が、その思いを押し殺した。いまは仕事をしよう。悲しむのはあとまわしだ。

「ユスタ・ルーンフェルトがハルペガータンに部屋を借りていたのを知っていましたか？」

ヴァンニャは首を振った。

「たしかですか？」ヴァランダーが念を押した。

「ユスタはここ以外に部屋なんて借りてません」

ヴァランダーは急に慌ただしくなったと感じた。

「わかりました」

アパートに戻ったときには、スヴェードベリとフーグルンドがユスタのアパートにあった鍵という鍵を集めていた。スヴェードベリの車でハルペガータンに向かった。ふつうの貸しアパートの建物だった。入り口ホールの住人氏名を表示する掲示板にはユスタ・ルーンフェルトの名前はなかった。

「領収書には、部屋は地下だとあります」スヴェードベリが言った。

短い階段を下りると地階に出た。ヴァランダーは冬のリンゴの貯蔵室のような酸っぱい匂いを嗅いだ。スヴェードベリが鍵を試しはじめた。十二番目のが正しかった。ドアを開けると中は廊下で、地下物置き部屋の赤い鋼鉄のドアが廊下に面していくつも続いていた。

みつけたのはフーグルンドだった。

「ここだと思います」と言って、彼女はドアを指さした。

ヴァランダーとスヴェードベリは彼女のそばに立った。ドアに花の模様のスティッカーが貼ってある。

「蘭だ」スヴェードベリが言った。

「秘密の部屋だな」とヴァランダー。

スヴェードベリがまた鍵を試しはじめた。このドアには二重に鍵がつけられていた。やっと一つの鍵がカチッという音を立てた。ヴァランダーは緊張の高まりを感じた。スヴェードベリが続けて鍵を試している。あと二つ鍵が手に残っているとき、彼はヴァランダーとフーグルンドにうなずいた。

「入ろう」ヴァランダーが声をかけ、スヴェードベリがドアを開けた。

16

恐怖が彼を鷲摑みにした。

だが気がついたときはもう遅かった。スヴェードベリはすでにドアを開けていた。恐怖を感じたその瞬間、ヴァランダーは爆発するぞと思った。だが実際には、スヴェードベリが壁を手探りしてブレーカーはどこだとつぶやく声が聞こえただけだった。あとで思い出すと、あの理由のない恐怖は恥ずかしかった。ルーンフェルトが地下室に起爆剤を仕掛けておくはずがないではないか。

スヴェードベリが明かりをつけ、彼らは中に一歩入って見まわした。その部屋は地下にあったので、地面と接する壁に明かり取りの丈の短いガラス窓があるだけだった。最初にヴァランダーが注目したのは、その狭い窓に内側からはめられた鉄の棒だった。通常は見かけないものので、これはユスタ・ルーンフェルトがわざわざしつらえたにちがいないと思った。

部屋は事務所に使われていた。机と壁沿いに書類キャビネットがあった。壁際に小さなテーブルがあって、コーヒーメーカーとコップがいくつかふきんの上にあった。電話とファックス、それにコピー機がある。

「中に入りますか、それともニーベリを待ちましょうか」スヴェードベリが訊いた。

ヴァランダーは考えごとを中断された。スヴェードベリの質問はわかったが、すぐには答えなかった。最初の印象を記憶している最中だったからだ。ユスタ・ルーンフェルトはなぜこの部屋を借りたのだろう？　なぜここの家賃をほかの経費とは別にしておいたのだろう？　なぜヴァンニャ・アンダソンはこの部屋のことを知らなかったのだろうか？　そしてもっとも重要な問いは、この部屋はなにに使われていたのか、ということだった。

「ベッドはないということは、これは愛の巣として使われたわけではないらしいですね」スヴェードベリが言った。

「ここでロマンティックな気分になる女の人はいないでしょうよ」フーグルンドが顔をしかめた。

ヴァランダーはスヴェードベリの問いに答えなかった。いまもっとも注目すべきなのは、ユスタ・ルーンフェルトはこの事務所をなにに使ったかだった。この部屋が事務所であることは疑いようがなかった。

ヴァランダーは壁にそって視線を動かしていった。もう一つドアがあった。ヴァランダーはスヴェードベリに合図した。スヴェードベリはそのドアに向かい、ドアの取っ手に触った。鍵はかかっていない。中をのぞいてみた。

「現像室のように見えますね。必要なものがそろっている」

その瞬間、ヴァランダーはユスタ・ルーンフェルトがこの部屋を借りていた理由は単純なのではないかと思った。彼はたくさん写真を撮っている。それは彼のアパートを見ればわかる。

世界中の蘭の写真を撮り集めていた。写真の対象に人間はほとんどいなかった。そのうえ、蘭の色は美しく、写真を撮る者には魅力的だったはずなのに、彼の写真はすべてモノクロだった。

ヴァランダーとフーグルンドはスヴェードベリのそばまで行った。間違いなく現像用の小部屋だった。ヴァランダーはニーベリを待たずに仕事を始める決断をした。自分たちでここを捜索するのだ。

まず捜したのは旅行カバンだったが、みつからなかった。いすに腰を下ろし、机の上に置いてある書類に目を通した。スヴェードベリとフーグルンドは書類キャビネットに取りかかった。ヴァランダーは仕事を始めたころ、先輩のリードベリの家のバルコニーで夜ウィスキーを飲んでいたときに言われたことをうっすらと思い出した。警察の仕事と会計士の仕事はよく似ているというものだった。両者ともその大部分の時間を紙に目を通すことに費やす。もしそれが正しければいまおれは死んだ男の書類を監査していることになる。場所は書類上は秘密の事務所で、住所はイースタのハルペガータンというわけだ。

机の引き出しを開けてみた。いちばん上の引き出しにノートパソコンがあった。ヴァランダーはパソコンが得意ではなかった。署で自分のパソコンを使うときでさえ、人に手伝ってもらうことがあった。スヴェードベリとフーグルンドは二人ともパソコンを駆使して働いていて、パソコンを当たり前の仕事の道具とみなしている。

「この中になにが隠されているか、見ようじゃないか」と言って彼はパソコンを机の上に取り出した。

ヴァランダーが立ち上がると、フーグルンドがかわりにいすに腰を下ろした。机のそばに電気の差し込み口がある。パソコンのふたを開けて電源を入れた。スヴェードベリはまだ書類キャビネットのところにいる。フーグルンドがキーボードを叩きはじめた。

「ふーん、パスワードはないわ。すぐに入れます」

ヴァランダーは体を乗り出した。フーグルンドにぐんと近づいたので、かすかな香水の香りがした。そのとたん目の調子のことを思った。もう待てない。すぐにも老眼鏡を作らなければ。

「名簿ですね。いろいろな人の名前が載っています」

「ハロルド・ベリグレンの名はあるか？」

フーグルンドはヴァランダーを見上げた。

「本気ですか？」

「べつに、本気もなにも。ただあるかどうか知りたいだけだが」

スヴェードベリが書類キャビネットを離れてヴァランダーのそばに立った。フーグルンドはキーボードを叩き、ヴァランダーに首を振った。

「ホルゲ・エリクソンはどうかな？」スヴェードベリが言った。

ヴァランダーがうなずいた。フーグルンドはこんども首を振った。該当名はない。

「どれでも適当に名前を選んで、開いてみてくれ」ヴァランダーが言った。

「レナート・スコーグルンドという名前がありますけど、これを開いてみましょうか？」

「ちょっと待ってくれよ！　それはナッカのことじゃないか！」スヴェードベリが驚きの声を

上げた。

ほかの二人は逆に驚いて彼を見た。

「昔超有名なサッカー選手だった男と同姓同名ですよ。ニックネームはナッカというんですが、聞いたことあるでしょう？」

ヴァランダーはうなずいたが、フーグルンドは首を振った。

「レナート・スコーグルンドは平凡な名前だからな。よし、それを開いてみようか」

名前をクリックすると文章が現れた。ヴァランダーは目を細めてその短い文章をかろうじて読むことができた。

レナート・スコーグルンド。一九九四年六月十日開始。同年八月十九日終了。措置なし。用件完了。

「これ、どういう意味だろう？　用件は完了したって、なんの用件かな？」スヴェードベリがひとりごとを言った。

「これって、わたしたちが書いた文章みたいですよね」フーグルンドが言った。

そのとき、ヴァランダーはなんのことかわかった。ユスタ・ルーンフェルトが通信販売でボロースにある会社から買った盗聴器のことを思い出した。フィルムの現像室のことも。全体がまるで嘘のようだが、もちろん、あり得ることでもあった。この秘密の部屋で小さなパソコンに屈み込んで名簿を見ているいまはとくに。

ヴァランダーは背中を伸ばした。

「ユスタ・ルーンフェルトは蘭のほかにも興味があったのかもしれない。私立探偵をしていたのではないか」

反対意見はいくらでもあるだろう。が、ヴァランダーはこの線で進みたかった。しかもいますぐに。

「この推測は正しいと思う」と彼は続けた。「いいか、おれが間違っているという証拠がみつかったら教えてくれ。この部屋にあるものすべてに目を通してしっかり見るんだ。ホルゲ・エリクソンのことも忘れるな。だれか、ヴァンニャ・アンダソンに連絡してくれ。もしかすると彼女はそれとも知らずに、見たり聞いたりしていたかもしれないからな。おれはこれからユスタ・ルーンフェルトの子どもたちに会うために署に戻る」

「記者会見が六時半ですが、どうしましょうか？　わたし、同席するように言われたんですけど」

「いや、きみはここに残ってくれ」

スヴェードベリが車の鍵を渡そうとしたが、ヴァランダーは首を振った。

「自分の車を取ってくる。少し体を動かさなければならないからな」

外に出てすぐ彼は後悔した。風は強くしだいに冷たさも増してきたようだ。ヴァランダーは家に戻って厚いセーターを取ってこようかと一瞬迷ったが、やめにした。時間がない。そのうえ、不安で落ち着かなかった。新しい発見をどう考えたらいいのかがわからなかった。ユスタ・ルーンフェルトはなぜ私立探偵などしていたのだろう？　彼は通りを急いで歩き、車を取りに行った。乗ったとたん、ガソリンの計器がほとんど動かないことに気がついた。赤いランプが点滅している。だが、不安が大きくてガソリンを入れているひまなどなかった。

四時半ちょっと前に警察署に着いた。エッバから電話連絡のメモの束を受け取ると、無造作にポケットに突っ込んだ。自室に入るなりホルゲソン署長に電話をかけた。署長は記者会見は六時半だと言い、ヴァランダーはその場に参加すると約束した。本来、彼は記者会見が大嫌いだった。記者たちの厚かましい、不遜な態度にすぐに腹を立ててしまうのだ。彼のマスコミに対する非協力的な態度には警察本庁からさえも注文がつくほどだった。そのようなとき彼は自分がもはや地方の一警察官ではなく、同僚や知人友人を超えて知られているのだとわかるのだ。善かれ悪しかれ、彼は全国的に知られた警察官だった。

手短にハルペガータンにあったユスタ・ルーンフェルトの秘密の事務所のことを署長に話した。しかしこの時点ではまだルーンフェルトが私立探偵のまねごとをしていたとは言わないことにした。署長との会話を終えると、こんどはハンソンに電話をかけた。ハンソンはユスタ・ルーンフェルトの娘に事情聴取しているところだった。廊下に出てきてくれとたのんだ。

「息子のほうはもう帰したよ。ホテル・セーケルゴーデンに泊まっている」

ヴァランダーはうなずいた。そのホテルなら知っている。

「なにかわかったか？」

「いいや、なにも。父親が本当に蘭の愛好者だったと確認してくれただけだ」

「母親のことは？　ルーンフェルト夫人のことはなにかわかったか？」

「悲劇的事故だったらしい。詳細がほしいのか？」

「いまはいい。娘はなんと言っている？」

「いままさに彼女の取り調べを始めるところなんだ。息子のほうに少し時間がかかりすぎた。彼はアルヴィーカに、娘のほうはエスキルスツーナに住んでいる」

ヴァランダーは腕時計を見た。五時十五分前。記者会見の準備をするべきだ。だが数分ならルーンフェルトの娘と話す時間がある。

「おれがはじめにいくつか質問してもいいか？」

「なぜだ？」

「いま説明している時間はない。だが、質問はあんたにはちょっと変に聞こえるかもしれんが」

ハンソンの部屋に入った。若い女性が訪問者の席に座っている。二十三、四歳だろうか。顔が父親似だとヴァランダーは思った。ヴァランダーを見ると立ち上がった。彼はほほ笑み、握手した。ハンソンはドアのところに寄りかかって立ち、ヴァランダーはハンソンのいすに腰を下ろした。そのとたん、いすが新品であるのに気づいた。どうやって新しいのを手に入れたのだろう、自分のいすはガタがきているのにとちらっと思った。

机の上にはハンソンの字で名前が書かれた紙があった。レーナ・ルンナーヴァル。ハンソンを見上げると、うなずいている。ヴァランダーは上着を脱ぎ、床に置いた。彼女はずっと彼を見ている。

「まず今回のことを残念に思っていることをお伝えしたい。お悔やみ申し上げます」

「ありがとうございます」

落ち着いているのがわかる。突然泣きだしたりしないだろうという気がして、彼は少しほっとした。

「あなたの名前はレーナ・ルンナーヴァル、住所はエスキルスツーナ、ユスタ・ルーンフェルトの娘さんに間違いありませんね？」

「はい」

「これ以外のあなたの個人情報はあとでハンソン捜査官が確認します。規則ですので必要な手続きです。私はここでいくつか質問をするだけです。まず、あなたは結婚していますか？」

「はい」

「仕事はなんですか？」

「バスケットボールのコーチです」

ヴァランダーは考え込んだ。

「体操の教師、ですか？」

「いいえ、バスケットのコーチです」

ヴァランダーはうなずき、この質問のフォローはハンソンにまかせることにした。女性のバスケットのコーチに彼はいままで会ったことがなかった。

「お父さんは花屋でしたね？」

「はい」

「ずっとそうでしたか？」

「若いときは船員だったらしいです。母と結婚してから陸に留まるようになったと聞いています」

「私の聞いたことに間違いなければ、お母さんは溺れたとか？」

「はい」

その答えに一瞬ためらいがあったのを、ヴァランダーは見逃さなかった。彼はすぐに神経を集中させた。

「それはいつのことですか？」

「十年ほど前のことです。わたしは十三歳でした」

緊張している、と思った。慎重に問いを進める。

「なにが起きたか、もう少し詳しく話してもらえますか？　場所はどこです？」

「この話、父の死と関係あるんですか？」

「起きたことを順番に調べるのは、警察の手順なのです」彼は権威を装って言った。ハンソンが目を丸くしてドアのところから見ていた。

「あんまりよく知らないんです」娘は言った。

ちがう。知っているが話したくないのだ、と彼は心の中でつぶやいた。

「それでは、知っていることを話してください」

「冬でした。なぜか知りませんが、両親は日曜日の散歩をするためにエルムフルトへ出かけました。そこで母は氷の割れ目に落ちてしまったのです。父は母を助けようとしましたが、できませんでした」

　ヴァランダーはじっと話を聞いていた。話の内容を考えた。いま彼らがやっている捜査とどこか関係があると思った。そしてすぐ、それがなにかわかった。ユスタ・ルーンフェルトではなくホルゲ・エリクソンだ。目の前の穴に落ちて突き刺されてしまった男。レーナ・ルンナーヴァルの母親は湖の氷の穴に落ちて死んだ。警官としての彼の直感が、ここに関連があると叫んでいた。だがどう関連があるのかは見えなかった。また、いま机の向かい側に座っている娘がなぜ母親の死について語りたがらないのかもわからなかった。

　母親の死の話はそこまでにして、本題に入った。

「あなたの父親は花屋でした。蘭の熱烈な愛好家だった」

「小さいときの最初の記憶がそれです。兄とわたしに父が花について熱心に話してくれたことが」

「なぜそんなに熱烈な愛好家だったのでしょうね？」

　彼女は驚いたようにヴァランダーに目を向けた。

「なぜって、なぜ熱烈だったかということですか？　そんなことに答えられるものでしょうか？」

　ヴァランダーは答えず首を振った。

「あなたは父親が私立探偵をしていたことを知ってましたか？」

ハンソンが跳び上がった。ヴァランダーは向かいの若い女性から視線を外さなかった。彼女の驚きは本物に見えた。

「父が私立探偵だったというんですか？」

「そう。知ってましたか？」

「それ、間違いだと思います」

「なぜです？」

「理解できません。まず、私立探偵ってなんですか？　そんな仕事をする人、スウェーデンにいるんですか？」

「たしかにそう訊きたくなるのも無理はない。だが、あなたの父親が間違いなく私立探偵の活動をしていたことははっきりしているのです」

「子どもの本に『ツーレ・スヴェントン』というのがありますけど、わたしの知っている私立探偵といったら、それくらいです」

「マンガの話じゃないんです。これは現実の話ですよ」

「わたしだってまじめに話しています。父がそんなことをしていたという話は聞いたこともありません。いったいなにをしていたんですか？」

「いまはまだ話せません」

娘は父親のしていたことを本当に知らないのだとわかった。もちろんヴァランダーが間違っているという可能性もある。つまり、ユスタ・ルーンフェルトが私立探偵をしていたという前提自体が間違いだったという場合だ。だが、ヴァランダーにはこの時点ですでに間違いないという確信があった。ルーンフェルトの秘密の部屋を発見したことが事件の全貌を明らかにするという進展にまだ繋がっていないだけだ。ハルペガータンの秘密の部屋は、次の秘密の部屋に彼らを進ませるだけかもしれない。だがヴァランダーはこれが捜査全体に与える影響は大きいと感じていた。体に感じないほどの小さな地震がすべてを動かしはじめたのだ。

ヴァランダーは立ち上がった。

「私からはこれでぜんぶです」と言って、手を差し出した。「またきっとお会いすることになるでしょう」

レーナは真剣な面持ちで訊いた。

「だれがこんなことをしたのですか？」

「わからない。だが、単独犯であれ複数であれ、われわれはかならず犯人を捕まえますよ」

ハンソンが廊下までいっしょに出てきた。

「私立探偵だと？　冗談か？」

「いや、そうじゃない。ついさっきルーンフェルトが借りていた秘密の事務所がみつかったのだ。あとでもっと詳しく話すよ」

ハンソンはうなずいた。

「『ツーレ・スヴェントン』はマンガじゃないぞ。あれは児童書のシリーズものだ」

だがその声はヴァランダーには届かなかった。コーヒーを取りに行くと自室に入りドアを閉めた。電話が鳴りだしたが、答えもせずに切った。できれば記者会見から逃げたかった。考えなければならないことがたくさんあった。顔をしかめながらノートを取り出すと、報道関係者のためにいくつか重要な点を書き出してみた。

いすに背をもたれさせて外を見た。風が強く吹いている。

殺人者がわれわれに話しかけているのなら、答えようではないか。もし自分が推測するように、犯人は自分のした行為をほかに見せびらかしたいのなら、たしかに見たと言ってやろう。だが、臆病風に吹かれてはならない。

さらに二、三点、追加した。それから立ち上がり、ホルゲソン署長のところへ行った。手短に考えていることを伝えた。署長は彼の言葉に耳を傾け、それからうなずいて同意した。記者会見は彼の提案どおりに進めることになった。

記者会見はイースタ警察署のいちばん大きな部屋でおこなわれた。この夏に戻ったような気がした。腹を立てて途中で会場を出てしまったあの記者会見のときに。見覚えのある顔が大勢いた。

「あなたがこれを引きうけてくれて、ありがたいわ」リーサ・ホルゲソン署長がささやいた。

「だれかがしなければならないというだけですよ」ヴァランダーが言った。

「わたしは紹介だけします。あとは好きなようにやってちょうだい」

彼らは部屋の片隅に用意された演壇に立った。署長は言葉どおりヴァランダーを紹介すると演壇を下りた。ヴァランダーは早くも汗が吹き出すのを感じた。

ホルゲ・エリクソンとユスタ・ルーンフェルトの殺害について抜かりなく説明をした。いくつかの点を選んで詳細に説明し、いままで経験したことがないほど残虐《ざんぎゃく》な暴力犯罪だと自分の考えを述べた。唯一発表しなかった重要事項は、ユスタ・ルーンフェルトが私立探偵をしていたという推測だった。また、ハロルド・ベリグレンという名で遠いアフリカの戦争に傭兵《ようへい》として参加した経験を日記に書いた男を捜していることも言わなかった。

いっぽうにおいて彼はまったく別のことを話した。それはリーサ・ホルゲソン署長と相談済みのことだった。

警察ははっきりした手がかりをみつけたと発表したのである。詳細は言えないが足跡と手がかりはあると。警察の見解ははっきりしている。ただ、いまの段階では、捜査上の問題で発表できないだけであると付け加えた。

捜査が揺れを感じたと思ったときに、このアイディアを思いついたのだった。深いところの揺れ、ほとんど体感できないほどの揺れだが、揺れであることは間違いなかった。

発想は単純なものだった。

地震が起きると人々は逃げ出す。震源地から少しでも早く逃れようとする。犯人あるいは犯人たちは、これら二つの殺人は残酷で周到な計画のもとにおこなわれたものであることを世間に知らせたかった。いま警察はたしかにそれを見たと発表できる。だが、もっと多弁に語ることができるのだ。犯人が見せたかった以上のことを見たと発表するのだ。

ヴァランダーは犯人に行動を起こさせたかった。動きまわる獲物は自分の影に隠れてじっとしているものよりも目につきやすい。

もちろん失敗も承知のうえだった。捜している相手は姿を消すことができる。それでもやってみるだけの価値があると思った。それで、真実ではないことを発表することに署長の同意を得ておいたのだ。

手がかりはまったくなかった。手中にあるのはまったく関係のない情報の破片だけだった。

話し終わると、質問が始まった。ほとんどが予期していた質問だった。いままでも訊かれて答えてきたものばかり。警官でいるかぎり続く質疑応答だった。

記者会見が終わりに近づき、ヴァランダーは苛立ちはじめ、ホルゲソン署長がもうそろそろと合図してきたとき、突然すべてがまったく別の方向に向かった。一人の男が後方の片隅で手を挙げて立ち上がった。ヴァランダーは彼に気づかず、会見を終わらせるところだった。ホルゲソン署長がもう一人手を挙げている者がいると注意をうながした。

「〝批判者《アンメルカレン》〟という新聞の者だが、質問を一つさせてほしい」

ヴァランダーは記憶をたどった。アンメルカレンという名前は聞いたことがない。苛立ちがつのった。

「新聞の名前をもう一度」とヴァランダーが言った。

「アンメルカレン」

部屋の中がどよめいた。

「その名前の新聞にまったく覚えがないのだが。それで、質問は?」

「アンメルカレンは伝統ある古い新聞ですよ」後方の男は平然として言った。「十九世紀のはじめにその名前で新聞を出していた。われわれはいま新しくこの名前で新聞を発行するところだ」

「質問は一つにしてもらいたい」ヴァランダーが言った。「最初の号が出たら二つの質問に答えることにしよう」

笑いが起きた。だが後ろの男はにこりともしない。ある種の説教臭さが感じられた。ヴァランダーはまだ未発行のアンメルカレンという新聞は宗教的なものだろうかと思った。謎めいた宗教的新聞かもしれない。新興宗教がついにイースタまでやってきたのだろうか? 南スコーネは征服され、残りはウステルレーンだけとか?

「ルーディンゲの住民が自警団を立ち上げることについて、イースタ警察はどういう見解をもっているのか?」男が訊いた。

ヴァランダーは彼の表情が見えなかった。

「ルーディンゲの住民がそのような集団的愚行に走るとは思えないし聞いてもいない」ヴァランダーが答えた。

「ルーディンゲばかりじゃない」後ろの男はまったく動揺せずに続けた。「全国的に決起計画が進められている。自警団のような組織の創設のために。市民を守るための民間の警察組織だ。警察がなにもしないことに対する自衛手段だ。なにもしないではなくなにもできないと言うべきか？　その一つの組織がイースタ地方でいま立ち上げられようとしているわけだ」

部屋の中はいつのまにか静まり返っていた。

「それはそれは。なぜその名誉ある最初の組織をこのイースタで始めるのだろうか？」ヴァランダーがその男に訊いた。アンメルカレンという新聞の男をまともに扱っていいものかどうか、彼にはわからなかった。

「数ヵ月という短い期間に、残虐な殺人事件がいくつも起きている。この夏の事件は警察はなんとか解決できた。だが、また始まったではないか。人は命あるかぎり生きたいのだ。ほかの人たちの記憶の中でなど生きたくはない。スウェーデンの警察は穴の中から表に出てきた犯罪者と闘うことを放棄してしまっている。だから自警団は人々の安全な暮らしを守るための唯一の対抗組織なのだ」

「人々が法を恣意的に自らの手で実行することで問題が解決できたためしはない」ヴァランダーは声を荒らげた。「イースタ警察の答えは一つだ。それは明白で単純なものだ。誤解の余地はない。警察と並行して治安組織を設立することはすべて違法行為であり、これに参加するものは犯罪者とみなす」

「それはあんたが自警団に反対という意味にとっていいのか？」男が訊いた。

「そうだ」ヴァランダーは答えた。「われわれは自警団を組織しようとする試みにはすべて反対する」

「あんた、ルーディンゲの住民たちがこれを聞いてどう反応するか、考えたことがあるかね？」

「あるとしても、彼らの反応を恐れてはいない」

ここで記者会見はいきなり終わった。

「あの男、本気かしらね？」報道関係者が引き揚げたあと、ホルゲソン署長が言った。

「どうでしょうね。とにかくルーディングゲには目を光らせておくことですね。もし本当に住民が公に自警団の設置を語りはじめているのなら、いままでとはちがう。面倒なことになりますね」

すでに七時になっていた。署長と別れてヴァランダーは自室に戻った。いすに腰を下ろし、考えに沈んだ。かつて犯罪捜査の間にこんなに考える時間がとれないことがあっただろうか？

電話が鳴った。すぐに出ると、相手はスヴェードベリだった。

「記者会見はどうでした？」

「いつもより多少うまくいかなかっただけだ。そっちはどうだ？」

「こっちに来られますか？　フィルムの入ったカメラがみつかったんです。ニーベリが来ています。これから現像するところなんです」

「ルーンフェルトは隠れて私立探偵をやっていたというのはもはや仮説ではないと信じていいのか？」

「はい、そう思います。それにもう一つ」

ヴァランダーは話の続きを待った。

「フィルムにはいちばん最近の依頼人が写っているんじゃないかと思うんです」

最後の、だろうとヴァランダーは思った。最近の、ではなく。

「わかった。そっちに行く」

冷たい風の中を警察署から外に出た。雲が勢いよく空を飛んでいく。車に向かいながら、ふと、渡り鳥はこんなに強い風の中を夜飛ぶのだろうかと思った。

ハルペガータンへの途中、ガソリンを入れた。疲れてぽっかりと空虚な気持だった。いつになったら家を探すことができるのだろう。それから父親のことを思い、バイバはいつになったらこっちに来るのだろうかと思った。

腕時計を見た。時間が過ぎていくのは、人生が過ぎていくことなのか。もはやなにがなんだかわからなくなってしまった。

ヴァランダーは車を発進させた。時計は七時二十五分を示していた。

数分後ハルペガータンに着き、車を停めて地下室に下りていった。

17

彼らは現像液の中のフィルムがしだいにはっきりしてくるのを息を詰めてながめた。記者会見から戻ってきたヴァランダーは暗室でほかの三人のそばに立っていた。これから見えるものはなんなのか、いや、なんだったらいいと思っているのか、自分でも見当がつかなかった。赤い光のせいで、これから現れるものの正体がなにか隠微なもののように思えた。現像の作業はニーベリがしていた。警察署前で滑ったけがで松葉杖を使っている。戻ってきたヴァランダーに、フーグルンドがニーベリはいつも以上に機嫌が悪いと小声で教えてくれた。

だが、ヴァランダーが記者会見をしている間に、彼らはさらに一歩進んでいた。ユスタ・ルーンフェルトが私立探偵をしていたことはもはや疑いのない事実だった。発見した顧客名簿によれば、彼は少なくとも十年間この仕事をしていた。いちばん古い依頼は一九八三年に記録されていた。

「そんなに手広くやっていたわけではないようです」フーグルンドが言った。「せいぜい年間七、八件。余暇の手慰み程度ですね」

スヴェードベリはどんな種類の探偵仕事をしていたのか、表を作りはじめていた。

「浮気の調査が約半数」リストを見ながら言った。「意外なことに、妻や恋人の浮気を疑う男性からの依頼が多いです」

「なぜそれが意外なんだ？」ヴァランダーが訊いた。

スヴェードベリは自信がなさそうだった。

「そうとは思わなかったので。しかし自分はこういったことはあまりわからないですから、意見が言える立場ではありませんが」

スヴェードベリは独身で、いままで女性とつきあっているという話をしたことがなかった。四十過ぎだが、独身生活に満足しているように見えた。

ヴァランダーは続きをうながした。

「一年におよそ二件の割合で雇い主が従業員の窃盗を疑っているケースがあります。ほかに、目的のはっきりしない偵察の依頼もありますが全体に仕事の内容は単純です。仕事に関する記帳はいい加減なものですが、報酬はかなりもらってます」

「それでぜいたくな外国旅行ができたわけだ」ヴァランダーが言った。「ナイロビ旅行は三万クローネもしたのだ。ま、実際には行かなかったわけだが」

「ルーンフェルトは死んだとき、調査を一つ引き受けてました」フーグルンドが言った。

彼女はカレンダーを机の上に出した。ヴァランダーはまたもや老眼鏡のことを思った。眼鏡なしではカレンダーを見てもしかたがなかった。

「これがもっとも一般的な仕事のようです。スヴェンソン夫人という女性が配偶者の素行調査を依頼しています」

「ここ、イースタでか？　それともどこかほかの土地でも彼は探偵ごっこをしていたのか？」

「一九八七年にマルカリドで仕事をしています」スヴェードベリが言った。「それより北はありません。スウェーデン国内はスコーネだけです。一九九一年にデンマークに二回そしてドイツのキールに一回行っています。まだ細部まで目を通してませんが、スカヌーに住む女性でフェリーの機関士の妻が、夫が同じフェリーで仕事をしているウェイトレスと浮気しているのではないかと疑って調査を依頼した件です。どうも奥さんの勘は当たったらしいです」

「それ以外は、イースタ近辺で活動してきたというわけか？」

「もう少し広げて南東スコーネと言ってもいいかもしれませんが」

「ホルゲ・エリクソンはどうだ？　彼の名前はないか？」

フーグルンドがスヴェードベリを見、彼は首を横に振った。

「ハロルド・ベリグレンは？」

「彼の名前もありません」

「この二人の関連を示す材料はみつからなかったのか？」

答えはノーだった。なにもみつからなかった。なにかあるにちがいないのだが、とヴァランダーは思った。犯人が二人いるとはぜったいに考えられない。あの二人が偶然に殺されたわけがない。なにか関連があるはず。まだわれわれの目に見えないだけなのだ。

「わたし、このユスタ・ルーンフェルトという男がよくわかりません。情熱的な蘭の愛好家がどうして私立探偵のようなことをしていたんでしょう？」

「人は見かけどおりではないものだ」そう言いながらヴァランダーは自分はどうだろうと思った。

「この秘密の仕事でルーンフェルトはけっこういい稼ぎをしてました」スヴェードベリが言った。「でも自分の記憶に間違いがなければ、彼はそっちの仕事の税金申告はしていません。もしかすると探偵仕事を隠していたのは、単に税金逃れのためだったのかもしれませんね」

「それだけじゃないだろう」ヴァランダーが言った。「私立探偵などという仕事は、あまり人に認められる仕事ではないことも関係あるのではないか」

「あるいは子どもっぽい、大人になりきれない男のゲームだからじゃないですか」とフーグルンドが言った。

ヴァランダーは異議を唱えたかったが、なんと反論したらいいかわからなかったので、黙っていた。

現像されたのは男の姿だった。外で撮られたもの。背景はかすんではっきり見えない。五十代で、髪の毛は短く刈り込んでいた。かなり離れたところから撮ったものだとニーベリが言った。数枚はブレていた。それで望遠レンズを使ったのだろうとわかった。望遠レンズは少しの動きにも敏感だ。

「スヴェンソン夫人からの最初の連絡は九月九日です」フーグルンドが説明した。「九月十四日と十七日、ルーンフェルトは『依頼の仕事をした』とメモしています」

「ナイロビ旅行出発予定日に近いな」ヴァランダーが言った。

一同は暗室から出た。ニーベリは机に陣取り、写真のホルダーに目を通した。

「ルーンフェルトの顧客はだれなんだ？　そのスヴェンソン夫人というのは？」

「顧客名簿もメモもいい加減です」スヴェードベリが言った。「文字を書くのが苦手な探偵だったのかな。スヴェンソン夫人の住所さえ控えてないんです」

「私立探偵はどうやって仕事を受けるんでしょう？」フーグルンドが言った。「なんらかの方法で客が彼の存在を知るわけですよね」

「新聞で探偵の広告を見たことがある」ヴァランダーが言った。「イースタ・アレハンダではない、全国紙でだ。このスヴェンソン夫人を割り出すのはそうむずかしくないにちがいない」

「入り口の管理人と話しました」スヴェードベリが言った。「彼は、ルーンフェルトはここを倉庫に使っていたのではないかと言っています。また、ルーンフェルトに訪問者はなかったと」

「きっとよそで会っていたのだろう。この部屋は彼にとって初めての秘密の部屋だったにちがいない」

彼らは黙り込み、いまの話を考えた。ヴァランダーはいまいちばん重要なことはなにか、優先順位を考えた。同時に頭の中にはまだ記者会見でのことがあった。アンメルカレンという新聞から来たという男のことが気にかかった。本当に全国規模で自警団を設置しようという動きがあるのだろうか？　もし本当なら、人々が自分たちの手で処刑を勝手に始めることも視野に入れておかねばならないとヴァランダーは思った。フーグルンドとスヴェードベリにこの話をしたいと思った。が、やめにした。警察署での次の捜査会議のときに同時にみんなに話すほうがいいだろうと思ったからだ。それに、これはホルゲソン署長の仕事の範疇《はんちゅう》だ。自分のやるべきことではない。

「スヴェンソン夫人という人をみつけ出すのが先決です。でもどうやればいいんでしょうね?」

スヴェードベリが言った。

「そのとおり。ぜったいにみつけ出すんだ。通話記録を徹底的に調べ、ここにある書類すべてに目を通すことだ。どこかに手がかりがあるはずだ。ここはあんたたちにまかせて、おれはこれからルーンフェルトの息子に会いに行ってくる」

ハルペガータンから車を出すと、ウステルレーデンを行った。風は依然として氷のように冷たい。イースタの町はひとけがなかった。ハムヌガータンを曲がって郵便局のところまで来て停めた。それからまた冷たい外気に身をさらした。自分を哀れに感じた。薄いセーター一枚で秋のうらさびれた町を北風に逆らって進む警察官だ。これはまさにいまかろうじて残っている法治国家スウェーデンの姿だ。まさにこのとおりなのだ。薄着で震えている警察官。

スパルバンケン銀行で左に曲がり、そのまま道なりにセーケルゴーデンまで進んだ。これから会う男の名前はボーだ。ボー・ルーンフェルト。ホテルに入ると、フロントの若い男が本を読んでいた。ヴァランダーはうなずいてあいさつした。

「あ、こんにちは」若い男が返事をした。

ヴァランダーはその若者に見覚えがあることに気づいた。すぐにそれは前署長の上の息子だとわかった。

「久しぶりだね。お父さんはどうしてる？」

「マルメは嫌いだと言っています」

いや、ビュルクはマルメが嫌いなわけではない。幹部になるのが嫌いなのだ、とヴァランダーは思った。

「なにを読んでいるんだい？」

「フラクタルです」

「フラクタル？」

「ええ。幾何学の用語です。ルンド大学で勉強しているんです。といってもこれはただ自分で勉強しているだけですけど」

「そうか。いや、私はここに部屋の予約をしに来たわけではない。ここに泊まっている客、ボー・ルーンフェルトに会いに来たのだが」

「さっき戻りましたよ」

「どこか話のできる静かなところはないかな？」

「今晩はほとんど泊まり客がいません。ブレックファストルームでどうぞ」

そう言ってビュルクの息子は廊下の先を指した。

「それじゃ、向こうで待っている。部屋に電話をして、私がここで待っていると伝えてくれないか」

「新聞で見ましたよ」若者は言った。「どうしてこうもひどくなってしまったのでしょう?」

ヴァランダーは彼の言葉が気になった。

「どういう意味だ?」

「よりひどくなった、より残酷になった、それ以外の意味があるんですか?」

「わからない。正直言って、なぜこんなになってしまったのか、自分にもわからない。そう言いながらも自分がいまこんなことを言っていること自体信じられないという気持ちもある。いや、本当は知っているのだ。本当は、なぜこんなことになったのかだれもが知っているのだ」

ビュルクの息子は話を続けたがったが、ヴァランダーは片手を上げて断り、電話を指さした。それからブレックファストルームへ行き、腰を下ろした。いま半分で切り上げた話のことを考えた。なぜすべてがよりひどく、より残酷になったのか。なぜ自分はその答えを言うのをためらってしまったのか。その答えはよく知っているのに。彼のスウェーデン、彼が子ども時代を過ごしたスウェーデン、第二次世界大戦後築き上げられたスウェーデンの礎石《そせき》はみんなが思うほど盤石《ばんじゃく》なものではなかったのだ。礎石の底が泥土だったのだ。戦後復興の新興住宅地が開発されたころ、よく〝非人間的〟だと批判されたではないか。あのようなところに住む人間たちに〝人間らしさ〟を保てと求めることは無理なのだ。社会は硬くなってしまった。自国にいながら必要とされない、歓迎されないと感じる人々は、攻撃性と軽蔑をもって社会に対抗する。

無意味な暴力などないことをヴァランダーは知っていた。どんな暴力であれ、振るう者にとっては意味があるのだ。この真実を受容しなければ、暴力の勢いを別のほうに向けることはできない。

これから警察官としてやっていけるだろうかという思いもあった。同僚の何人かが他の職業に変わろうかと真剣に悩んでいるのを知っている。マーティンソンは数回そんな話をしているし、ハンソンも一度、コーヒーを飲みながら言ったことがある。ヴァランダー自身、数年前、トレレボリにある大きな会社の警備主任の仕事を新聞の募集欄で見たとき、切り抜いたことがあった。

アン＝ブリット・フーグルンドはどう考えているのだろうか。彼女はまだ若い。あと三十年は警察官の仕事をしなくてはならない年齢だ。

一度彼女に訊いてみようと思った。これから警官を続けていくために、そうしなければ。

そう考えながらも、いま自分の描いたイメージはけっして全体を示すものではないということはわかっていた。若者たちの間では、警察官という職業に対する関心はこのところ高まっているのだ。その高まりは一時的なものではなくずっと続いている。ヴァランダーには世代のちがいかもしれないとも思えた。

とにかく彼にはずっと思ってきたこと、いま思えば正しかったとわかることがあった。すでに一九九〇年代に入っていたころのことである。夏の終わりの暖かい日の夕暮れどきにリードベリのバルコニーに座って、未来の警察はどういうものかを語り合った。それはリードベリが病気になってから、そして彼の最期のころにもよく続けた話題だった。けっして結論など出なかったし、いつも意見が一致していたわけでもなかった。しかし一致していたことが一つあった。それは究極のところ警察の仕事は時代の兆候を読み解くことだという点だった。社会における変化を理解し、動きを解釈することだ。

これは正しかった。が、逆に正しいと思っていたことで間違っていた決定的なことが一つあった。警察官の仕事は今日の仕事のほうが昨日の仕事よりもむずかしいことはない。むずかしさは昨日も今日も同じだという認識だ。

彼には今日の仕事のほうがむずかしかった。同じではない。

足音が聞こえて、考えが中断された。ヴァランダーは立ち上がり、ボー・ルーンフェルトと握手した。背の高い体格のいい青年だった。年齢は二十七か二十八歳、握手の手は力強かった。ヴァランダーは座るように言った。そのときいつもながら手帳を忘れてきたことに気がついた。ペンを持っているかどうかも疑わしかった。フロントに行ってビュルクの息子にペンと紙を借りようかとも思ったが、やめにした。記憶に留めなければならない。自分のだらしなさに腹が立つ。許せない失敗だった。

「まずお悔やみを申し上げることから始めたい」

ボー・ルーンフェルトはうなずいた。が、なにも言わなかった。目は強烈な青い色で、いくぶん細めている。近眼だろうか、とヴァランダーは思った。

「同僚のハンソン捜査官がすでに詳しく事情聴取したことは承知している。だが、私もいくつか訊きたいことがあるので」

ボー・ルーンフェルトは依然としてなにも言わない。その目は人を見透かすようだった。

「住んでいるところはアルヴィーカで間違いありませんね。職業は会計検査官」

「プライス・ウォーターズ社で働いてます」ボー・ルーンフェルトは言った。その声で、人前で話すことに慣れているとわかった。

「スウェーデンの会社ではないようですね？」

「そのとおり。プライス・ウォーターズ社は世界最大の会計監査会社です。わが社が活動していない国を探すほうが早いほどです」

「だがあなたはスウェーデンで仕事をしている？」

「いつもじゃありません。アフリカとアジアにしょっちゅう出かけます」

「スウェーデンから会計検査官を必要とするのですか？」

「いや、スウェーデンからというわけじゃありません。プライス・ウォーターズ社からです。われわれは援助プロジェクトも監査するのです。援助の資金がしかるべき人々の手に渡っているかどうか」

「渡っているのですか？」

「ぜんぶがそうとは言えない。しかしちょっと待ってください。こんなことが父の死と関係あるのですか？」

ヴァランダーは目の前に座っている男が警察官と話をするのは自分を下げることだと思って

いるのがわかった。いつもなら腹を立てるところだった。つい数時間前にもそんな態度の女性に会ったばかりだ。だが彼はボー・ルーンフェルトとの関係では不安を感じた。彼の中のなにかが怒りを抑えた。もしかして自分のこのへつらうような態度は父親から伝わったものかもしれないという気がした。父親はぴかぴかに磨き立てられたアメリカ車でやってきて絵を買っていった男たちに対していつもぺこぺこしていた。いままで一度も考えたことがなかったが、もしかすると父からの遺伝子かもしれないと思った。民主的な表面の下に隠された劣等意識。

ヴァランダーは青い目の男をながめた。

「あなたたちの父親が殺害された。どの質問をするかを決めるのはこちらの仕事です」

ボー・ルーンフェルトは肩をすぼめた。

「警察の仕事のことは詳しくありません」

「妹さんにも訊いたのですが、重大な質問をします。あなたは父親が花屋のほかに私立探偵の仕事をしていたことを知っていましたか?」

ボー・ルーンフェルトの動きが一瞬止まった。次の瞬間はじけるように笑いだした。

「こんなにばかげた話は聞いたことがない」と言った。

「ばかげているかどうかはわからないが、事実です」

「私立探偵?」

「身上調査を仕事にしていたと言うほうがよければそう言ってもいい。事務所があって、探偵仕事の依頼を受けていたようです。少なくとも十年ほどその仕事をやっていたとみられる」

ボー・ルーンフェルトはヴァランダーが本気なのだとわかった。彼の驚きは明らかだった。

「探偵の仕事を始めたのは、だいたいあなたのお母さんが溺れたのと同じころのようです」

ヴァランダーはその日の午後彼の妹と話をしたのと同じような感じを受けた。ほとんど目に留まらないほどの影が彼の顔を横切った。まるでヴァランダーが立入禁止の領域に土足で踏み入ったのをとがめるような影だった。

「あなたは父親がナイロビに旅行することは知っていたのですね。同僚があなたと電話で話したと聞いています。父親がコペンハーゲンの空港に現れなかったと聞いて信じられなかったとか」

「ええ。父とは旅行に出かける前に話をしてますから」

「そのときはどんな感じでしたか?」

「いつものようでした。旅行の話をしてました」

「心配そうな気配はなかったのですね?」

「はい」

「いったいなにが起きたのかと、あなたは心配してたにちがいない。父親が自分の意思で旅行に出かけなかったとは考えられませんか? またはあなたがたになにか隠していたとか?」

「なにも思いつきません」

「旅行カバンに荷物を詰めて用意してアパートを出たようです。そこで足跡が途絶えてしまったのですよ」

「だれかが待っていたんじゃないですか？」

ヴァランダーは次の質問を出すのを遅らせた。

「だれが？」

「知りません」

「あなたの父親には敵がいましたか？」

「ぼくの知るかぎりいまはいません」

ヴァランダーはぎくっとした。

「どういう意味ですか？　いまはいないとは？」

「言葉どおりです。いまは敵はいないと思いますよ」

「もう少しはっきり言ってくれますか？」

ボー・ルーンフェルトはポケットからタバコを取り出した。その指が震えていることにヴァランダーは気がついた。

「タバコを吸ってもいいですか？」

「どうぞ」

ヴァランダーは待った。続きがくることはわかっていた。なにか重要なことに近づいているという予感がした。

「父に敵がいたかどうかは知りません。しかし、父を心から憎む人間が一人いたことはたしかです」

「それは?」

「母です」

ボー・ルーンフェルトはヴァランダーの反応を待った。だがヴァランダーはなにも言わなかったので、彼は言葉を続けた。

「父は心から蘭を愛していました。非常に能力のある人で、蘭のことも自学自習で本を出すまでになったのです。だが、ほかの面もあった」

「ほかの面?」

「残酷な人でした。ずっと母に暴力を振るっていました。ときには大けがで病院に行かなければならないほど。父と別れるように妹と何度もたのみましたが、母にはそれができなかった。いつも父に殴られていました。父は暴力を振るったあとは激しく後悔をし、母はそんな父を許す。その繰り返しでした。まるでけっして終わらない悪夢を見ているようでした。父の暴力は母が溺れ死にするまで続いたのです」

「氷の穴に落ちて溺死したとか?」

「ぼくが知っているのもそれだけです。ユスタはそう言っていました」

「あまり信じていないようですね?」

ボー・ルーンフェルトは吸いかけのタバコを灰皿に押しつけた。

「母が事前に行って、氷に穴を開けたのでしょうか?　なにもかも終わりにしたくなって」

「それは可能性としては考えられますね」

「自殺したいとは言ってました。しょっちゅうではありませんでしたが、最後のころ何度か。でもぼくたちは信じなかった。そんなこと、信じたくありませんからね。自殺者の家族はなにが起きようとしているのかを見ているはずだしわかっているはずなのですが、じつはなにもわかっていないんです」

ヴァランダーは濠《ほり》に仕掛けられた竹槍を思った。あの渡り板は半分までのこぎりで切れ目がつけられていた。今回の犠牲者ユスタ・ルーンフェルトは残忍な男だったという。妻に暴力を振るっていた。ヴァランダーはいまボー・ルーンフェルトから聞いた話の意味を考えた。

「ぼくは父が死んだことを悲しみません。妹も悲しんではいないと思います。ひどい人だった。ぼくたちきょうだいの母親の命を奪った人です」

「あなたたちにも暴力を振るったのですか？」

「いいえ、一度も。母にだけでした」

「なにか理由があったのですか？」

「知りません。死者の悪口を言ってはいけないといわれてますが、父は化け物でした」

ヴァランダーは考え込んだ。

「彼があなたたちの母親を殺したのではないかという疑いはもちませんでしたか？　事故ではなかったのではないかとは？」

ボー・ルーンフェルトの答えは即座にきた。

「何度も思いましたとも。しかし証明できない。証人もいない。あの日、父と母は湖に二人だけでした」

「湖の名前は?」

「ストングシューン。エルムフルトからそう遠くないところにあります。南スモーランドです」

ヴァランダーはここで質問をやめた。ほかになにか訊きたいことがあるか? 現在進行中の捜査が喉元を締めつけるような気がした。訊きたいことは無数にある。が、問題は質問を向けるべき相手がいないことにあった。

「ハロルド・ベリグレンという名前を聞いたことがありますか?」

ボー・ルーンフェルトはよく考えてから答えた。

「ないです。しかし、よくある名前ですから、ぼくの記憶ちがいかもしれませんが」

「あなたの父親は傭兵《ようへい》について話したことがありますか?」

「傭兵? いや、ないと思います。でも小さいとき外人部隊の話はよく聞かされた。ぼくにだけで、妹にはしませんでした」

「なにを話していたのですか?」

「冒険です。外人部隊に志願するのがもしかすると若いときの夢だったのかもしれない。だが、実際にはなんの関係もなかったと思います。傭兵についても同じだったでしょう」

「ホルゲ・エリクソン、この名前については?」

「父より少し前に殺された人ですね。新聞で読みました。しかしぼくの知るかぎり、父はその人と関係がなかったと思いますよ。もちろん、ぼくが間違っていることは考えられます。父とはほとんどつきあいがありませんでしたから」

ヴァランダーはうなずいた。ほかに質問はなかった。

「イースタにはいつまで滞在しますか？」

「葬儀は手筈がつきしだいおこなうつもりですが、花屋をどうするか、決めるのに時間がどれだけかかるか」

「もう一度話を聞きに来るかもしれません」と言って、ヴァランダーは立ち上がった。

ホテルをあとにした。九時近かった。空腹なことに気がついた。強風が上着の中まで吹き込んでくる。通りの角に身を寄せて風を避けながら、これからどうするか考えた。なにか食べなければ、と思った。だが、少しでも早くいま聞いたことを考える時間をとらなければならないとも思った。手間取っていた事件捜査がやっと動きだしたわけだが、気をつけないと手がかりを見失ってしまう。彼は依然としてホルゲ・エリクソンとユスタ・ルーンフェルトの接点を捜していた。どこか見えないところにあるにちがいないと心の中でつぶやいた。もしかすると自分はもうそれを見ているのかもしれない。見ているのに気がつかずに通り過ぎてしまったのかもしれない。

車に行って、そのまま警察署へ向かうことにした。運転席に座るとすぐに、アン＝ブリット・フーグルンドの携帯に電話をした。まだ例の秘密の事務所を捜索しているという。だがニーベリだけは足が痛みだしたため家に帰ったところだった。

「いまルーンフェルトの息子と話をした。興味深いことがわかった。これから署に戻って話を少し整理しなければならない」

「書類を捜しまわるだけでは足りないですものね。だれか考える人もいないと」フーグルンドが言った。

これは皮肉だろうか、と思ったが、ヴァランダーはそんなことはどうでもいいと思った。時間がない。

ハンソンは自室にいて、そろそろ集まりはじめた報告書に目を通していた。ヴァランダーはハンソンの部屋の戸口にやってきた。コーヒーマグを手に持っている。

「法医学者からの報告書はどこだ？　もうきているはずなのだが。少なくともホルゲ・エリクソンの分はできているはずだ」

「マーティンソンの部屋にあるんじゃないのか？　たしか彼がそのことでなにか言っていたような気がする」

「まだいるかな？」

「いや、もう帰った。情報の一部をCDに移したから家で仕事をすると言っていた」

「そんなことしていいのか？」ヴァランダーが考えごとをしながら上の空で言った。「捜査資料を家に持って帰るってことだが」

「知らない」ハンソンが言った。「おれには関係ないことだからな。だいいち、家にパソコンがないから。だがそれも近ごろでは職務違反と言われるかもしれんな」

「なにが職務違反と？」

「自宅にパソコンをもっていないこと」

「それじゃ、おれも同じだ。とにかく法医学者の報告書を明日の朝に読みたい」

「ボー・ルーンフェルトはどうだった？」

「これから事情聴取の内容を書いてみる。だが、重要なことが聞けたよ。それとは別だが、ユスタ・ルーンフェルトが本当に私立探偵をしていたことの裏が取れた」

「ああ、スヴェードベリが電話してきて教えてくれたよ」

ヴァランダーは携帯電話を取り出した。

「これがなかったとき、どうしていたんだろう？ 思い出せもしない」

「いまとまったく変わらなかったさ。ただ時間がかかっただけだ。公衆電話を探しまわったね。いまよりも車に座っている時間が長かった。だが、やってることはまったく変わらないさ」

ヴァランダーは廊下を渡って部屋に行った。途中コーヒールームから出てきたパトロール警官にうなずいてあいさつした。部屋に入ると、上着のボタンも外さずにいすに腰を下ろし、十分ほど考えてからノートを取り出して書きはじめた。


二件の殺人事件のまとめを書き上げるのに二時間かかった。二隻の船を同時に航行させたような作業だった。その間中、この二つの事件の接点を探した。どこかにあるはずだ。十一時過ぎ、彼はいすの背に背中をあずけ、ペンを放り出した。これ以上はなにもわからない。

一つだけ確信していることがあった。この二つの事件にはかならず接点がある。それをまだみつけ出していないだけなのだということ。

ほかにもあった。

頭の中にずっとアン＝ブリット・フーグルンドの言ったことがあった。なぜか見せびらかすような犯行の手口という言葉だ。竹槍で突き刺されたホルゲ・エリクソンの姿も、首を絞められ木に縛りつけられて死んでいたユスタ・ルーンフェルトの姿も。

なにかが目に映っているのだが、それがなんなのかがおれには見えないのだ。

それがなんなのかをさっきから考えている。どうしてもわからないのだ。

部屋の明かりを消したとき、時刻はすでに夜中の十二時近かった。

彼は暗闇に立ち尽くした。

頭の奥にかすかな恐れがあった。それはまだ予兆とも言えないほど弱いものだった。

犯人はまたなにかやる。机に向かって書き記したことで唯一彼がもてた確信だった。いままで起きたことはまだ完結していないという気がするのだ。

なにが起きるのかはわからない。

が、きっとなにかが起きる。

18

彼女は午前二時になるまで待った。その時間になると疲れが出てくることは経験から知っていた。自分自身が働いていたころの夜勤のことを思い返すと、いつも決まってそうだった。午前二時から四時までの間が居眠りの危険がいちばん大きい時間帯だった。

前の晩の九時から彼女はシーツ部屋に隠れていた。最初のときと同じように病院の正面玄関から建物に入った。怪しむ者はいなかった。看護師が急いでいるのは日常茶飯事のこと。なにか外で用事を済まして帰ってきたのか、それとも車に忘れ物を取りに行ってきたのか、せいぜいそんなところだ。彼女の様子にはなにも変わったところがなかったので、人の注意を引かなかった。変装することも考えた。かつらをかぶるか？　だがそれは用心のしすぎというもの。シーツ部屋で、洗い立てでアイロンを当てられたばかりのシーツの匂いを嗅いで子ども時代を思い出しながら、彼女はゆっくり考えることができた。電気をつけてもよかったが、つけずに暗闇の中にいた。十二時過ぎてから初めて懐中電灯——それもまた職場で使うものだったが——を取り出し、母親の書いた最後の手紙を読んだ。フランソワーズ・ベルトランが送ってくれたほかの手紙同様、その手紙も途中で終わっていた。だが、母親が自身のことを突然に書きだしたのはこの最後の手紙だった。自殺を試みたときの事情。彼女は母親が当時の苦悩から解放されていないのをその手紙で知った。主《あるじ》のいない船のようにわたしは漂っている、と書かれていた。わたしはほかの人の罪を償《つぐな》わされている哀れなさまよえるオランダ人《フライング・ダッチマン》だ。年を取ればきっと遠い思い出になる、記憶があいまいになり、薄れ、そして最後には消えるだろうと思った。だがそんなことはないとわかった。死ななければ終わらないのだ。わたしは死にたくない。少なくともまだ。だからわたしは思い出すほうを選んでいることになる。

手紙は母親がフランス人尼僧たちの家に泊まる前日の日付だった。尼僧たちといっしょに殺される前日だ。

手紙を読み終わると、懐中電灯を消した。すべてが静まり返っていた。二度、人が廊下を通り過ぎる音がした。シーツ部屋は一部しか使われていない病棟の片隅にあった。

考える時間は十分にあった。彼女の時刻表には休日が三日続いていた。その後ふたたび仕事を始めるのだ。十七時四十四分に。だから時間はたっぷりある。彼女はその時間を有効に使うつもりだった。いままでのところ、すべては計画どおりにいっている。女は男と同じように考えないかぎり失敗しない。彼女はずっと前から知っていた。すでにいままでの段階でそれは証明済みだと彼女は思った。

だが、気にかかることが一つあった。時刻表を役に立たないものにしてしまう危険のあるものだ。新聞に書かれていることはすべて読んでいる。ラジオも聴いているしテレビも見てもいる。警察になにもわかっていないのははっきりしている。それはまた彼女が意図するところでもあった。形跡はなにも残さず、警察犬には見当違いのところを嗅ぎまわらせるのが。だがいまや彼女は警察のあまりの無能ぶりに苛立ちを感じはじめていた。警察にはぜったいにこの事件を解決できないだろう。彼女は犯罪史上に名を残すような謎を犯行の際に残したつもりだった。だが、警察はこれらの犯罪をおこなったのは男性であると決めつけているようだ。彼女はそれが気に食わなかった。

いま暗いシーツ部屋に隠れて、彼女は計画を練った。これからは、少しずつ変化を加えていこう。もともとの時刻表を狂わせるようなものではない。そもそも、表面上は目立たなくても、計画にはかならずどこかにゆとりがあるものだ。

彼女は謎に具体性を与えるつもりだった。

二時半、彼女はシーツ部屋を出た。廊下に人影はまったくなかった。白い制服の襟や袖のしわを伸ばし、それからおもむろに産科のある棟に向かって階段を上った。夜勤はふつう四人だと知っていた。昼間、彼女は一度看護師詰め所へ行って、すでに赤ん坊といっしょに退院した一人の女性のことを訊くふりをした。看護師の背後の表で、病室がすべてふさがっているのがわかった。秋から冬に向かうこんな季節に子どもを産む女がこんなにいるなんてまったく理解できなかった。いや、本当はわかっていた。いつ子どもを産むかを決めるのは、いまだに女本人ではないからだ。

産科棟が始まる仕切りのガラスドアの前まで来ると、彼女は足を止めて看護師の詰め所の様子をうかがった。ドアを少し押して隙間から声が聞こえるかどうか耳を澄ました。なにも聞こえなかった。つまり看護師と助産師は忙しくて詰め所にいないということだ。これから彼女が会おうとしている女のいる部屋まで行くのには十五秒もかからない。おそらくだれにも出会わないだろう。いや、わからない。ポケットの中から手袋を取り出した。自分で縫ったものだ。手袋の表側のこぶしに当たる部分に鉛を縫い込んである。それを右手にはめるとドアを開けて産科の廊下に入った。詰め所にはだれもいず、隅のほうからラジオの音が低く流れている。彼女はしっかりした足取りですばやく詰め所前を通り過ぎた。部屋の前まで来ると中に入った。ドアは背後で音もなく閉まった。

ベッドの上の女性は眠っていなかった。手袋を外すとポケットに入れた。母親の最後の手紙の入っているポケットだ。そのまま女性のベッドの端に腰を下ろした。女性は青ざめていて、腹部がシーツの下から盛り上がっていた。彼女は女性の手を取った。

「決めた?」と訊いた。

女性はうなずいた。ベッドの端に座っていた彼女はその答えを当然なものとして受け止めたが、そこには同時にある種の勝利感もあった。もっとも虐《しいた》げられた女性であっても、ふたたび人生と向き合うことができるのだ。

「エウフェン・ブロムベリ」と女性は言った。「ルンドに住んでいる。大学の研究者よ。どんな研究をしているかは知らないけど」

彼女は女性の手を軽く叩いた。

「それはわたしが調べるわ。あなたは心配しないでいいの」

「わたしはあの男が憎い」女性が言った。

「ええ、わかっている。憎んで当然よ」

「あのときできたら殺していたわ」

「ええ、でもあなたにはできない。子どものことを考えて」

彼女は女性に近づき、ほほを撫でた。それから立ち上がると、ふたたび手袋をはめた。部屋にいた時間はせいぜい二分というところだ。用心しながらドアを開けた。廊下に看護師も助産師もいないことを確かめてから、出口に向かって歩きだした。

詰め所を通り過ぎようとしたとき、出てきた女性がいた。運が悪かったが、避けるにはすでに遅すぎた。女性は目を瞠《みは》って彼女を見た。年長で、おそらく助産師の一人だろう。

彼女は出口のほうに急いだ。が、女性は後ろから声をかけ、追いかけてきた。彼女はただ産科棟から出ることしか頭になかった。だが、後ろから来た女性は彼女の腕をつかまえ、名前を訊き、ここでなにをしているのかと問い詰めた。女はこれだから面倒だと彼女は思った。彼女は振り返って、右手にはめた手袋で女性を殴った。けがをさせるつもりはなかった。決定的なけがを与えないようにこめかみは避けて軽く殴るつもりだった。だから女性のほほを加減して殴った。女性が驚いて握っている腕を離すほどの強さで。女性はうなり声を上げて廊下にうずくまった。彼女はまた出口へ向かおうとした。そのとき、足首がしっかりつかまれていることに気がついた。振り返って彼女は殴りかたが足りなかったとわかった。そのとき、どこかの部屋のドアが開く音がした。彼女はあわてた。女性をもう一度殴ろうと屈み込んだ。そのとき女性が彼女の顔を引っ掻いた。彼女はこんどは殴りかたの強さなど考えずまっすぐにこめかみをこぶしで殴った。女性は足首から手を離してぐったりした。彼女は病棟を仕切るガラスのドアから外に出た。爪でほほを引っ掻かれたことがわかる。廊下を走った。声をかける者はいなかった。ほほの血をぬぐった。白い制服の袖に血がついている。手袋を外してポケットに入れると、木靴を脱いで走りだした。病院には院内警報装置がついているのだろうか？　そう思ったのもつかの間、だれにも出会わずにすぐに外に出た。車に乗り、バックミラーで顔を見て、ほほの傷はほんの少しで、傷口も深くないことがわかった。

すべてが予定どおりにいったわけではなかった。いつもうまくいくとはかぎらない。肝心なのは、女性をひどい目に遭わせた男の名前を聞き出すのに成功したことだ。

エウフェン・ブロムベリ。

詳しく調べて計画を立てるのにまだたっぷり二日の時間がある。急ぐことはない。かかるだけの時間をかけていい。おそらく一週間もあれば十分だろう。

大かまどは空いている。口を開けて待っている。

木曜日の朝八時過ぎ、捜査班は会議室に集まった。ヴァランダーはペール・オーケソン検事にも出席を求めた。会議を始めようとしたとき、全員がそろっていないことに気がついた。

「スヴェードベリは？　彼はどうした？」

「一度来たんですが、すぐに出ていきました。病院で夜中に暴力事件があったらしいんです。会議の時間には戻れるだろうと言ってましたが」

なにかがヴァランダーの脳裏をかすめたが、すぐに消えてしまった。スヴェードベリに関係のあることだ。病院にも。

「これで人員増加がますます必要になるな」ペール・オーケソンが言った。「これ以上この問題を避けて通ることはできないね。残念ながら」

ヴァランダーはオーケソンが言わんとしていることがわかった。それまで何度もペール・オーケソンとは人員増加の問題で衝突していた。

「その問題は今日の会議の最終討議項目にしましょう」ヴァランダーが応じた。「いまはとにかくこの複雑な事件がどこまできているのかを見極めることに全力を注ぎます」

「ストックホルムから何度か電話が入っています」リーサ・ホルゲソン署長が言った。「だれからの電話か、言う必要はないでしょう。今回のような残虐《ざんぎやく》な事件は、〝親切なお巡りさん〟のイメージを悪くするとのことです」

あきらめとその反対のやる気とが混じった空気が部屋の中をさっと通り抜けた。だが署長の言葉に意見を言う者はいなかった。マーティンソンがあくびをする音が響いた。それを合図にヴァランダーは会議を開始した。

「みんな疲れている。警察の怒りはときには睡眠不足によるところもある」

そのときドアが開いて、ヴァランダーの話は中断された。ニーベリが入ってきた。ヴァランダーは彼がリンシュッピングの科学捜査研究所と電話をしていたのを思い出した。ニーベリは松葉杖をつきながらテーブルについた。

「足はどんな具合だ？」ヴァランダーが訊いた。

「タイから輸入された竹で串刺しにされるよりはいいとでも言っておこうか」

ヴァランダーがうかがうような目つきでニーベリを見た。

「それじゃわかったのか？　竹槍はタイ産であることが？」

「ああ、そうだ。釣りざお用に、また室内装飾品としてドイツのブレーメンの輸出入業者がタイから輸入したものだ。われわれはスウェーデンの代理店と話をした。年間十万本もの竹がタイから輸入されているそうだ。国内のどこでそれらの一本一本が売られたかを追跡するのは不可能だ。だが、いまリンシェッピングと話をしたのだが、竹を見れば何年ほど前にスウェーデンに入ってきたものかがわかるそうだ。竹はある一定の樹齢のときに輸入されるのだそうだ」

ヴァランダーがうなずいた。

「ほかには？」ヴァランダーがニーベリをうながした。

「エリクソンのことか、それともルーンフェルトのことか？」

「どちらもだ。順番に話してほしい」

ニーベリがメモ帳を取り出した。

「渡り板に使った板はイースタのホームセンターで買われたものだ。なにかに役に立つ情報ではないかもしれないが。殺人現場にはわれわれの役に立つものはなに一つ残されていなかった。鳥を観察するための望楼の後ろの丘には舗装されていない道があって、犯人はおそらくその道から来たと推測される。車で来たならばの話だが。ま、徒歩で現場に行ったとは思えないからおそらく車だろうが。道でみつかったタイヤの跡はぜんぶ記録した。しかしとにかく現場にこれほどなんの痕跡もないのは不思議なくらいだ」

「それで、家のほうはどうだった？」

「問題はなにを捜したらいいのかわからないことだ。あの家はすべてがきちんと整理整頓されている。去年エリクソンが通報したという押し込みの件も謎のままだ。唯一注目に値するかもしれないのは、エリクソンはわずか数ヵ月前に居住用にしている家屋の玄関に二個新しい鍵を追加していることだ」

「なにかにおびえていたともとれるな」ヴァランダーが言葉をはさんだ。

「自分もそう考えた」ニーベリがうなずいた。「だが、近ごろはだれもが二重三重の鍵をつけているじゃないか？　なにしろわれわれは防弾扉が大流行《はや》りの時代に生きているのだからな」

ヴァランダーはニーベリから目を離し、部屋を見まわした。

「さて、近隣の聞き込みはどうなった？　いろんな情報のたれ込みがあっただろう？　ホルゲ・エリクソンは何者だったのだ？　彼を殺すに足る理由があったのはだれか？　ハロルド・ベリグレンの捜査はどこまできた？　そろそろ決定的な結果が出てもいいころだ。時間がかかるのはしかたがないが」

あとになってヴァランダーはこの木曜日の午前中の会議は、重苦しい雰囲気だったと思い出した。一人ひとりが捜査の結果を発表したが、どれも大きな決め手にはならなかった。苦しい上り坂が続いた。ホルゲ・エリクソンの人生を調べても、なんの手がかりもつかめなかった。

ようやく風穴を開けたのに、開けてみるとなにもなかったのだ。上り坂は長くなるばかりかますます険しくなってきた。見慣れない人間や変わったものを見たという者もいなかったし、聞き込みをすればするほど、自動車を販売し、野鳥を観察し、詩作をしていたホルゲ・エリクソンという人物を本当に知っている者はいないことがわかった。

ヴァランダーはしまいには自分の判断が間違っていたのかもしれないと思うに至った。すなわちホルゲ・エリクソンはたまたま濠《ほり》の上で串刺しにされ、たまたま渡り板をのこぎりで挽いて用意しておいた快楽殺人犯の犠牲になったという偶然説を却下した自分の判断を疑いだしたのだ。だが、心の中ではじめからわかっていた。この殺人には一貫性がある。ホルゲ・エリクソンを殺害した行為には理論も結果も一人の人間がおこなった統一性がある。ヴァランダーは間違ってはいなかった。彼にとっての問題は、正しいのはなにかがわからないことだった。

スヴェードベリが病院から戻るころには、捜査会議は完全に膠着《こうちゃく》状態に陥っていた。あとで振り返ってみると、スヴェードベリは混乱の極みに救世主のように現れたのだった。なぜなら、スヴェードベリが席に着いて書類の山をまとめたとき、捜査会議にやっとかすかに光が差し込んだからだ。

スヴェードベリはまず席を外していたことについて謝った。ヴァランダーはいったい病院でなにが起きたのかを訊かなければならないと思った。

「すべてがじつに奇妙なんですよ」スヴェードベリが話しだした。「夜中の三時ちょっと前、一人の看護師が産科棟に現れた。助産師の一人でイルヴァ・ブリンクという女性が、じつは自分のいとこなんですが、夜勤をしていた。イルヴァはその看護師に見覚えがなかったので、呼び止めてなんの用事かと訊いた。そのとたんに、殴られたというんです。それも、その看護師は殴った手に鉛のような重い装具をつけていたというんです。イルヴァは気を失った。目を覚ましたときには女の姿はなかった。もちろん騒ぎになった。その女が産科棟でなにをしていたのかだれも知らなかった。その夜子どもを産むために入院していた女性たちは全員訊かれたが、だれもその女を見ていないという。自分は病院に行ってゆうべ夜勤をした職員たちと話しました。全員がショックを受けていました」

「それで、いとこの助産師の具合はどうなんだ？」

「脳震盪《のうしんとう》を起こしました」

ヴァランダーがホルゲ・エリクソンの話題に戻ろうとしたとき、スヴェードベリがまた話しはじめた。不安げで、心配そうに頭を掻いている。

「じつに奇妙な話なんですが、その看護師、前にも一度産科棟に来たことがあるというんです。二週間ほど前の晩です。偶然にも、そのときもいとこのイルヴァが夜勤でした。イルヴァはその女は看護師じゃないと言ってます。看護師に変装しているのだと」

ヴァランダーは顔をしかめた。その瞬間、机の上に一週間以上置かれたままになっている紙のことを思い出した。

「そのときもイルヴァ・ブリンクの話を聞いた。たしかメモを取ったね」ヴァランダーが言った。

「それはもう捨てました。そのときはなにごとも起きなかったので、必要ないと思ったからです。もっと重要なことがありますから」

「不気味な話ですね」アン＝ブリット・フーグルンドが言った。「看護師の格好をした女が夜中に産科棟に入り込むなんて。それに、ためらいなく暴力を振るうなんて。なにか意図があるに決まってますよ」

「いとこは見かけない顔だったと言ってます。だが、よく覚えていて詳細に話してました。なにより体格がよく、すごく力が強かったと」

ヴァランダーはスヴェードベリのメモを取った紙が自分の机の上にあることについてはなにも言わなかった。

「なんともおかしな話だな。それで、病院側はどう対処すると言ってるんだ？」

「当面は警備会社に警備を固めてもらうそうです。その女がもう一度現れるかどうか様子をみるということでしょう」

この話題はここで終わった。ヴァランダーは、スヴェードベリの話はただ現在の捜査の出口なしの感じをますます強めただけだと不満に思った。が、それは間違いだった。スヴェードベリは別の話を始めた。

「二週間ほど前自分は昔エリクソンの従業員だった人物に会って話を聞いたんです。ツーレ・カールハンマルというスヴァルテに住んでいる七十三歳の男です。事情聴取の報告書を出したのでみんなはすでに読んでいるかもしれませんが、自動車販売員としてホルゲ・エリクソンの下で三十年以上働いていました。はじめ、彼はただお悔やみの言葉を言い、ホルゲ・エリクソンは立派な人だったとしか言いませんでした。奥さんは台所でコーヒーをいれていて、台所のドアは開いてました。突然コーヒーセットのトレイを持って部屋に入ってきたかと思うと、クリームが容器の口からこぼれるほど乱暴にトレイをテーブルに置いて、ホルゲ・エリクソンは悪党だったと言ってすぐに出ていきました」

「それで？」ヴァランダーが眉を上げた。

「もちろん気まずい雰囲気になりました。しかしカールハンマルはなにごともなかったような顔をしていました。自分は奥さんの話を聞きたいと思い、追って外に出たのですが、もういませんでした」

「いなかったとは？」ヴァランダーが聞き返した。

「車に乗り込んで行ってしまったんです。そのあと何度も電話をしましたが、通じませんでした。しかし、今朝、手紙を受け取りました。病院へ行く前に読んだのですが、カールハンマルの奥さんからの手紙でした。もし彼女が本当のことを書いているとすれば、じつに興味深いものですよ」

「まとめて言ってくれ。あとでコピーを見せてくれ」

「彼女によれば、ホルゲ・エリクソンはサディストだったというんです。従業員の扱いがひどかったと。仕事をやめようとする従業員に嫌がらせをしたとか。この話が本当であるという証明はいくらでもできると言っています」

スヴェードベリは手紙の先に目を移した。

「人を尊敬しない、残酷で貪欲な人間だったと。手紙の最後に、ホルゲ・エリクソンはしばしばポーランドへ行ったと書いています。女を買いにです。女たちもきっと証言できるだろうと言ってます。でも、これは噂にすぎないかもしれない。エリクソンがポーランドでなにをしていたかなど、彼女が知るはずはないですからね」

「エリクソンがホモセクシャルだったかもしれないというような暗示はないか？」

「ポーランドへの旅行に関するかぎり、その可能性はゼロですね」

「カールハンマルはハロルド・ベリグレンという名前に聞き覚えはなかったか？」

「はい」

ヴァランダーは体を伸ばしたかった。いまスヴェードベリから聞いた手紙の内容はたしかに重要なものにちがいない。二十四時間の間に、残酷な男という表現を聞くのは二度目だと気がついた。

短い休憩を提案した。ペール・オーケソンは部屋に残った。

「スーダンのことが決まった」とオーケソンが言った。

ヴァランダーはその瞬間、羨望《せんぼう》を感じた。オーケソンはキャリアを一時中断する決心をし、実行するのだ。なぜ自分はそうしないのか？　なぜ引っ越すことなどで満足しようとするのか？　父親がいないいま、イースタにいなければならない理由はなにもないではないか？　娘のリンダはずっと前から独立している。

「スーダンは移民の治安を守る警官は必要としていないでしょうかね？　その種の仕事なら、私にも少しは経験があるんですが」

ペール・オーケソンは笑いだした。

「訊いてみるよ。スウェーデン警察は国連の派遣団の中にいろいろなかたちで入っているから。きみも応募してみればいい」

「いまは殺人捜査で抜けられませんがこれが終わったら。出発はいつです？」

「クリスマスのあと、正月までの間に」

「奥さんは？」

ペール・オーケソンは両手を広げて肩をすぼめた。

「私がちょっとの間いなくなるのを本当は喜んでいるんじゃないかな？」

「それであなたは？　あなたも奥さんにちょっとの間会えなくなるのを喜んでいるんですか？」

オーケソンはためらってから答えた。

「ああ、そうだ。離れるのは気分がいいだろうと思う。ときどき、もう二度とこっちに戻ってこないんじゃないかと思ったりする。自分の手で作ったヨットに乗って西インド諸島にセーリングすることなどけっしてないだろう。私はそんなこと夢にも思ったことはない。それなのに、いま私はスーダンに旅立つ。そのあとどうなるかは、まったくわからない」

「人はだれでも逃げ出すことを夢見るものです」ヴァランダーが言った。「この国の人間はみんないつも次の夢のパラダイスを探している。そこに逃げ込もうとして。ときどき自分はこの国がわからなくなります」

「私も逃げ出そうとしているのかもしれないな。いやしかし、スーダンはパラダイスからはほど遠い国だが」

「とにかく試してみるのはいいことですよ」ヴァランダーが言った。「手紙を待ってます。あなたがいなくなると寂しくなると思うから」

「それなんだ、私が楽しみにしているのは。手紙を書くこと。仕事と関係のない個人的な手紙だ。何人友だちがいるかわかると思うよ。私が書くであろう手紙に応えてくれる人の数で」

短い休憩が終わった。いつもながら風邪を引くのを恐れるマーティンソンが窓を閉め、全員が席に着いた。

「まとめるのはもう少し待ってからにしよう」ヴァランダーが言った。「ここからはユスタ・ルーンフェルトに取りかかるとしようか」

アン＝ブリット・フーグルンドがハルペガータンの地下に部屋を発見したこと、ルーンフェルトが私立探偵として働いていたとわかったことを話した。ニーベリが現像した写真が回覧され、スヴェードベリ、ニーベリそして彼女自身なにも付け加えることがないとわかると、ヴァランダーはユスタ・ルーンフェルトの息子との話でわかったことを語った。一同の間に長い会議のあとゆるんでいた緊張感がいっきに高まったのを感じた。

「なにか決定的なことの近くまできたという感じがする。われわれは依然として二人の犠牲者の接点を探しているわけだが、まだみつけていない。だが、ホルゲ・エリクソンもユスタ・ルーンフェルトも残酷な性格だったと表現されるのはどういうことか？　なぜいまになってそれがわかったのか？」

　一同からの質問と反応を受けるために、ここで彼は口を閉じた。

　だれもなにも言わない。

「もう少し深く掘ってみよう。知らなければならないことがまだまだ残っている。一人のことでわかったことをそのままもう一人にも当てはめてみることだ。それはマーティンソンの担当にしよう。また、ほかのことよりも優先的に取り組まなければならないこともある。たとえばルーンフェルトの妻の溺死だ。なぜかこれは決定的に重要なことだという気がしてならない。それからもう一つエリクソンがスヴェンスタヴィークの教会に寄付したこと。これらは私自身が取り組む。おそらく何度か現地に行かなければならなくなると思う。スモーランドのエルムフルトの郊外にある湖、そこでルーンフェルトの妻が死んだわけだが、そこにも出かけなければならないだろう。いまも言ったように、彼女の死には不審な点がある。もちろん、私の直感が間違っていることも考えられるが、調査してみるに値する。またスヴェンスタヴィークへも行く必要が出てくるかもしれない」

「スヴェンスタヴィークって、どこにあるんだ？」ハンソンが訊いた。

「南イェムトランドだ。ヘリェダーレンとの県境近く」

「そんなところでエリクソンはなにをしていたんだ？　彼はスコーネの人間じゃないのか？」

「それこそまさに調べなければならない点だよ」ヴァランダーが答えた。「なぜ彼はイースタ近辺の教会にではなく、わざわざその教会に寄付したのか？　どういう意味があるのか？　その理由を知らなければならない。特別の理由があるにちがいないのだ」

彼はここで沈黙した。だれも異存はなかった。ワラの中で針を探し続けることになる。辛抱強く捜査を続けること以外に解決にたどり着く道はないことはだれもが知っていた。


ヴァランダーが人員補強のことを取り上げたのは、会議もかなり終盤にさしかかったころのことだった。法心理学者の協力を得たらという提案についても一言言わなければならなかった。

「人員を補強することについて、私はなんの異存もない。捜査は多岐にわたるし、急がなければならないからだ」

「それじゃ、そのように手配します」ホルゲソン署長が言った。

オーケソン検事が黙ってうなずいた。いっしょに仕事をしてきた長い年月、ヴァランダーはオーケソンが同じことを繰り返して言うのを聞いたことがなかった。きっとその態度はこれから彼が出向くスーダンでの仕事でも役立つだろうという気がした。

「いっぽう、法心理学者についてはいまの段階では必要ないのではないかと思う」人員補強の話が一区切りついたところでヴァランダーは言った。「この夏ここに来たマッツ・エクホルムがじつによい話し相手だったことは認める。彼の協力で展開した議論とものの見方は役に立った。決定的なものではなかったが、けっして意味のないものではなかった。だが、こんどの状況は別だ。今回は捜査資料とそのまとめを彼に送り、意見を訊くことを提案したい。当面はそれでいいのではないか。なにか劇的な展開があったときには、その時点で再検討しよう」

反対意見はこんどもなかった。

一時過ぎに解散した。ヴァランダーは警察署を急いで出た。長い会議で頭が重くなっていた。イースタの町なかのランチ・レストランに入って食事をしながら、会議ではっきりしたことはなにかを考えた。十年前の冬の日にエルムフルト近くの湖で起きたことがずっと頭を離れなかったので、彼は直感に従うことに決めた。食べ終わると、ホテル・セーケルゴーデンへ電話をかけた。ボー・ルーンフェルトは部屋にいるとわかった。ヴァランダーはフロント係に二時過ぎに会いに行くと伝言をたのんだ。それから署に戻った。ハンソンとマーティンソンをみつけると、二人を部屋に呼び、ハンソンにスヴェンスタヴィークに電話してくれとたのんだ。

「なにを訊いたらいいんだ？」

「ずばり訊いてくれ。なぜホルゲ・エリクソンはその教会に特別寄付をしたのか、その理由を訊くしかない。なぜその教区を特別に指定したのか？　贖罪《しょくざい》を求めてか？　そうだとすればなんの罪か？　もし守秘義務があるとかいう人間がいたら、われわれは次の殺人が起きる前に犯人を捕まえる必要があるのだと言えばいい」

「本当に贖罪を求めたのかとおれは訊くのか？」

ヴァランダーは笑いだした。

「できれば。わかるところまででいい。おれはこれからボー・ルーンフェルトをエルムフルトまで連れ出すつもりだ」

マーティンソンが疑わしそうに言った。

「湖を見たところでなにがわかるというんですか？」

「わからない」とヴァランダーは正直に答えた。「だがいっしょの車で行けばボー・ルーンフェルトと話をする時間ができる。捜査に重要な情報がまだなにか隠されているという気がしてならないのだ。十分に注意すればきっとなにか目に留まるものがあるはずだ。とにかく表面を引っ掻くんだ。その下にあるものが見えてくるまで。それに向こうに行けば十年前の事故のことを覚えている人間に会えるかもしれない。おれがエルムフルトへ向かう間に、やってほしいことがある。エルムフルトの警察に電話をして十年前のできごとを訊き出すんだ。バスケットのコーチをしているというルーンフェルトの娘から正確な日付を訊き出してくれ。溺死事故とされているはずだ。向こうに着いたら電話を入れるよ」

イースタ警察署の建物から車に向かうヴァランダーに冷たい風が吹きつけた。セーケルゴーデンに車を着けて、フロントに行った。ボー・ルーンフェルトがいすに座って待っていた。

「コートを持ってくるといい」ヴァランダーが言った。「遠出することにした」

ボー・ルーンフェルトはけげんそうな顔をした。

「どこへ行くんですか？」

「車に乗ってから話します」

まもなく彼らはイースタを出発した。

フール方面に曲がったとき、ヴァランダーは初めて行き先を告げた。

19

フールを過ぎたころ、雨が降りだした。そのころヴァランダーは自分の思いつきに不安を感じはじめていた。十年前に起きた溺死事故がなにか疑わしいというだけで、エルムフルトまで行く意味があるのだろうか？　殺人事件捜査にとってどのような意味のある、どんな情報を得るためにこんなことをするのか？

しかし心の奥では自信があった。自分がここで求めているのは事件の解決ではない。一歩前進することができればいいのだ。

目的地を聞いたとき、ボー・ルーンフェルトは不機嫌になり、冗談かと言った。母親の悲劇的な死が今回の父親が殺された事件とどう関係があるのか？　ヴァランダーはそのときちょうど長距離トラックを追い越そうとしていた。それはさっきからヴァランダーの車のフロントウィンドーに泥をはねて走っていて彼を苛立たせていた。やっと追い越し可能のラインで追い越し終わったとき、ボー・ルーンフェルトに答えた。

「あなたもあなたの妹さんも、母親の死について話を避けようとした。もちろんある意味では理解できる。悲劇的な事故のことは話したくないものですからね。だが、私には事故の悲劇性のためにあなたたちがこの件を話したがらないのだとは思えないのです。そこのところを説明してくれませんか？　もし私が納得する説明をしてくれれば、いますぐに引き返します。私に父親の残酷さについて話したのもあなただということを忘れないでほしい」

「それが答えなのですよ」ボー・ルーンフェルトが言った。ヴァランダーはその声の調子が変わったのを感じた。疲れているようだ。自己防衛的な口調ではなくなっている。

単調な景色の中を走らせながら、彼は慎重に質問を続けた。

「お母さんは自殺したいと口にしていたと言いましたね？」

ボー・ルーンフェルトはすぐには答えなかった。

「考えてみると、母がそれまで自殺しなかったことが不思議です。母がどんな地獄に生きていたか、あなたにはとうてい想像がつかないでしょう。あなただけでなく、ぼくだってそうだ。ほかのだれにも想像できない」

「なぜ離婚しなかったのでしょうか？」

「父は自分を捨てて出ていったらかならず殺してやると母を脅していました。もちろんそれが口だけではないことは母自身がだれよりもわかっていました。立ち上がれないほど殴られ叩かれて、何度も病院に運び込まれているんですから。当時ぼくはなにも知りませんでした。すべてあとで知ったことです」

「しかし、医者はなんと言ったんです？　もし医者が暴力の疑いがあると判断すれば警察に通報する義務があるのに」

「母はいつもいかにもありそうな理由を病院に言っていたらしい。話に真実味があり、とうてい嘘には聞こえなかったらしい。父を守るためなら自分の過失だとすることもいといませんでした。泥酔して階段から落ちたとか。母はアルコールを一滴も飲まない人だったのに。しかし医者はそんなことは知らないわけですから」

ヴァランダーがバスを追い越す間、会話は途切れた。ルーンフェルトの緊張が感じられた。ヴァランダーはゆっくり運転した。が、助手席の人間はそれでも彼の運転が怖いらしかった。

「母に自殺をとどめさせたのは私たち子どもだったと思うのです」車がバスを追い越したとき、ルーンフェルトが言った。

「それはきっとそうでしょう。いまの話に戻りましょう。父親が母親を殺すと脅していたという話です。男が女に暴力を振るうとき、たいていは殺すつもりはないのです。女を自分の支配下におきたいために暴力を振るうのです。ところがときにはやりすぎてしまう。殺すつもりがなかったのに、殴りすぎて相手が死んでしまったというケースです。しかし、本当に殺す意図というものをもっている場合は、まったく別です。それは始めからちがうものなのです」

ボー・ルーンフェルトは突然訊いた。

「あなたは結婚していますか？」

「いや、いまは」

「奥さんを殴りましたか？」

「なぜそんなことを訊く？」

「いや、ただ知りたいだけです」

「いまは私のことを話しているのではない」

ボー・ルーンフェルトは黙った。まるでヴァランダーに考える時間を与えるかのように。一度、激怒してわれを忘れ、モナを殴ったことがあったのを思い出した。彼女はドア枠に背中をぶつけ、数秒間意識を失った。そのあと、彼女はハンドバッグを手に取って出ていこうとした。だがリンダはまだ小さかった。ヴァランダーは手をついて平謝りに謝った。二人はそのあと夜通し話し合った。彼は出ていかないでくれと懇願《こんがん》した。しまいに彼女が折れた。そのできごとは彼の記憶にはっきり残っていた。だが、激怒の原因は思い出せなかった。なんのことでけんかをしたのだろう？　なぜそれほど怒ったのだろうか？　どうしても思い出せなかった。記憶の底に押し込んでしまったのだ。これほど恥ずかしいと思うことはほかに思い当たらないほどだった。それを思い出させられるのはなによりいやなことだった。

「十年前までさかのぼりましょう」しばらくしてヴァランダーが言った。「なにが起きたのですか？」

「冬の日曜日でした。二月のはじめ、正確には一九八四年の二月五日のことです。よく晴れた寒い冬の日でした。親たちは日曜日になると車で出かける習慣がありました。森の中を散歩したり、海岸沿いに歩いたり、あるいは湖の氷の上を歩いたり」

「じつに平和に聞こえますね。あなたが話してくれたことと結びつけるのはむずかしいですが」

「ぜんぜん平和でなどなかった。まったくその反対でした。母はいつも恐怖に震えていました。

大げさに話してなどいません。すでに当時母の暮らしは完全に恐怖に支配されていたのです。おそらく精神的にも追いつめられていたにちがいありません。しかし、父が日曜日は出かけるぞと言えば、母は黙って従っていました。こぶしで殴られる恐怖がいつもそこにあったからです。父には母の恐怖はまったくわからなかったと思います。毎回、母を殴ったあと彼の行為は許され、忘れられていると確信していたと思うのです。自分の行為は突発的なこと、すぐおさまり、あとはなんでもないふつうの暮らしが続いていると」

「なるほど。それで、なにが起きたんです？」

「なぜその日曜日にスモーランドまで出かけたのか、それはぼくにはわかりません。彼らは車を森の中に停めました。雪が積もっていましたが、大したことはありませんでした。車を降りると木材を運び出す道を歩いて、湖に出ました。氷の上を散歩していたとき、突然氷が割れて、母が氷の穴に落ちてしまったのです。父は母を引き上げることができなかった。彼は車に走って戻り、助けを呼びに行った。応援が駆けつけたとき、母はもちろんすでに死んでいたというわけです」

「この話、だれから聞きましたか？」

「父自身からの電話です。そのときぼくはストックホルムにいました」

「その電話のことで、ほかになにか覚えてますか？」

「父はもちろん、とても取り乱していました」

「どんなふうに？」

「どんなふうにとは?」

「泣いてましたか? ショックを受けていましたか? そのときの彼の状態をもっとはっきり言えますか?」

「泣いてはいませんでした。父が泣いたのはめずらしい蘭のことを興奮して話したときだけです。いえ、あのときの父の印象といえば、自分はできるだけのことはしたとぼくに訴えていたことだけが記憶に残っています。しかしそんなことわざわざ強調する必要はなかった。非常事態になったら、だれでも全力を尽くすものでしょう?」

「ほかになにか言っていましたか?」

「妹に電話してくれと言われました」

「まずあなたに電話をかけたということですね?」

「はい」

「それから?」

「妹とぼくはこっちに来ました。ちょうどいまと同じように。葬式は一週間後にありました。警察とは一度電話で話しただけです。その警官は、氷がいつもよりよっぽど薄かったのだろうと言ってました。母は小柄な人だったんですが」

「あなたが話した警官がそう言ったんですか? 氷がいつもよりよっぽど薄かったのだろうと?」

「ええ。ぼくは細部についてはよく覚えているんです。会計検査官の仕事柄かもしれませんが」

ヴァランダーはうなずいた。近くにカフェがあるという看板を通り過ぎた。そのカフェで短い休憩をとり、ヴァランダーはルーンフェルトに国際会計検査官の仕事とはどういうものかなどと訊いたが、上の空で答えはほとんど聞いていなかった。そのかわりに車の中での会話を思い返した。話の中に重要な部分があった。が、どの部分だったのかがクリアに思い出せなかった。カフェを出ようとしたとき、ヴァランダーの携帯電話が鳴った。マーティンソンからだった。ルーンフェルトはそっと席を外した。

「運が悪いようですよ。十年前にエルムフルトで働いていた警官のうちの一人はもう亡くなっています。もう一人は引退してウーレブローに引っ越しています」

ヴァランダーはがっかりした。信頼できる話し相手がいなくては、この旅行の意味はない。

「湖までどうやって行くのかさえおれは不確かだ。救急車の運転手はいないのか？　あのとき彼女を湖から引き上げたのは消防じゃなかったか？」

「十年前にユスタ・ルーンフェルトを手伝った男の名前をみつけ出しました。住所もわかっていますが、電話がないんです」

「現代のスウェーデンに電話なしで暮らしている人間がいるというのか？」

「ええ。でもそういうことらしいです。ペンはありますか？」

ヴァランダーはポケットを探したが、いつもどおりペンも紙も持っていなかった。ボー・ルーンフェルトに合図すると、刻印入りの金色のボールペンと名刺を渡された。

「名前はヤーコヴ・ホスロヴスキー。村の変わり者とみなされている男で、湖から遠くないところに住んでいるようです。湖の名前はストングシューンでエルムフルトの北にあります。親切な自治体職員と話しました。湖は、エルムフルトの町に入る前に掲げられた案内図に載っているそうです。でも、ホウロヴスキーの家までの道は聞き出ませんでした。湖の近くまで行ったら、どこかの家のベルを押して訊いてみてください」

「その付近に宿泊できるところはあるのか？」

「イケアがホテルも経営してますよ」

「イケアとは家具センターのイケアか？」

「ええ。でもイケアはホテルも経営してます。イケア・ホテルという名の」

「ほかになにかニュースは？」

「いいえ。全員が忙殺されています。ストックホルムからハムレーンが応援に来てくれるらしいですよ」

夏の事件のときに応援に来てくれた警官の一人だ。ヴァランダーはまたハムレーンと仕事をすることに異存はなかった。

「ルドヴィグソンは？」

「交通事故に遭って、いま入院中だそうです」

「重傷か？」

「訊いてみますが、そうは聞こえませんでした」

通話を終えて、ヴァランダーはペンを返した。

「高そうなペンだね」

「プライス・ウォーターズのような会社で会計検査官として働くのは、最高のステイタスだとみなされています。給料の点でも、将来性の意味でも。賢い親は子どもを会計検査官にするべきだというのがぼくの意見です」

「給料は平均するとどのくらい?」ヴァランダーが訊いた。

「ある一定のライン以上のポストに就いている人間は、みな個人契約です。契約の内容は秘密ですよ」

おそらくとんでもなく高給なのだろうとヴァランダーは思った。ほかの人間同様、彼もまたある種の職業の退職金、給料、一時支払い金には目を丸くするばかりだった。犯罪捜査官として長年の経験を有する彼自身の給料は低かった。民間の保安警備会社の仕事ならおそらく倍はもらえるだろう。それでも彼は迷わなかった。これからも、これで食っていけるかぎり警官を続ける。だが、頭の中では、最近のスウェーデンはなにもかもが契約しだいになってしまったと思っていた。


エルムフルトには五時に着いた。ボー・ルーンフェルトはこんなところで一泊するだけの価値があるのかと訊いた。ヴァランダーはその問いには答えられなかった。ルーンフェルトはいつでもマルメまで列車で引き返すことができる。が、ヴァランダーは、まもなく暗くなるから湖へ行くのは明日にしたい、明日までいてくれとたのんだ。湖に行くときにはボー・ルーフェルトにも来てもらいたかった。

ホテルにチェックインすると、ヴァランダーは暗くなる前にヤーコヴ・ホスロヴスキーに会うためにすぐに出かけた。エルムフルトの町に入る手前で案内図を見ようと車を停めたとき、ストングシューンの位置を確かめておいた。車を走らせ、エルムフルトの町を出た。すでに日が落ちかけていた。左に曲がり、そのあとまた左に曲がった。深い森だった。もはやスコーネの開けた景色ではない。道端で垣根を直している男をみつけて車を停め、ホスロヴスキーの家への行きかたを訊き、また車を走らせた。エンジンが変な音を立てはじめた。また車を買い替えなければならないことを思い出した。このプジョーはもうおしまいだ。だがそんな金をどこから出せばいいんだ？　前の車が一年ほど前にE65道路で炎上してしまったために買い替えたのだ。あれもプジョーだった。次の車も同じ種類になるだろう。年とともにちがう車に乗るのが面倒になってきていた。

次の曲がり角まで来たとき、ヴァランダーは車を止めた。さっきの説明どおりだったらここで右折するべきで、八百メートルほど行ったらホスロヴスキーの家に着く。道はでこぼこの悪路だった。百メートル行ったところで彼は車を停めて歩きだした。こんなところで車が泥にはまってしまったら困る。冷たい風の吹く狭い森の中の道を体が冷えないように速足で行った。

その家は道路沿いに立っていた。昔の小作農の家だった。家のまわりには廃車の部品が山積みされていた。雄鳥が一羽、木の幹の上に立って彼を見ていた。一つの窓から明かりが見える。よく見るとそれは石油ランプだった。この家の住人に会うのは明日にしようかという思いが浮かんだが、こんなに遠くまでわざわざやってきたことを思い、迷いを退けた。捜査上、もはや猶予がないのだ。彼は玄関扉に進んだ。雄鳥は場所を動かずにじっと見ている。ノックすると、中から音がして扉が開かれた。中から現れた男は、思っていたよりも若かった。四十歳にもなっていないだろう。ヴァランダーは自分の名前を言った。

「ヤーコヴ・ホスロヴスキー」と男は応えた。その声にかすかに外国訛《なま》りが聞こえたように思えた。風呂に入っていない、いやな臭いがした。長い髪もあごひげも脂で固まっていて、手入れされていなかった。ヴァランダーは口から息を吸った。

「ちょっと邪魔してもいいかな。自分はイースタからやってきた警察官だが」

ホスロヴスキーはにっこり笑うと一歩横に体を引いた。

「中に入って。ドアを叩く者を拒むなかれ、ですよ」

ヴァランダーは暗い玄関に足を踏み入れた。そのとたんに猫を踏みそうになった。目を上げると、家中に猫がひしめいていた。一ヵ所でこんなにたくさんの猫を見たことはなかった。ヴァランダーはローマのフォロ・ロマーノの猫を思い出したが、ローマの猫は少なくとも外にいたが、ここは密閉された家の中で、臭いは我慢できないほどだった。息が詰まりそうだった。ホスロヴスキーの後ろから二つの部屋のうちの大きいほうに入った。家具はほとんどなく、マットレスとクッションが直接床にあり、本が数冊床に重ねられ、小さなスツールの上に石油ランプが置かれていた。そして猫。部屋中に猫があふれていた。ヴァランダーは猫たちの視線を感じた。次の瞬間にも飛びかかってきそうで気持ちが悪かった。

「電気のない家に入ることはめったにないな」ヴァランダーが言った。

「時間の外で生きているもので」ホスロヴスキーがさりげなく言った。「来世は猫に生まれてくることになっている」

ヴァランダーはうなずいた。

「なるほど」と言ったが、まったく納得はしていなかった。「聞くところによると、あんたは十年前にもここに住んでいたとか?」

「時間の外で生きるようになってから、ずっとここに住んでいる」

ヴァランダーはこれから訊くことに迷いを感じたが、それでも一応質問した。

「いつから時間の外で生きるようになったのかね?」

「ずいぶん前から」

これじゃまったく答えになっていないと思った。顔をしかめながらもクッションの一つの上に腰を下ろし、猫の小便で濡れていないことを願った。

「十年前、この近くのストングシューンで女の人が一人氷の穴にはまって死んだ。溺死はそれほど多いことではないので、もしかするとあんたはその事故を覚えているんじゃないか? たとえ時間の外で生きているとしても」

ホスロヴスキーは頭がおかしくなっているか、あるいはなんらかの宗教的な思想にとりつかれているかなのだろう。とにかくヴァランダーが時間の外という概念を否定しなかったことがうれしかったのかもしれない。

「十年前の冬のある日曜日のことだ。男が一人あんたのところに助けを求めに来たと聞いたが？」

ホスロヴスキーはうなずいた。覚えていた。

「男が一人私のドアを叩いた。電話を借りたいと言ったね」

ヴァランダーは見まわした。

「電話があるのか？」

「電話？　話す相手もいないのに？」

ヴァランダーはうなずいた。

「それで、その男は？」

「いちばん近い家を教えた。そこには電話があるから」

「その家まで案内したのか？」

「いや、私は助けられるかどうか見に湖に行った」

ヴァランダーはここで話を戻した。

「あんたのドアを叩いた男のことだが、ずいぶん取り乱していたのだろうね？」

「たぶん」

「たぶん？　たぶんとは？」

「思いがけないことだが、ずいぶん落ち着いていると私は思ったよ」

「ほかにもなにか気づいたことは？」

「忘れたね。あれから宇宙では大きな変化が何度もあったからね」

「話を進めよう。湖に行ったあんたはなにを見た？」

「氷面がつるつるしていた。穴が見えたのでそっちに行った。だが、穴の上からのぞき込んでも人の姿は見えなかった」

「氷の上を歩いたんだね？　氷が割れるのが怖くはなかったかね？」

「どこを歩けばいいか私にはわかる。それに、必要なら私は体の重さをゼロにできるからだいじょうぶ」

　これではまともな話はできないとヴァランダーは首を振ったが、それでも続けた。

「その穴のことをもう少し話してくれないか？」

「魚釣りの人が開けた穴だと思う。そのあと寒さで穴が凍ったんだが、新しくできた氷はまだ薄いように見えた」

　ヴァランダーは考えた。

「垂れ糸で釣る人はもっと小さい穴を開けるんじゃないか？」

「うん、でもその穴は四角かった。のこぎりで挽かれたように」

「ストングシューンには垂れ釣りをする人は多いのか？」

「魚の多い湖だよ。私もそこで釣りをする。でも冬は釣らない」

「それからどうした？　あんたはその穴のそばに立ってのぞき込んだがなにも見えなかった。そのあとは？」

「服を脱いで水の中に潜った」

ヴァランダーは目を見開いた。

「なぜまたそんなことを？」

「足で触れるかと思った」

「凍え死んだかもしれないのに？」

「必要なら私は寒さや暑さを感じないようにできるのだ」

当然予測できる答えだった。

「しかしなにもみつけられなかった？」

「なにも。それでまた上がって服を着た。そのあとすぐに人が走ってきた。はしご車もやってきた。それで私は家に帰った」

ヴァランダーは気持ちの悪いクッションから立ち上がった。家の中の臭いがこれ以上我慢できなくなった。訊きたいことは訊いた。早く外に出たかった。しかし同時にヤーコヴ・ホスロヴスキーは協力的で、親切だったことも忘れてはならなかった。

ホスロヴスキーはいっしょに家の外まで来た。

「女の人は引き上げられたそうだ。隣の人が話してくれた。彼はこの近所のことで知っているほうがいい話があると、私に話してくれる。じつにいい人だ。とくに、この近所の狩猟協会の活動のことを話してくれる。ほかのところで起きることはそれほど重要じゃないと。だから、私はほかの国や土地で起きていることはあまり知らない。あんたが来ているからちょうどいい。

訊きたいことがある。いま世界では大きな規模の戦争は起きているのか？」

「大きいのはないが、小さいのはたくさんある」

ホスロヴスキーはうなずいた。そのあと手を上げて方角を示した。

「隣の人はすぐ近くに住んでいる。ここからその家は見えないが、せいぜい三百メートルのところだ。地上の距離は測るのがむずかしい」

ヴァランダーは礼を言って立ち去った。あたりはすっかり暗くなっていた。懐中電灯を持ってきたので、道を照らして歩いた。木々の間に明かりがチラチラと光った。ヴァランダーはホスロヴスキーの猫のことを思った。

隣人の家はまだ建てられてから何年も経っていないようだった。家の前に幌をかぶった車が一台停まっていて、側面に〈配管工事サービス〉という文字が読めた。ヴァランダーはベルを鳴らした。体の大きな男が一人、アンダーシャツに裸足の姿で出てきた。ヴァランダーが邪魔をしにやってきた無数の人間の最後の男であるかのように、うんざり、という様子だった。しかし男の顔はけっして不親切なものではなかった。家の中から子どもの泣き声がした。ヴァランダーは短く自己紹介した。

「それで、あんたをこっちに送り込んだのはホスロヴスキーだね？」と言うと男は笑った。

「どうしてそれが？」

「臭いでわかる。でもかまわないよ、入って。窓を開ければいいんだから」

ヴァランダーは大男の後ろから居間に入った。子どもの泣き声は二階からのものだった。テレビの音もどこかから聞こえる。男はルーネ・ニルソンと名乗り、配管工だと言った。ヴァランダーはコーヒーを断り、用件を言った。

「ああいうできごとは忘れないもんだ」ヴァランダーの話が終わるとニルソンは言った。「当時おれはまだ独身だったね。ここにあった廃屋を取り壊してこの家を建てたんだ。あれから本当に十年も経つんだな」

「ちょうど十年。何ヵ月かのちがいはあるが」

「その男はうちのドアを叩いた。真っ昼間だったね」

「どんな様子だった？」

「興奮していたが、落ち着いてたね。彼がうちの電話で救援の電話をかけてる間に、おれは服を着た。そしていっしょに現場へ行った。当時おれはよくその湖で釣りをしてたので、森の中の近道を行ったのを覚えている」

「彼はずっと落ち着いている様子だったか？　なんと言ったか覚えているか？　事故のことをどう説明した？」

「女の人が湖に落ちたと言ってたね。氷が割れたと」

「だが、氷はかなり厚かったんじゃないか？」

「いやあ、氷というものはけっしていちがいに言えないもんなんだ。目に見えない裂け目とか弱いところがあるんでね。だが、たしかにあのときは少しおかしかったな」

「ヤーコヴ・ホスロヴスキーによれば、氷の穴は四角かったそうだ。まるでのこぎりで切り取られたように」

「穴が四角かったかどうかは覚えていないが、ずいぶん大きかったな」

「その穴のまわりの氷は硬かったわけだ。あんたは大男だが、そのあんたは現場に行くのが怖くはなかったのかね？」

ルーネ・ニルソンはうなずいた。

「ああ。じつはおれもそのことはずいぶん考えたよ。あの穴が突然現れて女の人を呑み込んだというのはいかにも変だったからな。それにあの男はなぜ彼女を引っ張り上げることができなかったのか？」

「彼自身はなんと言っていた？」

「助けようとしたが、彼女はあっという間に消えてしまったと言ってた。氷の下に吸い込まれたと」

「実際にそうだったのだろうか？」

「彼女は穴から数メートルのところでみつかった。氷のすぐ下にいた。まだ沈んではいなかった。彼女を引き上げるときに、おれは現場で見てた。あの光景はけっして忘れられない。あんなに重かったのはなぜだろう？」

ヴァランダーは疑問の目を向けた。

「どういう意味だ？　そのあんなに重かったというのは？」

「おれは当時この近辺の警官だったニーグレンを知っていた。いまはもう亡くなってしまったが。ニーグレンによると、男は妻の体重は八十キロあると言ったそうだ。彼女の重みで氷が割れたのだという説明になる。とにかくおれにはわからない。きっと事故に遭ったら、ずっとあのあたりだったか、こうだったかと考えるんだろうな。いったいなにが起きたのか、どうしたら事故を避けることができたのかと」

「きっとそうなのだろう」と言ってヴァランダーは立ち上がった。「時間をとらせてしまって悪かった。明日もう一度来るから、事故の場所を見せてくれないか」

「水の上を歩くか?」

「その必要はない。ヤーコヴ・ホスロヴスキーならその能力をもっているかもしれないが」

ルーネ・ニルソンは首を振った。

「あれは善人だよ。あの男も猫たちも静かに暮らしている。頭がおかしいのは間違いないが」

ヴァランダーは森にそって歩いて宿に帰った。ホスロヴスキーの窓から石油ランプの明かりが見えた。ルーネ・ニルソンは翌朝八時に家にいると約束してくれた。車に戻り、エルムフルトへ向かった。エンジンのおかしな音は消えていた。戻ったらボー・ルーンフェルトにいっしょに食事しようと言おうか。この旅は不要だったのではないかという疑問はすでに消えていた。

だが、ホテルに戻るとルーンフェルトからの伝言が待っていた。そこに今晩泊まり、翌朝早く戻るとあった。ヴァランダーは腹が立った。せっかくいっしょに食べようと思ったのに。それにこっちがルーンフェルトに訊くことだってあったかもしれないではないか。メモには滞在先の電話番号もあったが、ヴァランダーは電話する気にもならなかった。一人になったことの気楽さもあった。部屋に入りシャワーを浴びたが、歯ブラシさえ持ってきていないことに気がついた。服を着て、夜も開いている店を探し出し、必要なものを買った。それから通りかかったところにあったピザの店で食べた。頭の中にはずっと溺死事件のことがあった。しだいに全体像ができ上がってきていた。食事が終わるとホテルに戻り、九時ちょっと前にアン＝ブリット・フーグルンドに電話をかけた。子どもたちが眠っているといいがと願った。彼女が電話に出たとき、ヴァランダーは簡単に今日のことを説明した。彼女から聞きたかったのは、ユスタ・ルーンフェルトの探偵仕事の最後の客スヴェンソン夫人を突き止めたかということだった。

「まだですが、なんとかなりそうです」

電話を短く終えてテレビをつけ、ぼんやりと討論番組を見ていたが、気がつくと居眠りをしていた。

翌朝ヴァランダーは六時過ぎに目を覚ました。よく眠ったので疲れはすっかり取れていた。七時半には朝食を終え部屋代を支払ってホテルのロビーでボー・ルーンフェルトを待った。間もなくルーンフェルトが現れた。どちらともヴェックシューに泊まったことには触れなかった。

「これから少し遠出します。お母さんが亡くなった湖に」

「こんなこと、本当に意味があるんですか？」その声には苛立ちがあった。

「ええ」ヴァランダーが答えた。「あなたがいっしょであることに大いに価値がありますよ。

信じるかどうかはあなたの勝手ですが」

それはもちろん嘘だった。だがヴァランダーの言いかたがいかにも確信的だったので、ボー・ルーンフェルトが説得されたかどうかまではわからなかったが、少なくとも考え込んだようだった。

ルーネ・ニルソンは家にいた。彼らは森の中を通って湖へ行った。風はなく気温はほとんど零下に近い。地面は硬くなっていた。湖が彼らの前に広がった。細長い湖だった。ルーネ・ニルソンは湖の真ん中ほどを指さした。ヴァランダーはボー・ルーンフェルトがこの場所に来ていかにも不愉快そうにしているのに気がついた。おそらくそれまで一度もこの現場に来たことがなかったのだろう。

「凍った湖は距離がわからなくなる。冬はあたりの様相をすっかり変えてしまう。とくにわからなくなるのは距離だ。夏にはずいぶんと奥に見えるものがすぐ近くに見えたり、その反対もある」

ヴァランダーは湖の水辺まで行った。湖面は暗かった。石のすぐそばで魚が動いたような気がした。後ろでルーンフェルトがニルソンにこの湖は深いのかと訊いている声がした。ニルソンがなんと答えたのかは聞こえなかった。

いったいなにが起きたのだろう？　ユスタ・ルーンフェルトはあらかじめ妻を殺すと決めていたのだろうか？　十年前の日曜日のその日に。そうだったにちがいない。なんらかの方法で、準備していたにちがいない。ホルゲ・エリクソンの土地で、濠《ほり》の上の板が割れるようにのこぎりで用意されていたのと同じように。そしてだれかがユスタ・ルーンフェルトを閉じこめておいたように。

ヴァランダーはしばらく目の前に広がる湖をながめていた。言葉には出さなかったが、考えが頭の中にまとまってきた。

彼らはふたたび森の中を歩いて戻った。車のところまで来てニルソンと別れた。この分ならイースタには昼前に戻れるだろうとヴァランダーは思った。

だが、そうはならなかった。エルムフルトの南で車が止まってしまった。エンジンがストップした。ヴァランダーは非常時の車のレスキュー会社に電話をかけた。早くも二十分後にやってきた作業員は、車の故障原因は複雑で、この場では直せないと言った。車をその場においてて列車でイースタに戻るしか方法がなかった。作業員に送られて駅まで行き、ヴァランダーが作業員と話をつけている間にボー・ルーンフェルトが切符を買いに行った。彼の買ってきた切符は一等席だった。ヴァランダーはなにも言わなかった。九時四十四分、ヘッスレホルムとマルメ行きの列車に乗り込んだ。ヴァランダーはイースタ署に電話をかけ、マルメまでだれか迎えに来てくれないかとたのんだ。到着時間に都合のいいイースタ行きの列車がなかったのだ。エッバは人を用意すると約束してくれた。

「警察はもっといい車がないんですかね？」列車がエルムフルトを出発したときボー・ルーンフェルトが訊いた。「一斉出動だったらどうするんです？」

「あれは私個人の車です。警察の車はもっといいですよ」

景色が窓の外を過ぎていく。ヴァランダーはヤーコヴ・ホスロヴスキーと猫たちのことを思った。そうしながらも、頭の中にはユスタ・ルーンフェルトは間違いなく妻を殺害したにちがいないという思いが渦巻いていた。このことがこんどの事件とどう関係があるのかはわからない。ユスタ・ルーンフェルト自身、死んでしまっている。残酷な男は、同じように残酷なやりかたで殺された。

おそらく殺害の動機は報復だろうと思った。だが、だれがなんのために報復されたのだろう？　このこととホルゲ・エリクソンはどう関係するのだろうか？

わからなかった。答えが出せなかった。

車掌が来たので、考えが中断された。

女性の車掌だった。にっこり笑うと切符拝見と強いスコーネ訛りで言った。

ヴァランダーはその車掌に知られているような気がした。新聞で写真を見たことがあるのだろうか？

「マルメ到着は何時？」と訊いた。

「十二時十五分です。ヘッスレホルム着は十一時十三分」と言って、彼女は次の客へ向かった。

車掌は時刻表を暗記していた。

20

マルメ中央駅で待っていたのはペータースだった。ボー・ルーンフェルトはマルメに着くと用事があるので数時間マルメに滞在するが、午後にはまたイースタに戻ると言っていなくなった。イースタに戻ったら妹と父親の遺産をチェックし、とくに花屋をどうするかを決めなければならないと言い残した。

イースタへの車中、ヴァランダーは後部座席に座り、エルムフルトで起きたことを書き留めた。マルメ中央駅でノートとペンを買い、それをひざの上に置いてバランスをとりながら書きつけていた。ペータースはもともと口数の少ない男だったが、ヴァランダーが仕事をしているのを見て道中一言も話しかけなかった。空の晴れた風の強い日だった。すでに十月も十四日。父親が死んでからもうじき二週間になる。これから父親の死去を悲しむ時期が始まるのだ、まだその始まりにいるのだと、これからのことを思って暗澹たる気持ちになった。

車はイースタに入り、まっすぐに警察署へ行った。ヴァランダーはとんでもない値段のサンドウィッチを列車で食べたので空腹ではなかった。受付でエッバに車のことで声をかけた。彼女のよく手入れされたボルボは駐車場でいつもどおりぴかぴか光っていた。

「こんどはどうしても新車を買わなくてはならないだろう。金もないのにどうすればいいものか」

「わたしたちはひどい給料で働いてますものね。でもそれを考えてもしようがないから考えないようにしてるけど」

「そうかなあ。それについてなにも考えないより考えるほうがいいんじゃないか？」

「あなたは退職金の個別交渉をしてるんじゃないんですか？」エッバが言った。

「みんな退職金を個別交渉してるようだ。してないのはあんたとおれだけじゃないかな」

自室へ行く途中、同僚たちの部屋をのぞいてみた。全員が出かけていた。残っていたのは廊下のいちばん奥の部屋のニーベリだけだった。彼が部屋にいることはめったになかった。松葉杖が机に立て掛けられていた。

「足はどうだ？」

「見てのとおりさ」ニーベリが不機嫌に応えた。

「鑑識のほうで、もしかしてユスタ・ルーンフェルトの旅行カバンをみつけていないかと思うんだが？」

「マースヴィンスホルムの森にはなかったね。あったら犬たちがみつけたはずだ」

「なにかほかにもみつかったか？」

「ああ、いつもなにかはみつかるもんだ。それが事件と関係あるかどうかはわからんがね。いまわれわれはホルゲ・エリクソンの展望台の裏にあった車のタイヤ跡と森のほかの場所でみつけたものを比べてるところだ。一致するものがあるかもしれん。なにがわかるか予測がつかないが。悪天候で地面が濡れて泥だらけだったからな」

「ほかになにか、おれが知っておくべきだと思うことはあるか?」

「あの頭のことだが」とニーベリが言った。「あれは確実に人間の頭だった。ストックホルムの人民博物館から長文の詳細な報告書が届いている。おれには半分もわからんがね。だがとにかく重要なのは、彼らはこれがかつてのベルギー領コンゴのものだと確信していることだ。いまはザイールという国だが。四十年から五十年前の頭だそうだ」

「時間的には合うな」

「博物館はこれを預かりたいようだ」

「それは捜査が終わったら、責任者が決めることだ」

ニーベリは突然真顔になった。

「これをやったやつらを捕まえられるかな?」

「ああ、そうしなければ」

ニーベリはなにも言わずにうなずいた。

「いま〝やつら〟と言ったな? 前におれが訊いたときは、犯人は一人だと思うと言ってたようだったが?」

「やつら、と言ったって? おれが?」

「ああ」

「いや、おれはいまでも犯人は一人だと思う。べつに根拠はないんだが」

ヴァランダーは部屋を出かけたが、ニーベリがとめた。

「ボロースの通信販売会社セキュアからユスタ・ルーンフェルトがいままでなにを買ったか、突き止めたよ。盗聴器と指紋採取装置以外に、彼はいままで三度買い物をしている。会社はそれほど古くない。いままでユスタ・ルーンフェルトが買ったものは、夜間用双眼鏡、懐中電灯数個、それになにか意味のない細かいものだ。そのうえ、非合法なものはなかった。懐中電灯はハルペガータンにあった。だが夜間用双眼鏡はそこにも花屋にもなかった。

ヴァランダーは考えた。

「ナイロビに持っていくつもりで、旅行カバンに詰めたんじゃないか？　蘭をそっと夜中に観るとか？」

「とにかくどこにもなかった」ニーベリが言った。

ヴァランダーは自室へ行った。コーヒーを取りに行こうかと思ったが、気が変わった。机に向かうと、マルメからの車中書きつけたメモに目を通した。二つの殺人事件に共通する点と異なる点を探した。被害者の男たちは二人とも異なる面で残酷という言葉で表現されている。ホルゲ・エリクソンは従業員をひどく扱った。ユスタ・ルーンフェルトは妻に暴力的だった。そこに一つの共通点がある。二人とも周到に計画された方法で殺されている。ヴァランダーはルーンフェルトがどこかに監禁されていたという確信があった。さもなければ失踪してから殺されてみつかるまでの長い時間の説明がつかない。いっぽうエリクソンはその場で殺された。それが異なる点だ。その異なる点をはっきりと説明はできないが、それでも似通っている点があるような気がした。なぜルーンフェルトは監禁されたのだろうか？　なぜ犯人は彼をすぐには殺さなかったのだろう？　この答えはいろいろ考えられる。なんらかの理由で犯人は待ちたかった。そのことはまた次の疑問を呼ぶ。犯人はすぐに殺すことができなかったのだろうか？　その理由は？　あるいは、ルーンフェルトを監禁し、食べ物を与えず、弱らせるのが目的だったのか？

一つだけ考えられる理由は復讐だった。だが、なんの報復か？　いまだになんの手がかりもみつかっていない。

次にヴァランダーは犯人のことを考えた。おそらく単独犯、それも体力のある屈強な男と思われる。もちろん、複数犯ということも考えられるが、ヴァランダーはそうは思わなかった。計画のしかたが一人の犯行を思わせる。

周到な計画は複数ではむずかしい。もし複数犯なら、もっと単純な計画になったのではあるまいか？

いすに体をあずけ、二つの事件が発生してからずっと感じている不安感を真っ正面から見つめた。なにか見えないものがあるのだ。あるいは完全に間違った解釈をしているのかもしれない。どうしても不安の正体がつかめない。

一時間後、さっき取りに行こうとしたコーヒーを持ってきた。そのあと、以前に予約をすっぽかした眼鏡屋に電話をかけた。新しい予約は必要ない、いつでも都合のよいときに来いと言われた。ヴァランダーは上着のポケットを二回探しまわって、エルムフルトの自動車修理工場の電話番号をみつけた。修理にはかなり金がかかりそうだったが、車を売るつもりならやむを得なかった。

次にマーティンソンに電話をかけた。

「もう帰ってきているとは知りませんでした。エルムフルトはどうでしたか？」

「それを話そうと思って電話したんだ。いまいるのはだれとだれだ？」

「いまさっきハンソンを見かけました。五時にちょっとだけ会うことになってます」

「それじゃそのときでいい」

受話器を置くと、急にヤーコヴ・ホスロヴスキーと猫のことを思い出した。自分の家が買えるのはいつだろう。そんな日はこないかもしれないという気がした。警察の仕事量はどんどん増えている。以前は仕事の合間があるときもあった。いまではほとんどそんなことはない。いまの状況からそんな時期がまたいつかやってくるとも思えない。犯罪が増えているかどうかはわからないが、犯罪の質が凶悪になり複雑になっていることはたしかだった。そのうえ、現場で捜査をする警官の数がどんどん少なくなっている。事務仕事をする警官が増えているのだ。少なくなった現場の警官のために、事務にまわった多くの警官が指図をする。ヴァランダーには現場を離れて机に向かっているだけの仕事は考えられなかった。いまのように机に向かっているときは、本来の仕事からちょっと離れているということだ。警察の建物の中にばかりいて犯人を捕まえることなどけっしてできない。犯罪捜査の技術はたしかに進歩している。が、それは足で捜査することに取って代わることはできない。

彼はふたたびエルムフルトのことを考えた。十年前の冬の日、ストングシューンの湖でいったいなにが起きたのか？　ユスタ・ルーンフェルトは事故を装って妻を殺したのか？　それを暗示するものはある。事故というにはあまりにもおかしな点が多い。当時の警察の捜査記録がどこかに保存されているはずで、さして手間をかけずに見ることができるのではあるまいか？　捜査がいい加減なものであったことは見当がつくが、それでも担当の警官を責める気持ちはなかった。なにを疑うことができたというのだ？　なにより、疑いをもつ根拠があっただろうか？

ヴァランダーは受話器をつかみ、もう一度マーティンソンに電話をかけた。エルムフルトに電話をかけて、当時の溺死事故の報告書のコピーを一部取り寄せるようにたのんだ。

「どうして向こうでやらなかったんですか？」マーティンソンが意外という声を上げた。

「向こうでは警官には会わなかったからだ。行ったのは、猫だらけの家で、その家の住人は必要なら水の上を歩くこともできるという男だった。コピーはできるだけ早く送ってほしいと言ってくれ」

マーティンソンがなにか言う前に電話を切った。時計は午後三時をまわっていた。窓を通して外を見ると、空はまだ晴れていた。いっそのこと、このまま眼鏡屋へ行こうと思った。マーティンソンたちとの会議は五時だ。それまでどっちみち大した仕事はできない。そのうえ、頭が疲れていた。こめかみの奥が鈍く痛む。上着を着て署を出た。エッバは電話中だったので、五時に帰ると走り書きした紙を彼女に渡して駐車場へ行った。五分ほど自分の車を探してからやっと車がここにはないことを思い出した。イースタの中央部へ行くのに十分ほど歩いた。眼鏡屋はピルグレンドの近くのストーラ・ウステルガータンにあった。数分待たなければならないと言われ、テーブルの上にあった新聞をめくった。その中に彼自身の写真があった。五年ほど前の写真だろう。彼はそれが自分だとわからなかった。殺人の記事は大きく扱われていた。〈警察は手がかりをつかんでいる〉とあった。彼自身が発表したことだった。これは真実ではない。犯人はこれを読んでいるだろうか？

警察の動きを見ているのだろうか？　新聞をさらにめくった。内側の記事の一つに目を留めた。しだいに驚きがつのる。載っている写真を凝視した。まだ発刊されもしていないアンメルカレン紙の記者の言うとおり、スウェーデン全土からイースタに人が集まって自警団を立ち上げようとしている写真だった。彼らの発言がそのまま引用されていた。必要があれば、法律を破ってでも行動に出るのをためらわないとあった。警察の仕事は評価する。が、警察の弱腰には反対である。とくに法運用の及び腰には断固として反対する。読んでいるうちに怒りと不快さがつのってきた。これは実際に起きていることなのだ。武器を携帯する組織的自警団を提唱する者たちはもはや陰に隠れてはいない。表に出てきているのだ。写真には名前も顔も載っていた。全国組織を結成するためにイースタに集まっているのだ。

ヴァランダーは新聞を放り投げた。われわれの闘わなければならない相手は二つだ。これはネオナチグループよりもよほど危険だ。ネオナチはマスコミが実際よりも大きく取り上げる傾向がある。バイクの暴走族にしても然りだ。

彼の番になった。不思議な機械の前に座らされてぼやけた文字を読んだ。突然、自分はまったく目が見えなくなるのではないかと不安になった。なにも見えないような気がした。だが、検査技師が眼鏡を彼の鼻の上に置いて新聞を彼の手に渡したとき、それはまた自警団についての記事で全国組織になりそうだというものだったが、まったく問題なくそれが読めた。新聞の内容に強い不快感がこみ上げてきた。

「老眼鏡が必要ですね」検査技師がやさしく言った。「あなたの年ならふつうですよ。一・五度が適当でしょう。何年か経ったらまた少し強いのに替えなければならないでしょうが」

そのあと眼鏡のフレームを選びに行った。値段を聞いてがく然とした。もっと安いのもあると聞いて、彼はそれをたのんだ。

「いくつ注文なさいますか？　二つあればなくしたときに困りませんよ」

ヴァランダーはすぐになくしてしまうペンのことを思った。老眼鏡を首からひもでぶら下げるのだけはお断りだった。

「五つたのみます」とヴァランダーは言った。

眼鏡屋を出たときはまだ四時だった。あらかじめ決めていたわけではなかったが、彼は角の不動産屋へ向かった。そこは数日前売りに出ていた家の広告を外からながめたところだった。こんどは中に入って、売り家のファイルを見せてもらった。二軒、興味をもった家があった。コピーをもらい、もし見せてもらいたかったら電話すると言った。外に出るとまだ時間があった。そのとき、ホルゲ・エリクソンが殺されてからずっと頭の中にあった疑問に答えを得ようという考えが頭に浮かんだ。ストールトリェットの一隅にある本屋に向かった。店に入ると、主人は地下の倉庫にいると言われた。地下半分まで階段を下りたとき、旧知の主人が学校の教科書の箱に囲まれているのが見えた。二人はあいさつした。

「まだ十クローネもらってませんよ」と言って本屋は笑顔を見せた。

「なんの？」

「この夏、朝の六時にたたき起こされて、警察にドミニカ共和国の地図がほしいと言われた。そのときの警官は百クローネしか持っていなかったが、地図は百十クローネしたんです」

ヴァランダーは上着の内ポケットに手を入れて財布を取り出そうとした。本屋は手を振った。

「いや、それはおまけします。冗談で言ったまでですよ」

「ホルゲ・エリクソンの詩のことだが、彼は自費で詩集を出版した。いったいだれが読んだのだろう？」

「彼はアマチュア詩人でしたよ」本屋は言った。「でも悪くはなかった。問題は、彼は鳥のことしか書かなかったことでした。いや、正確に言えば、鳥のことしか書けなかった。ほかのことを書くといつも失敗していました」

「だれが彼の詩集を買ったのだろうか？」

「うちやほかの本屋を通してはあまり売れなかったんじゃないんですか？　ローカル詩人たちは、詩で生計を立てたりできませんよ。しかし金にはならなくてもやりたいんでしょうな」

「買うのはだれなんだろう？」

「正直、わかりません。スコーネに来た観光客とか？　バードウォッチャーなら彼の本を探し出したかもしれない。あるいは地域の文献収集家とか」

「鳥か」ヴァランダーがつぶやいた。「ということは、ホルゲ・エリクソンは人に恨みを買うようなことを詩に書いたというようなことはないんだね？」

「そんなことはないでしょう」本屋は驚いて言った。「そんなことを言ってる人がいるんですか？」

「いや、ただ想像しただけだ」ヴァランダーが言った。

本屋を出ると、ヴァランダーは警察署へ向かって坂道を上りはじめた。


会議室に入りいつもの席に腰を下ろすと、彼は買ったばかりの眼鏡を鼻の上にかけた。部屋の中に軽い驚きが走ったが、だれもなにも言わなかった。

「みんなそろっているか？」ヴァランダーが訊いた。

「スヴェードベリがいません。どこにいるのでしょうか」

フーグルンドの言葉が終わらないうちに会議室のドアが開き、スヴェードベリが姿を見せた。なにかをつかんだとヴァランダーは直感した。

「スヴェンソン夫人をみつけました。ユスタ・ルーンフェルトの最後の依頼客です。われわれの推測が正しければですが」

「よし」ヴァランダーは緊張が高まるのを感じた。

「もしかしてスヴェンソン夫人は花屋に顔を出したことがあるのではないかと思ったのです」スヴェードベリが説明を始めた。「ルーンフェルトに会いに来たのではないかと。それで、われわれが現像した写真を持って店に行ってみたんです。ヴァンニャ・アンダソンは店の裏の机の上にその男の写真があったのを覚えていました。またスヴェンソンという名前の女性が二度ほど店に来たことがあるのも覚えていました。一度はプレゼントに贈る花を買いに来たときだったそうです。あとは簡単でした。住所と電話番号が控えてありました。住所はスーヴェスタのビアバックスヴェーゲンでした。自分は今日そこへ行ってきました。スヴェンソン夫人はそこで小さな菜園を営んでいます。写真を持っていって見せました。そしてなぜ彼女を探し出したのか言いました。ユスタ・ルーンフェルトに探偵仕事をたのんだのではないかとの疑いをです。彼女は即座にそのとおりだと言いました」

「よし。それで、彼女はほかになんと言った？」

「いや、そこまでです。大工が入っているので時間がないということなので、出直してくるほうがいいと思ったのです」

「今晩にでもおれが直接話を聞く」ヴァランダーが言った。「会議はできるだけ短くしよう」

会議は三十分ぐらいで終わった。途中、ホルゲソン署長が入ってきて、なにも言わずに席に着いた。ヴァランダーはエルムフルトへの旅行の報告をした。彼は思ったとおりを言った。ユスタ・ルーンフェルトが妻を殺害したという可能性は無視できないと。そしていま、十年前の溺死事故の報告書を待っているところで、そのあと、どう進むか決めようと言った。

ヴァランダーの説明が終わると、意見を言う者はなかった。おそらく彼の推測は正しいだろうと全員が思ったが、これが今回の事件とどう関係があるのかがわからなかったのだろう。

「この旅行は重要だった」ヴァランダーが言葉を締めくくった。「スヴェンスタヴィークへの旅もきっと意味のあるものになるだろうと思う」

「イェーヴレ経由でお願いします」アン＝ブリット・フーグルンドが言った。「どんな展開になるのかわかりませんが、じつはストックホルムの友人にたのんで、ある専門書の店に行って買ってもらった『ターミネーター』という雑誌が今日届いたんです」

「なんの雑誌だ、それは？」ヴァランダーは名前をどこかで聞いたことがあった。

「アメリカで発行されている雑誌です。専門書というのもはばかられるような悪質なものですが、傭兵《ようへい》とかボディーガード、軍事的な活動ならなんでも飛びつくような人間のためのリクルート雑誌です。とても不愉快な雑誌です。とりわけ人種差別的という意味で。でもその中にわたしたちの仕事に関係がありそうな広告をみつけたんです。イェーヴレにいる男が〝戦う用意のある、偏見のない男〟を求める広告を出しています。わたしはイェーヴレの警察に電話をしてこの男のことを訊きました。彼がだれかは知っているが、いままで警察の捜査対象になったことはないとのことでした。でも、この男の情報網は広く、過去に外国の傭兵となった男たちの情報を握っている可能性があるということでした」

「なるほど」ヴァランダーがうなずいた。「よし、その男に会ってみよう。イェーヴレ経由でスヴェンスタヴィークへ行くことができるはずだ」

「少し調べました」フーグルンドが言った。「ウステルスンドまで飛行機で飛んで、そこからはレンタカーで動くんです。あるいは向こうの警察に協力してもらってもいいかもしれませんが」

ヴァランダーは大学ノートを閉じた。

「だれか旅程を立ててくれないか？　できれば明日出発したい」

「明日は土曜日ですが？」マーティンソンが言った。

「曜日に関係なく動かなければならない。時間がないのだ。今日はこれでおしまいにしよう。このあとおれといっしょにスーヴェスタのスヴェンソン夫人に会いに行ける者は？」

そのときホルゲソン署長が鉛筆の尻で机をこつこつと叩いて注目を集めた。

「一つだけ。いまイースタに全国から人が集まって市民自警団のようなものを立ち上げようとしていることをみんな知っていますか？　署としてはできるだけ早くこれに対策を立てなければならないと思うのです」

「警察本庁から市民自警団についてはいままで何度も注意がまわってきています」ヴァランダーが言った。「やつらは警察が私的な自警団にどう対応するかは十分に知っていると思うのですが」

「きっとそうでしょう」署長は言った。「しかし、いまなにか変化が起きているような気がしてならないのです。たとえば、こそ泥がこの自警団を称する者たちによってリンチに遭うといったようなことが。そのあとは知らぬ存ぜぬで互いをかばいあうとか」

ヴァランダーは署長の言うとおりだと思った。だがいまは、この連続殺人事件以外のことに取り組む余裕がなかった。

「このことは月曜日まで待ちませんか。重要だということは認めます。長い目で見れば、下手するとわれわれは警察のまねごとをするやつらによって取り囲まれるようなことになりかねませんからね。話し合いは月曜日でいいでしょう」

ホルゲソン署長は納得したようだった。会議は終わり、フーグルンドとスヴェードベリがヴァランダーといっしょにスーヴェスタのスヴェンソン夫人に会いに行くことになった。署を出たころには六時になっていた。空は曇り、夜には雨が降りだしそうな気配だった。フーグルンドの車で向かった。ヴァランダーは後ろの席に座ったが、どうかするとまだ彼の服からヤーコヴ・ホスロヴスキーの猫の臭いがするような気がした。

「マリア・スヴェンソンですが」スヴェードベリが話しはじめた。「三十六歳で、スーヴェスタで小さな菜園を営んでいます。化学薬品を使わない、有機農法で作った野菜だけを売っているようです」

「なぜルーンフェルトに連絡したのか、理由を訊かなかったのか?」

「ルーンフェルトを知っているということを確認したあとは、なにも訊きませんでした」

「興味津々だな」ヴァランダーが言った。「おれの警察官人生で、私立探偵に仕事を依頼したという人物に会うのは初めてだ」

「写真に写っていたのは男性でした。マリア・スヴェンソンは、結婚しているのかしら?」フーグルンドが訊く。

「知らない。知っていることはみんな話した。これから先はみんなと同じ情報量となる」スヴェードベリが言った。

「知るといってもほんのわずかだろうが」ヴァランダーが口をはさんだ。「われわれはまだほとんどなにも知らないからな」

およそ二十分後、彼らはスーヴェスタに着いた。ずっと以前、ヴァランダーはこの村に来たことがあった。首を吊った男を下ろすためだった。それは自殺者を扱った最初の仕事だった。思い出すだけでも気の重くなる経験だった。

車が止まったのは、店と菜園がいっしょになっているところだった。〈スヴェンソンの野菜〉と看板が出ている。彼らは車を降りた。

「この建物の中に彼女の住居もあるんです。今日はもう店を閉めたようですね」スヴェードベリが言った。

「花屋と野菜屋か」ヴァランダーがつぶやいた。「なにか意味があるのだろうか？　それとも単なる偶然だろうか？」

答えを求めたわけではなかった。実際、二人から答えはなかった。土の小道を半分ほど行ったところで、店のドアが開いた。

「彼女がマリア・スヴェンソンです。待っててくれたようですね」スヴェードベリが言った。

ヴァランダーは入り口の石段に足をかけた女性に目をやった。ジーンズに白いシャツ姿だった。足にはクロッグを履いている。外見に人を拒むような感じがあった。化粧はしていない。スヴェードベリが同僚を紹介した。マリア・スヴェンソンは一行を中にまねき入れた。居間に通されたが、家の中もなにかよそよそしいものがあった。まるで住まいには関心がないようだった。

「コーヒーはいかがですか?」

三人とも断った。

「すでにおわかりのように、われわれはユスタ・ルーンフェルトとあなたとの関係を少し詳しく訊きにきたのです」ヴァランダーが言った。

マリア・スヴェンソンは驚いたように目を上げた。

「彼とわたしの関係?」

「私立探偵とその客として」ヴァランダーはもう少しはっきり言った。

「それならそうです」

「ユスタ・ルーンフェルトは殺されました。彼が花屋のほかに私立探偵の仕事をしていたとわかるのに、少々手間取りましたが」

ヴァランダーは面倒な言いかたをする自分に内心うんざりした。

「最初の質問は、どう彼と連絡を取ったかということです」

「アルベーテ紙で広告を見たのです。この夏のことでした」

「最初の連絡はどのように?」

「花屋に行きました。そのあと、イースタのカフェで彼に会いました。ストールトリェットにあるカフェです。名前は思い出せません」

「用件はどういうものですか？」

「それについては話したくありません」

彼女はきっぱりとそう言った。それまでの答えがスムーズだったので、ヴァランダーは驚いた。

「答えを聞かなければならないのです」

「彼の死と関係ないことは保証します。あんなことになるなんて、わたしもほかの人たちと同じように驚いています」

「彼の死と関係があるかどうかは警察のほうで判断します。申し訳ないのですが、彼に会った理由を話してもらわなければならない。お宅でいま話していただければ、捜査に関係ない話ならわれわれの間だけで済みます。正式な事情聴取となると警察署に来てもらわなければならない。そうなるとメディアに漏れるリスクも出てきます」

スヴェンソンはしばらく考えた。一同は待った。ヴァランダーはハルペガータンで現像した写真を取り出して彼女の前に置いた。

「これはあなたの夫ですか？」

彼女は目を瞠《みは》ってヴァランダーを見てから笑いだした。

「いいえ。わたしの夫ではありません。でもわたしの愛する人を奪った男です」

ヴァランダーは彼女の言葉の意味がわからなかった。フーグルンドはすぐに理解した。

「彼女の名前は？」

「アニカ」

「この男性があなたがたの間に入ったというのですね？」

スヴェンソンはまた落ち着いた態度になった。

「ええ。わたしは疑いをもったのです。しまいにはどうしたらいいのかわからなくなってしまいました。そのとき、私立探偵にたのむことを思いついたのです。彼女が心変わりして男の人とつきあい、わたしから去ろうとしているのかどうか、どうしても知らなければならなかった。ユスタ・ルーンフェルトはここに来てその答えを教えてくれたのです。その翌日彼女とはきっぱり別れました」

「それはいつのことですか？」ヴァランダーが訊いた。「ユスタ・ルーンフェルトがここに来たというのは？」

「九月二十日か二十一日」

「そのあと連絡はありませんか？」

「ええ。郵便為替で支払いを済ませましたから」

「彼の印象は？」

「とても親切でした。蘭がことのほか好きなようで。彼とは気が合いそうな感じがしました。彼もまた内向的なようでしたので」

ヴァランダーは考えた。

「最後に一つだけ質問があります。彼が殺された原因に心当たりがありますか？　彼がやったこと、言ったことでなにか気になったようなことはありませんか？」

「いいえ。なにも」マリア・スヴェンソンは答えた。「わたし、事件のあとよく考えたのです。でも、なにも思い当たるようなことはありませんでした」

ヴァランダーは同僚に合図して立ち上がった。

「用件はこれだけです。今日ここで聞いたことはけっして外には漏れません。約束します」

「感謝します。お客さまを失いたくないので」

出口であいさつを交わした。マリア・スヴェンソンはヴァランダーたちが車のところまで戻る前にドアを閉めた。

「彼女の最後の言葉はどういう意味だ？　客を失いたくないとは？」

「田舎の人間は保守的ですから」フーグルンドが言った。「同性愛は多くの人がいまだに偏見をもっていることの一つでしょう。人に知られたくないと思うのにはそれ相当の理由があるはずです」

車に乗り込んだ。もうじき雨が降りだすはず、とヴァランダーは思った。

「それで、捜査は進んだんでしょうかね？」スヴェードベリが言った。

ヴァランダーは首を振った。

「いや、これで捜査が前に進むこともあとに引くこともないだろう。この二つの殺人事件の真実はじつに簡単なものだ。つまり、われわれにはなにもはっきりわかっていないということ。いくつかバラバラの糸口が見えるが、一つとしてはっきりとした手がかりはない。まったくお手上げだ」

彼らはなにも言わずに車に座っていた。ヴァランダーは良心が痛んだ。まるで捜査全体に自分がナイフを突き刺したような気分だった。しかしいま彼が言ったことはどうしようもない事実だった。

彼らにはなんの手がかりもなかった。

まったくなにも。

21

その晩ヴァランダーは夢を見た。

場所はローマだった。父親とともに通りを歩いていた。夏が突然終わり、秋になっていた。ローマの秋。父親となにか話をしていたのだが、思い出せなかった。突然父親がいなくなった。あっという間のことだった。一瞬前まではすぐそばにいたのに、次の瞬間姿が見えなくなった。町の雑踏に消えてしまった。

ヴァランダーはぱっと目を覚ました。夜のしじまの中で、夢はくっきり、はっきり見えた。話が途中までになってしまったことを悔い、父の死を悲しんだ。死んでしまった父を責めることはできない。だが生き残っている自分を責める気持ちがあった。

そのあとは眠れなかった。すぐにまた、早朝に起きなければいけないせいでもあった。

ゆうべスーヴェスタのマリア・スヴェンソンのところから戻ると、机の上に翌日のスケジュールが置かれていた。マルメのスツールップ空港を七時に出発すると、ストックホルムで乗り換えてウステルスンドには九時五十分に到着するとあった。予定をよく見ると、スヴェンスタヴィークかイェーヴレのどちらで宿泊するか、選べるようになっていた。ウステルスンドのフルースーン空港でレンタカーが予約済みとある。どこで泊まることにしようか。ヴァランダーは部屋にかけてあるスコーネの地図の隅に小さく載っているスウェーデン全土の地図を見た。アイディアが浮かび、娘のリンダに電話をかけた。ついに留守電を買ったらしく、応えたのは留守電だった。彼は娘にメッセージを残した。イェーヴレまで列車で来られないか？　ストックホルムからは二時間もかからないで来られるだろう。食事をして泊まることはできないか？

そのあとスヴェードベリを地下のジムでみつけた。スヴェードベリは毎週金曜日の夜、だれもいないジムで一人サウナに入るのを楽しんでいるのだ。明日土曜日の夜、イェーヴレのどこかいいホテルに二部屋予約してくれとたのんだ。返事は明日携帯電話にもらうことになった。

そのあと家に帰った。その晩、秋のローマの夢を見たのだった。

翌朝六時、予約してあったタクシーが家の前で待っていた。スツールルップに着くと切符を受け取り、予定の便に乗り込んだ。土曜の朝だったので、座席は半分も埋まっていなかった。ストックホルムからウステルスンドへの便も時間どおりに発った。ヴァランダーはそれまで一度もウステルスンドへ行ったことがない。ストックホルムより北へはほとんど行ったことがなかった。ヴァランダーはこの旅を楽しんでいる自分に気がついた。前の晩に見た夢だけでなく、ほかのさまざまなことから距離をおくことができた。

ウステルスンドの空港に到着した。朝の空気が冷たかった。機内で操縦士は外気は一度と放送していた。ターミナルに向かいながら、冷気がスコーネとはちがうと感じた。土の匂いもしない。フルースーン空港からレンタカーを運転して橋を渡った。美しい景色だった。町全体がストールシューン湖を囲むゆるやかな斜面に横たわっている。南へ向かう道を探しながら、知らない土地を初めての車で行くことの快感を味わっていた。

十一時半、スヴェンスタヴィークに着いた。来る途中の連絡で、スヴェードベリがロベルト・メランダーという名前の男を訪ねるようにと教えてくれた。その男がビュルマン弁護士が連絡を取っている教会管理事務所の人間だった。メランダーは昔の村役場の隣の赤い家に住んでいるという。昔の村役場はいまはABFの教育機関が教室に使っているとか。ヴァランダーは村のほぼ中央にあるICAスーパーマーケットの駐車場に車を停めた。人に訊いて、昔の村役場は新しい町の中心部から少し離れたところにあることがわかった。車をそこに残して、歩いていくことに決めた。曇っていたが雨は降っていなかった。ロベルト・メランダーの家と思われる建物の敷地に入ると、グレーハウンドが犬小屋に繋がれていた。玄関ドアは開けっぱなしだった。ヴァランダーはノックをしたが、応えはなかった。そのとき急に家の裏手から音が聞こえた。裏側にまわってみた。大きな敷地だった。ジャガイモとスグリの植え込みが見える。こんなに北でもスグリが採れることにヴァランダーは驚いた。長靴を履いた男が地面に置かれた大きな木の枝を切っていた。ヴァランダーに気がつくと、彼は手を休めて背中を伸ばした。ヴァランダーと同年配に見えた。笑顔を見せ、のこぎりを横に置いた。

「イースタから来た警察のかたですな?」と言って、手を伸ばしてきた。

この地方の訛《なま》りがはっきりわかる言葉であいさつした。

「いつこっちへ?　昨日の晩ですか?」

「七時の飛行機に乗りました。今朝の」

「そんなに速く来られるんですね」メランダーが言った。「一九六〇年代に一度マルメに行ったことがあるんですよ。引っ越してみようかという気分になったのです。それに、あの大きな造船所に仕事の口があって」

「コックムですね。いまではもうたしかその会社はないと思いますが」

「ええ。いまではもうなにもない」メランダーが哲学的な言いかたをした。「その当時、ここからマルメに行くのに車で四日かかりましたよ」

「でも、マルメには移らなかった？」

「ええ」メランダーがうれしそうに言った。「マルメは美しくて立派でした。しかし、私のスタイルじゃなかった。もしこの先どこかに移り住むとすれば、ここから北でしょうね。南ではなく。なにしろスコーネじゃ雪も降らないじゃないですか」

「いや、そんなことはない。ただ、降るときは大量に降るんですよ」

「食事を用意しました」メランダーが言った。「妻はケアセンターで働いているんですが、出かける前に用意をしてくれました」

「ここは美しいところですね」ヴァランダーが言った。

「そう、じつに美しい。しかもその美しさが保たれている。何年経っても」

　彼らは台所のテーブルについた。食事はおいしかったし量もたっぷりあった。メランダーは話し上手だった。その話によれば、メランダーはいろんな仕事をして経済生活を成り立たせているという。その中には冬の間フォークダンス講座を開くことも含まれる。食事が終わり、コーヒーの時間になったとき、ヴァランダーは用件を切りだした。

「もちろんあれはわれわれにとっても突然のことでした。十万クローネは大金ですからね。それが見知らぬ人からであればなおさらのことです」

「ということは、だれもホルゲ・エリクソンを知らなかったのですね？」

「そのとおり。だれも知りませんでした。ひどい殺されかたをしたスコーネの元自動車販売業者とか。じつに特異な話です。教会関係者はこの人物についていろいろ聞きまわりました。新聞にも彼の名前を出して情報を求めました。そう、新聞がわれわれがこの人物について知りたがっているという記事を書いてくれたのです。だが、知らせは一つもなかった」

ヴァランダーはホルゲ・エリクソンの写真を一枚持ってきていた。机の中でみつけたものだった。ロベルト・メランダーはパイプにタバコを詰めながらその写真をながめた。そしてその写真を見据えたままタバコに火をつけた。ヴァランダーはひょっとしてなにかわかるかもしれないと希望を抱いたが、メランダーは首を振った。

「いや、この男は知りませんね。私は人の顔はよく覚えているんですが、この顔は見たことがない。この顔に見覚えのある人もいるかもしれないが、私は見たことがない」

「これから人の名前を二人言います。聞き覚えがあったら、教えてください。最初はユスタ・ルーンフェルト」

メランダーは考えたが、すぐに答えた。

「ルーンフェルトというのは、この土地の名前じゃないな。改名したものでも新しく作った名前でもないでしょう」

「それじゃ、ハロルド・ベリグレンは？」

メランダーのパイプの火が消えた。彼はそれをテーブルの上に置いて、答えた。

「もしかすると知っているかもしれない。ちょっと電話をかけさせてください」

窓辺の下に幅の広いカウンターがあり、電話はそこにあった。ヴァランダーは緊張が高まるのを感じた。コンゴで日記を書いた人物についての情報ならいいのだが。

メランダーはニルスと呼びかけた男と話しだした。

「スコーネから客人がいま家に来ている。クルト・ヴァランダーという名前の警察の人だ。ハロルド・ベリグレンという名前の男を知らないかと訊かれた。ここスヴェンスタヴィークで生きている人の中にこんな名前の人はいないと思うが、墓に入っている人の中にこの名前の人物はいるかな？」

ヴァランダーの中の期待がしぼんだ。が、まったくしぼみきったわけではなかった。たとえ死んでいるとしてもハロルド・ベリグレンの正体がわかれば捜査は前に進む。

メランダーは相手の言葉に耳を澄ましている。そのあとはアーサーという名前の男の具合はどうかと訊いて通話が終わった。メランダーがテーブルに戻った。

「ニルス・エンマンは教会の墓地係です。じつは、ハロルド・ベリグレンという名前の墓石があるのです。しかし、ニルスは若くてあまりよく知らない。前任者はすでに墓の中です。ちょっと墓地に行ってみましょうか？」

ヴァランダーは立ち上がった。その急いだ様子を見て、メランダーは驚いた様子だった。

「スコーネの人はのんびりしていると聞いたが、あなたには当てはまらないようですな」

「せっかちは私の悪い癖なのです」

二人は冷たい秋の空気の中を歩いた。ロベルト・メランダーは途中出会った人々すべてとあいさつを交わした。墓地に来るとメランダーは説明した。

「その墓石は奥のほう、森の近くにあります」

ヴァランダーは彼の後ろから歩きながら、前の晩に見た夢のことを考えた。父親の死が急に非現実的なものに感じられた。まるで、それがまだ理解できていないようだった。

メランダーは立ち止まって、指さした。墓石は縦に長く、金文字が刻まれていた。それを読んですぐさま、捜査の助けになるものではないとわかった。ハロルド・ベリグレンという男の享年は一九四九年とあった。メランダーは彼の反応を察知した。

「彼ではないのですね？」

「ええ、ちがいますね。あり得ないでしょう。私の捜している男は少なくとも一九六一年に生きていたことがわかっていますから」

「あなたの捜している男とは」メランダーが興味深げに言った。「警察が探している男なら、きっと犯罪を犯したのでしょうね？」

「わかりません。そのうえ、説明するには少々話が込み入りすぎているのですよ。いや、警察は非合法なことをやっていない人間のことも捜しますよ」

「それじゃあなたは無駄骨を折ったことになりますね。われわれは未知の人間から多額の寄付をもらった。理由はわからない。そのうえ寄贈者のエリクソンという人も知らないのですから」

「なにか理由があるにちがいないのです」

「教会の中を見ますか？」メランダーが急に思いついたように訊いた。ヴァランダーを元気づけようとするかのように。

ヴァランダーはうなずいた。

「美しい教会ですよ。私たちはそこで結婚したんです」

彼らは教会に向かい、中に入った。ヴァランダーは教会前の鉄門に鍵がかかっていないことに目を留めた。中は横窓から光が差し込んでいた。

「美しいですね」

「しかし、あまり信心深くはないですね、あなたは」と言ってメランダーはほほ笑んだ。

ヴァランダーは答えなかった。木のベンチの一つに腰を下ろした。メランダーは真ん中の通路に立ち止まった。ヴァランダーは頭の中で答えを探した。答えはかならずある。ホルゲ・エリクソンはスヴェンスタヴィークの教会になんの理由もなく寄付をするはずがない。はっきりした理由があるはず。

「ホルゲ・エリクソンは詩を書きました。いわゆる村の詩人でした」

「そういう人はこの村にもいますよ」メランダーが相づちを打った。「正直言って、彼らの書く詩はお世辞にも上手とは言えない」

「ホルゲ・エリクソンはバードウォッチャーでもありました。夜になると、暗い空を見上げて渡り鳥を観察していたようです。見えたわけではなかったようですが、高い空からの声を聞いていたようです。数千メートルもの高さから羽ばたきが聞こえたのでしょうかね？」

「鳩舎《きゅうしゃ》でハトを飼っている人なら何人か知ってますがね。鳥の愛好家なら一人だけいましたよ」

「いた？　過去形ですか？」

メランダーは真ん中の通路の向こう側に腰を下ろした。

「あれは変な話でしたね。未完の話ですよ」と言って、メランダーは笑った。「あなたの話のようだ。あなたの話もまた終わりがなさそうだから」

「いや、われわれは犯人をかならず捕まえます」ヴァランダーは言った。「たいていは成功してますから。その話というのは？」

「一九六〇年代、一人のポーランド女性がこの村にやってきたんですよ。どこからやってきたのかはおそらくだれも知らなかった。とにかく彼女はペンションで働いた。部屋を借りて、だれともつきあわずに暮らしていた。スウェーデン語はじつに速く身につけたが、友だちはいなかったようですね。そのうち家を一軒買った。スヴェーグの方角に。私はその当時まだ若かった。若かったから、彼女を美しいと思いあこがれていた。しかし、彼女はだれともつきあわなかった。その彼女が鳥に関心があったのですよ。郵便で、彼女はスウェーデン全土からはがきや手紙を受け取っていた。足に輪をはめられたワシミミズクの絵はがきとか、いろんなものだった。彼女自身はがきや手紙をたくさん書いた。この自治体でいちばんの筆まめだったかもしれない。なにしろ店は彼女のためにはがきを買い入れるほどだったから。どんな絵はがきでもかまわないようだった。ほかの土地で売れなかったものまで買い上げる始末でしたからね」

「どうしてあなたはそんなことを知っているんです？」

「小さな村では知りたくないことまで知ってしまうものですよ。そういうものなんです」

「それで、そのあとなにが起きたんです？」

「彼女は姿を消してしまった」

「姿を消した？」

「ほらよく言うでしょう、煙のように消えたと。いなくなってしまったんですよ」

ヴァランダーは顔をしかめた。

「旅行に出かけたということですか？」

「旅行にはよく出かけていたようでしたが、いつも帰ってきていました。姿が見えなくなったのは、ここでです。十月のある日、彼女は午後散歩に出かけました。よく散歩に出かけていましたよ。しかし、一日経って、彼女の姿が見えないことに村の者たちが気づいたのです。それについては当時よく新聞でも報道されました。旅行カバンを持って出て行ったわけではなかった。ペンションに働きに来なかったので、人が気づいたのです。彼女の家に行ってみると、まったく姿が見えなかった。もちろん探しました。しかしそのまま、彼女の姿は消えてしまいました。いまから二十五年ほど前のことです。なにもみつかっていない。しかし噂はありました。南アフリカでとか、アリンソースで彼女を見かけたというような噂です。レータンスビンの近くの森に住んでいるお化けになったとか」

「その女性の名前は？」

「クリスタ・ハーベルマン」

ヴァランダーはその話をうっすらと覚えていた。ずっと昔、見出しに〈美しいポーランド娘〉と書かれていた失踪記事があったことを思い出した。彼は考え込んだ。

「その娘さんはほかの鳥愛好家と文通していたということですね？　彼らを訪問してもいた？」

「ええ、そうだと思います」

「当時交換した手紙類は残っていますかね？」

「数年前に彼女は死亡告知されました。ポーランドの親戚だという人間が現れて、彼女の身の回りのものを持っていきましたよ。その家は取り壊され、いまでは新しい家が建っています」

ヴァランダーはうなずいた。手紙とはがきがまだ残っていると期待するのは無理というものだった。

「私もそのニュースならぼんやり覚えてます。だが、当時だれも疑わなかったのでしょうか？　自殺やなにか事件に巻き込まれたのではないかと」

「もちろんそんな噂もありました。捜査をした警察もずいぶん頑張ったと思いますよ。地元出身で、噂なのか根拠のある疑いなのかを区別できる人たちでした。怪しい車の噂が流れました。夜、彼女のところに怪しげな訪問者が来たというのです。ときどき出かける旅行も、どこへなにをしに出かけているのか、だれも知りませんでした。けっきょくなにもわからなかった。彼女は姿を消し、いまだに行方不明です。生きていれば二十五歳年取っているわけです」

またただ、とヴァランダーは思った。過去からよみがえってくるのだ。おれはなぜホルゲ・エリクソンがスヴェンスタヴィークの教会に金を遺したのか、その理由を調べにきた。その答えは得られていない。そのかわり、ここにも鳥の愛好家がいたと知った。彼女は二十五年前に失踪した。おれは問いに答えを得たのだろうか？　おれにはちっとも答えだとは思えないのに？

「警察の捜査報告書はウステルスンドにあると思いますよ。何キロもの書類でしょうよ」

二人は教会を出た。ヴァランダーは墓地の塀にとまっている鳥をながめた。

「メランスペッテンという鳥の名を聞いたことがありますか？」ヴァランダーが訊いた。

「キツツキの一種ですね。名前でわかる。しかしもう絶滅したのでは？　少なくともスウェーデンでは」

「ええ、絶滅に瀕《ひん》しているそうです。もう十五年もスウェーデンでは見かけられていない」

「私はもしかすると何度か見たことがあるかもしれない」メランダーが自信なさそうに言った。

「キツツキはもうずいぶんめずらしくなっている。森林伐採で、古い木がなくなってしまった。キツツキは古い木にとまったものですよ。もちろん電信柱にもだが」

二人はショッピングセンターのほうへ歩き、ヴァランダーのレンタカーのそばまで来た。二時半になっていた。

「これからまたどこかへ行くのですか、それともまっすぐスコーネに戻るのですか？」

「イェーヴレに向かいます。どのくらい時間がかかるでしょうね？　三、四時間？」

「いや、五時間近くかかるでしょう。ずっと自然の中を行きますが、道は凍結していないでしょう。いい道ですよ。でもやっぱり五時間近くかかるでしょう。四百キロほどの道のりですから」

「協力に感謝します。それと、おいしい食事も」

「お尋ねのことには答えられませんでしたが」

「いや、答えはたぶん得られましたよ。あとでわかります」

「クリスタ・ハーベルマン失踪事件に関しては、年取った警察官が担当していました。事件が発生したときはすでに中年だったはずですが、年金をもらって退職するまでこの件を調べていましたよ。臨終の床でも、最後の言葉がこの件に関するものだったらしい。彼女の身にいったいなにが起きたのか。それがいっときも頭から離れなかったらしいですよ」

「ひとごととは思えませんな」ヴァランダーが言った。

彼らは別れのあいさつをした。

「南のほうに来るときは、寄ってください」

メランダーは笑った。パイプの火が消えた。

「いや、私が旅をするとすれば北でしょう。いや、未来のことはわからないものだが」

「これからも連絡ができればいいのですが」ヴァランダーが少し控えめに言った。「なにかあったら。ホルゲ・エリクソンがなぜここの教会に金を寄贈したのか、その理由に関することがなにかわかったら」

「妙な話ですよ。彼がここの教会を見ているのならわかりますがね。美しい教会ですから」

「そのとおりですよ。ここに来たことがあるのなら、わかるのですが」

「もしかすると、この村を通ったことがあるんじゃないですかね？　だれも知らないうちに」

「あるいは、特定の人だけが知っていたとか」

メランダーはヴァランダーに視線を注いだ。

「なにか考えていますね？」

「ええ。だが、まだよくわかりません」

二人は握手した。ヴァランダーは車に乗り込み、発進した。バックミラーに見送っているメランダーの姿が映った。

そこからは終わりのない森の中の道だった。

イェーヴレに着いたときはすでに暗くなっていた。スヴェードベリが予約してくれたホテルを探した。フロントで、リンダがすでに到着していることがわかった。


土曜日の夜でも込んでいない、静かで落ち着いたレストランをみつけた。リンダが本当に来てくれたのを見て——この地は二人にとって未知の土地だったが——、ヴァランダーは急に将来について考えていることをリンダに話したくなった。

しかしその前に二人はもちろん彼の父親、彼女にとっては祖父のことを話し合った。

「おまえとおやじの仲がいいのを、おれはよく見てたよ。うらやましかったのかな？　二人がいっしょにいるのを見ると、自分の子ども時代のことを思ったものだ。そのあとはまったくなかったむつまじさだったからね」

「一世代間に入るのは、もしかするといいのかもね？　親子よりも祖父母と孫がうまくいくということはよくあるらしいから」

「そんなこと、どうして知ってるんだ？」

「自分自身そうだもの。友だちも同じことを言ってるわ」

「それでもおれは面白くないと思っていた。おやじはなぜおれが警官になるのがいやだったのか、最後までおれにはわからなかった。せめて話してくれたっていいじゃないか。またはなにかほかの職業を勧めるとか。だが、おやじはなんにも言ってくれなかった」

「おじいちゃんはとても変わっていたから。それに気難しかったし。でも、もしわたしが急に真剣に警察官になりたいと言ったら、パパはどう言うかしら？」

　ヴァランダーは笑いだした。

「そうだね、どう言うだろう？　わからないね。この話前にも一回したことがあるね」

　食事のあと、二人はホテルに戻った。金物店のウィンドーから温度計が見え、零下二度を示していた。ホテルのラウンジに座ったが、ほかに客はいなかった。ヴァランダーはさりげなく演劇学校のほうはどうなっているのかと探りを入れたが、娘はそれについては触れたがらなかった。少なくともそのときはまだ。彼はそれ以上訊かなかったが、不安になった。この数年、リンダは進路を何度も変えている。ヴァランダーが心配なのは、その決断がいつも急で、十分に考慮されたものには思えない点だった。

紅茶を注ぎながら、リンダはなぜこの国に暮らすのはこんなにむずかしいのだろうと言った。

「ときどき思うんだが、それはわれわれがくつ下をかがるのをやめてしまったからじゃないだろうか？」

リンダは不可解な顔で父親を見た。

「いや、本気だよ。おれが育った時代のスウェーデンは、みんなが穴の開いたくつ下をかがっていた時代だった。おれは学校でかがりかたを習ったのを覚えているよ。そのうちに急にみんなそれをやめてしまった。穴の開いたくつ下は捨てるものになった。だれも穴の開いた厚手のくつ下をかがらなくなった。社会全体が変わってしまった。古くなったものを捨てるのは、社会全体の風潮になってしまった。もちろん穴の開いたくつ下をかがることを続けた人もいただろう。だが、そんな人たちの存在は見えなかったし、話にも聞かなかった。それがくつ下だけのことなら、この変化はそんなに大ごとではなかったかもしれない。だが、それがいろいろなことに広がった。しまいにそれは目には見えないがいつもすぐわれわれの手近にあるモラルのようなものになってしまった。おれは、それがわれわれのものの見方を変えてしまったと思うんだ。なにが正しくてなにが間違いか、ほかの人に対してなにをしていいか、なにをしてはいけないかという価値基準を変えてしまった。すべてが厳しくなってしまった。多くの人が、おまえのように若い人たちはとくに、自分の国にいながら必要とされていない、それどころか歓迎されていないように感じている。そういう人たちはどう反応するか？　攻撃と破壊だ。恐ろしいことに、いまわれわれが体験しているのは、まだそんな時代のほんの始まりなのではないかとおれは思う。いま、おまえよりも若い世代が台頭しはじめている。彼らはもっと激しく反応するだろう。彼らは、スウェーデンではつい先ごろまでくつ下をかがっていたのだということは知らない。われわれはくつ下も人間も使い捨てをするような国ではなかったということを知らないのだ」

リンダは続きを聞きたそうな顔をしていたが、ヴァランダーはそれ以上話せなかった。

「回りくどい話になってしまったな」

「ええ。でも、パパがなにを言いたいのかはわかったと思う」

「おれが間違っていることもあり得る。もしかすると、どの世代もその前の世代よりも悪く見えるのかもしれない」

「どうかしら。おじいちゃんは一度もそんなこと言わなかったわ」

ヴァランダーは首を振った。

「おやじは別だ。自分の世界だけに生きていた人だから。絵の中の太陽の位置はいつだって自分で決められたからね。いつだって同じ位置、切り株の上、キバシオオライチョウ付きかそうでないかのちがいだけだ。五十年間そうやって生きた人だからね。ときどき、おやじは自分の家の外のことはなにも知らなかったのではないかと思うよ。テレピン油で家のまわりに目に見えない壁を作ってしまったんじゃないかな」

「パパは間違ってる。おじいちゃんはいろんなこと知ってたわ」

「それじゃおやじはおれには隠していたんだ」

「おじいちゃんは詩を書いてたこともあるのよ」

ヴァランダーは目を瞠《みは》った。

「おやじが、詩を？」

「ええ。わたしにいくつか見せてくれた。そのあと、焼いてしまったのかな？　でも、本当に詩を書いてたわ」

「おまえも詩を書くのか？」

「うーん、詩と呼べるものかどうかわかんないけど、ときどき書くわ、自分のために。パパはそんなことしない？」

「しないな。まったくしない。おれは下手な文章で書かれた警察の報告書や胸糞の悪くなるような司法解剖報告書の世界にいるんだ。本庁からの伝達書もまた同じレベルさ」

突然リンダは話題を変えた。それがあまり急だったので、あらかじめ話すつもりだったのかとあとでヴァランダーは思った。

「バイバとはどうなの？」

「彼女とはうまくいってるよ。これからおれたちがどうするかはわからない。こっちに来ていっしょに暮らしてくれるといいとおれ自身は思っているんだが」

「バイバがスウェーデンに来るって、どうして？」

「おれと暮らすんだよ」ヴァランダーは娘の言葉に驚いて、繰り返した。

リンダはゆっくり頭を左右に振った。

「よくないというのか？」

「悪く思わないでね」リンダが言った。「でも、パパは自分がいっしょに暮らすにはむずかしい人だということ、わかってないのね」

「なぜそんなことを？」

「ママのことを考えてみて。なぜママがほかの暮らしを選んだと思うの？」

ヴァランダーは答えなかった。不公平なことを言われているという気がした。

「ほら、怒った」

「いや、怒ってはいない」

「それじゃなに？」

「わからない。疲れているだけだろう」

リンダはいすを立ってヴァランダーの座っているソファに移り、すぐそばに座った。

「パパのことが好きじゃないということじゃないの、わかってね。わたしはもう子どもじゃないということ。だから話もいままでとはちがうものになるのよ」

ヴァランダーはうなずいた。

「おれがまだそれに慣れていない。きっとそれだけのことだろうな」

話が途切れ、そのあと彼らはそのままラウンジで流されていた映画を観た。リンダは翌朝早くストックホルムに戻らなければならなかった。短い時間だったが、それでもヴァランダーはこれからの父娘の時間がどんなものになるかいま見たような気がした。これからは二人の時間の合うときに会う。そして、リンダはいつもずばり本当のことを言うようになるのだろう。

夜中の一時ごろ、二人はそれぞれの部屋に入った。

ヴァランダーは長いこと寝つけなかった。リンダはもう子どもではない。大人になったのだ。それで自分はなにかを失ったのか、それともなにかを得たのだろうか。


七時、父娘はブレックファストルームで落ち合った。

そのあと、すぐ近くの駅までいっしょに行った。プラットホームで数分遅れているという列車を待っているとき、突然リンダが泣きだした。ヴァランダーは呆然として娘を見ているだけだった。それまで彼女はふつうにしていたのだ。

「どうした？　いったいどうしたんだ？」

「おじいちゃんがいなくなって悲しいの。毎晩夢を見るのよ」

ヴァランダーは娘を抱きしめた。

「おれも同じだ」

列車が来た。列車の姿が見えなくなるまで彼はプラットホームを離れなかった。駅はがらんとして人影がまったくなかった。一瞬彼は全身から力が抜け、世の中から取り残され、忘れられた人間のように感じた。

これからどうやって生きていったらいいんだ？

検　印
廃　止

訳者紹介　1943年岩手県生まれ。上智大学文学部英文学科卒業，ストックホルム大学スウェーデン語科修了。主な訳書に，マンケル「殺人者の顔」「タンゴステップ」，ギルマン「一人で生きる勇気」，ウォーカー「勇敢な娘たちに」，アルヴテーゲン「影」などがある。

五番目の女　上

2010年8月31日　初版
2019年9月27日　4版

著　者　ヘニング・マンケル

訳　者　柳《やなぎ》沢《さわ》由《ゆ》実《み》子《こ》

発行所　(株)東京創元社
代表者　長谷川晋一

162-0814/東京都新宿区新小川町1-5
電　話　03・3268・8231-営業部
　　　　03・3268・8204-編集部
URL　http://www.tsogen.co.jp
振　替　00160-9-1565
精興社・本間製本

乱丁・落丁本は，ご面倒ですが小社までご送付ください。送料小社負担にてお取替いたします。

ISBN 978-4-488-20910-0　C0197